ちくま学芸文庫

黙示録論

D. H. ロレンス
福田恆存 訳

筑摩書房

目次

ロレンスの黙示録論について——福田恆存

1

アポカリプスはギリシア語のアポカルプシス＝apokalupsisから出ている。その動詞アポカルプテイン＝apokalupteinはapo-=off：kaluptein=coverの意で、「覆いをとりのぞく」ことであって、奥義、秘密をあきらかに展べ示すことをいう。一般に天啓、黙示を意味し、英語のrevelationと同義である。特にヨハネ黙示録を指すこともRevelationと同様である。ユダヤ教的終末観より現実世界の腐敗堕落を侮蔑否定し、不当に蒙っている現世の悪と不幸とから逃避せんとするひとびとの心が描きだした幻影は、未来のミレニアム＝至福千年への憧憬であり、メシヤ再臨と聖徒の統治というはなはだ復讐的な信仰であったが、当時の黙示文学とはすべてその途方もない願望と夢との縮図にほかならなかった。

黙示文学の起源はすでに遠く、イスラエル民族の宗教史においてユダヤ教の預言に発している。が、預言の日はむしろ幸福であった。預言者たちは親しく民衆のまえに立ち、イスラエルの神を語り、かれらの理想世界の近きにあることを説いて倦まなかった。預言者は同時に民衆の指導者であり、その魂の救済者だったのである。かれらは民衆の信仰心をかたく信じて疑わず、その良心に愬《うった》えて神の国をこの地上に建設する希望に胸をおどらせていた。しかし、イスラエルの民族史は不幸と蹉跌との歴史であった。エジプトにおける圧制からのがれ、預言者モーゼに率いられて故地パレスチナにかえろうとする一群のさすらいびとを想像してみるがよい。出エジプト記は紅海を難航しミデアンの曠野に飢えをしのぐかれらの苦痛の表情をさながらに伝えている。かれらは故国にかえってからも、西アジアに相ついで起る強国の圧迫にたえず悩まされていた。が、ダビデ、ソロモンの栄華もつかのまに、かれらを徹底的な絶望の淵におとしいれたものは、かのバビロン虜囚であった。とはいえ、この民族的な悲劇時代を境にして、ユダヤ教はようやくその性格を明確にしていったのである。その終末観も、一神論も、律法も、所詮はこの比類を絶した苦難の民族のみが生みえた信仰にほかならない。かれらはおのが絶望の深まりによってその宗教を完成したのである。

ここにユダヤ教はおのれのうちに、たがいに相容れぬ二つの性格を胚胎せしめることとなった。神の国の到来を説く預言者たちと、一方かれらの説く魂の問題を地上の世界に飜訳し、あくまで現実の栄光にあずかろうとする民衆と、両者はおなじひとつ言葉を語りながらそれぞれ異った世界を期待していたのである。エレミアはバビロン虜囚に苦しんでいたユダヤ人が七十年後に故地に戻り、ダビデ王家によってメシヤ王国の再建されることをら、ひたすら待ちつづけ、ついにかれらは、預言者エレミヤが幽囚は七十年にしておわるであろうと預言した。民衆はこの言葉を忘れなかった。ひとたびふりだされた手形の完全な実現を、かれらは頑強に待ちせがんだのである。しかも、苦悩に満ちた屈辱の生活のうちにありながら、ユダヤ民族は政治になんらの関心をも払おうとしなかった。バビロン虜囚から救われてパレスチナに戻ったかれらの唯一のしごとはエルサレム宮殿の復旧であり、もっぱら神事と祭事とに日を送ることであった。奇異な民族であるといわねばならない。ここに政治と宗教との、俗権と精神との、ゆがめられた混同が生じた。国家的独立には無関心、無能力でありながら、ユダヤ人はひたすら神に仕えることによって選民としての栄光が、いわばあらゆる異邦人のうえに統治する俗権の満足が実現されると信じきっていたのである。なぜならエレミアの預言は破れた。七十年後にもユダヤの帰還は実現しなかった。なるほどかれらはその後ペルシア王キルスに釈放されてエルサレムにもどったが、約束されたメシヤ再臨はついにおこなわれなかった。預言者ハガイ、ゼカリアは協力してエルサレム神殿の再建を督励し、その完成のときをもってメシヤ出現の時期としたが、その期待はまたもみごとに裏切られてしまった。絶望はふたたび期待をよび、その期待はやがて絶望に帰し、こうした交替がいくたびかくりかえされながら預言はいつしか黙示文学へと移行しはじめたのである。前四、五世紀の交である。かくして旧約中の第二イザヤ、エゼキエル、ヨエル、ゼカリア、マラキ等の預言書にはいくぶん黙示文学的要素が忍びこんできたのである。バビロン虜囚以後の政治的絶望は民衆を不信に馳りやったとはいえ、それはかならずしもかれらを宗教的背徳や現世の逸楽に逐いこんだのではなかった。まさにその反対である。それはむしろユダヤ教そのものの純粋化をはげしくすることとなった。現実世界において満たされぬ野望が、神の名において復讐の刃を磨ぐのである。ここに黙示文学が登場するのであるが、それにしてもこのような性格はユダヤ民族の骨髄に深く根ざしているものにそういなく、すでに記述預言者最初のひとアモスは前八世紀ころにつぎのような歎きを口にしている——「エホバの日を望む者は禍なるかな。汝ら何とてエホバの日を望むや。是は昏《くら》くして光なし。人獅子の前を逃れて熊に遇ひ又家にいりてその手を壁に附て蛇に咬《かま》るるに宛も似たり。エホバの日は昏くして光なく、暗にして輝なきに非ずや。」が、かくのごとき高邁な倫理を強調する預言者の心に、為政者（祭祀者）や民衆の愚昧は手のほどこしようもない絶望的な焦躁を与えていた。のみならず、その高邁それ自身が、民衆をしてますます狂熱的に、「エホバの日」を祈求せしめていたのだということを、預言者の純粋な貴族主義はついに理解しえなかったかにみえる。なお悪いことに、預言そのものもついに昔日の孤高を維持しえず、イザヤ書以下いくつかの預言書のなかに、あのユダヤの民衆たちが狂気のように夢想した地上的権力へのゆがめられた野望が侵入しはじめたというわけである。

こうして旧約正典中唯一の異端としてダニエル書が登場する。イエス時代にもそう遠くはない前一六五年ころのことである。この書は他の預言書のなかに立ちまじって、聖書のうちに初めてはっきりと黙示文学の夢を投げ入れたのであった。ルナンをはじめ多くの神学者たちも指摘しているように、それは「預言の復興」でありながら、しかもあきらかに預言文学ではない——「憤怒、絶望は、信徒たちを夢と幻の世界に投じた。最初の黙示録としてダニエル書は現れた。それは預言の復興のごときものであった。しかし古代の預言形式とははなはだ違った形式においてであり、世界の運命にたいするいっそう広い観察においてであった。ダニエル書は、いわばメシヤにたいする希望にその決定的表現を与えた。メシヤはもはやダビデ、ソロモンのごとき王ではなく、また神政者にしてモーゼの徒なるクロスのごときものでもなく、雲に乗って現れる『人の子』であった。人間の姿を採り、世界を審き、黄金時代を治むべき超自然的存在であった。」(『イエス伝』第一章)ここにルナンは黙示文学の本質について二つのことを的確に明示している。第一に黙示文学は魂の救いに関してはいささかも語ることをせず、ひたすら「世界の運命」をさししめし、淫楽に耽けるものに呪詛の言葉を浴びせかけ、その懲罰と復讐とを狂熱的に絶叫する。内なる精神の政治学は外なる異教徒にたいする政治学と化し、精神の愉悦を説く福音は他民族の運命を支配する選民の栄光とすりかえられた。第二に、黙示文学はその異教徒への呪詛にもかかわらず、古代異教観念の壮大な宇宙的形象に仮托して、ひそかに自分たちの現世的不遇の鬱憤ばらしを行いはじめたのである。王や神政者のごとき歴史的偶像ではもはや事たりず、かれらを虐げる強大な権力にたいする復讐をいやがうえにも壮大にするために、メシヤは雲の上に乗って現れる「人の子」となり、その背景は古代の宇宙観によって遺憾なく整備されたのであった。

イエスが出現した当時のユダヤ民族の心事はかくのごときものであり、かれを迎えるパリサイの徒や民衆の猜疑ぶかい眼は、ひとえにかれが自分たちの永く待ち望んでいた「人の子」なりやいなやを探ろうとしていた。かれらにとって魂の救いなどどうでもよかった。イエスにかれらの敵を打砕くメシヤの力があるかどうか、すべてはそこにかかっていた。ただかれに信従するもののみが――いや、そのひとたちのうちにも、イエスを「人の子」に昇格せしめようとする欲望がなかったとは断じえない。そのひとたちすら、復讐の意識から完全には離脱していなかったのだ。新約マルコ伝第十三章とその並行文、テサロニケ書、コリント書には黙示文学的なおもかげが髣髴としている。いや、そのようなせせこましいあらさがしをする必要はない――ヨハネの黙示録が新約聖書の巻尾を飾るべく、正典中の唯一完全なる黙示文学としてまぎれこんでいるのである。

2

黙示文学はかくして抑圧のもとに地下に潜んだ沈鬱な表現形式となった。そこでは絶望のすぐあとに希望が続き、希望の激しさはその背後に絶望の暗い影を漂わせている。それは絶対に逃れられぬ袋小路に見いだされた遁げ道であり、健康な正統主義をすなおに受け入れられぬ狂信者の激越な情熱と真摯な求道心をもっていると同時に、この純粋化には偏狭な排他心と夢想家のやましさとがともなっていた。

元来、預言は書かれたものではない。特殊のばあいを除いて、それは民衆のまえに語られた。しかし、黙示文学は見幻者がはじめから読者を予想して書いたものである。いや、預言も虜囚以後は語られたあとで記述され、あるいははじめから語られずに記述されるようになっていた。というのは、ユダヤ教がバビロン虜囚以後、ようやく文書、律法の宗教となり、神は律法にその聖旨を表明すると考えられたからである。ここにおいて預言に、ことに黙示文学にひとつの性格が与えられることになった。すなわち、つぎつぎに裏切られる預言はもはやただ現象的な、地上的な、それゆえにまた政治的な事実にではなく、より純粋化した世界観として宗教的終末思想を整備しなければならなくなった。そしてこの思想的深化とともに、過去の預言、あるいは律法にたいして終末観からの解釈を果さねばならなかったのである。――いや、福音書もまた新しき宗教の使命として「預言者《よげんしゃ》によりて云《い》はれたる言《ことば》の成就《じやうじゆ》せん為《ため》なり」という一句を用意しなければならなかったのだ。――このことは逆にいえば、当時ようやくモーゼ五書からとおく隔たってきた自分たちの歪曲された俗権的な宗教意識を、律法の権威のもとに庇護し正当化することを意味する。黙示文学の難解はすでにここにその源を有するのである。

のみならず、想像力の貧しいユダヤ人たちは己れの事大主義を満足させるために、古代異教の形象に借りなければならなかった。その表現がますます晦渋をきわめたゆえんである。また旧約時代の黙示文学作者《アポカリプティスト》は新しい使命を伝えるにさいして自己に権威を与える必要から、偉大なる過去の宗教的英雄のかげにかくれて、その偽名を名のらねばならなかった。しかもエノク、バルク等は当時の正統派により、外典としてついに聖書中に編入することを許されなかった。いや、ユダヤの民衆のうちに、その読者を見いだすことすらむずかしかったのである。律法への反逆であったイエスの教えはこうした黙示文学の不名誉を拭ってはくれた。新約時代の黙示文学作者は偽名を必要としなかったのである。それでも、ときおり偽名は現れた。神学者たちはこの偽名のゆえに新約聖書中に編入されえなかった黙示文学のあることを説いている。が、ヨハネの黙示録ははたして偽名でなかったか、当時の多くの黙示文学作者と同様に使徒の名を借りるものではなかったか。ここにロレンスは使徒ヨハネとは別のパトモスのヨハネなる人物を登場させている。またかれと同意見の神学者もすくなくないのである。

つぎに黙示文学を一層晦渋に導いたものに隠語がある。ことにローマ帝国治下においてこの傾向は助長せられた。もともと黙示文学は政治的圧迫に苦しむ同胞への激励の言葉として、暴君の統治下に多く現れるのは当然のことである。ダニエル書その他の黙示文学隆盛時代は、かのヘレニズム心酔者たるシリア王アンティオコス・エピファネスの時代に属し、エルサレム宮殿は破壊され、ユダヤ教は極度の圧迫をうけて、民衆はいわば「あらゆる希望を断たれ、一種の暗い情熱をそなえた宗教的夢想のうちに投げこまれ」（ルナン）ていたのである。ヨハネ黙示録もまたネロ、ドミティアヌス時代の皇帝礼拝のもとに生れたものであった。当然、かれらは一種の結社的な存在となり、黙示録は秘密文書的形式を必要とした。ここに、かれらクリスト者のみが諒解し、政治的支配者たちにはぜんぜん意味をなさぬ隠喩が語られることになった。それは迫害者たちから身を衛るカムフラージュである。

しかもこうした幾重もの晦渋に加うるに、爾来二千年にわたって、多くの正統派神学者たちからオーソドクシカルな解釈をほどこされてきたのである。隠語と異教思想と俗権意識と、これらのものに正統な解釈を与えんとして、かれらは苦心惨澹してきた。そればかりではない、彼等の気にいらぬものを出来うるかぎり削除し、あるいは勝手に別の思想を注入したりしてきたのだ。黙示録の難解はかくしてもはや手のつけようもないものになってしまったのである。

3

ロレンスは十歳にもならぬころから、このような黙示録の精神に生理的な嫌悪感をいだいていたと述べている。かれの父親は炭坑夫であり、その多くが出入する守旧派メソディスト教会には子供心にもなんともいえぬ奇異な雰囲気が漂っていたという。その雰囲気は今日でもあらゆる無教育な大衆の生活に浸潤し、かれらにとって黙示録は福音書や使徒書より以上に、救済と慰めの歌として二千年の歴史を通じ脈々と生き残っている。ロレンスは幼時しばしば目撃した光景を想いうかべる——陰鬱な顔をした、しかも厚顔な坑夫は一日の激しい労働から解放され、疲れきった姿をわが家にはこぶのであるが、その戸口をくぐるや、かれの打ちのめされたような、卑屈な表情はかげをひそめ、傲岸で無愛想な自尊の念をとりもどして、この坑から上ってきたばかりの家長はがたりとばかり食卓につく。

妻や娘たちは愛想よくかれにかしずき、その息子も大した謀叛気もなく黙って父親のお説教に耳を傾けている。あたりには原始的な神秘と権力との気が異様なまでにただよい、愛ではなく、粗暴な、特異な権力意識が家庭を支配している。支配するものと屈従するものと——どんな雄鶏でも自分のたらした糞のかたまりのうえに鬨《とき》をつくる権利は許されているし、どんな貧乏な百姓にしても自分のあばらやのなかで疲れたからだに一杯ひっかけるときには、栄光につつまれた小ツァーの気分にひたりえようというものだ。いや、坑夫や、百姓にかぎらぬ。この貧しき国の無産者階級に生をうけたぼくたち自身の姿をかえりみるがよい——どこの家庭にもおなじような光景が展開されているではないか。

そういうかれらに黙示録は「奥義、大いなるバビロン、地の淫婦らと憎むべき者との母」という戦慄すべき呪いの言葉を教え、それがいまや全世界にひびきわたっている。その告発の対象は初期クリスト教時代には、クリスト教徒たちを迫害した地上的権力たる大帝国ローマとなり、宗教改革後のプロテスタント・ピューリタンにとっては、俗権的なローマ法王となり、現在においては、ロンドン、ニューヨーク、ことにパリなど逸楽と淫行とにふけるブルジョワジー、教会に一度も足を踏みいれたことのない俗人の群となった。かくして黙示録は二千年のあいだ、ひとびとの支配欲と権力欲との支えとなってきたものであり、みずからを不当に迫害されていると考えている弱者の歪曲された優越意志とその結果たるインフェリオリティ・コムプレックスとのあきらかな兆候を示すものでもあった。宗教的にも倫理的にも、いや政治的にすら、あらゆる現代の風潮はこの弱者の自尊の宗教を楯にして、みずから選民と名のる似而非謙遜、似而非愛他主義の輩が、おのれの強敵に悪と罪との刻印をおしつけ、それを打倒して致命的な破滅と挫折とのうちにおいこみ、おのれひとり栄光の座に這いのぼろうともくろんでいる。選民以外のすべての人間をことごとく抹殺し剿滅しつくして、自分だけはまちがいなく神の御座《みくら》に坐りこもうという奸計をめぐらしている。そう断ずるロレンスの言葉を単純に反動的なものとして否定し去ることが出来ようか。論理の正攻法に拘泥せず心理の委曲にそって現代の風景を見まわすならば、反動的なるものはロレンスの言葉であるよりは、社会的心理的現実そのものであることがたちまちにして諒解されるであろう。むしろ危険は、そのような人間心理の反動的性格を論理によって大義名分にまで強弁することにありはしないか。

かくのごとき人間心理の反動性はなんに由来するか。それをロレンスはイエス自身の態度のうちに求めている。人間のうちには孤独と諦念と冥想と自意識とにふける純粋に個人的な面と、他人を支配し、その存在を左右し、あるいは英雄をみとめてこれに讃仰をささげ臣従せんとする集団的側面と、この二つがある。ところが、イエスは——いや、イエスのみならず、多くの聖人賢者たちは、つねに個人であった。純粋なる個人にとどまっていた。イエスは弟子たちのまえにも、つねに孤独であり、かれらの肉体的権力者となることをかたく拒絶していた。とすれば、ユダのごとき俗人は——というより健全なる世間人は自分のうちなる権力渇仰熱がつねにみずから裏切られるのを感じていたとしても不思議はあるまい。で、かれはくちづけをもってイエスを売った——と同様に、黙示録は福音書に死の接吻を与えんがために新約のうちにまぎれこんだ。ここに正統クリスト教の大敵たる権力意識が聖書のうちに登場する。あざやかに閉め出しをくわしたとおもった瞬間、悪魔は黙示録の仮面をかぶってたくみに民衆の心のうちにその根城を見いだした——と、ロレンスは言っている。

　ひとはひとりになったときにのみ、はじめて真のクリスト教徒たりえ、仏教徒たりえ、そしてプラトニストたりうる。が、イエスにしても弟子のまえに出たときはひとの師であり、ひとりの貴族であることをまぬかれえなかったし、ひとびとの英雄崇拝熱に乗ぜられぬためには非常な意志の努力を必要とした。いや、かれもまたその愛が鞏固な力にまで昇華したあかつきには、いわゆる「のちに統《す》べ治《し》らす」ことを考えていなかったろうか。アッシジのサン・フランチェスコにしても大いに謙譲たらんとつとめながら、やはり弟子のうえには絶対権力をふるう手をこころえていた。シェレーを見よ、レニンを見よ、ロレンスはレニンもウィルソンもリンカーンも聖者だったと言う。が、かれらにして純粋に個人の状態を保っているかぎり聖者たりえたが、ひとたび集団的自我に手をふれたが最後、ついに聖者にとどまってはいられなかった。ひとは生れつき聖ならざる側面をもっており、このアダム的根源的要求は、自分の勢力範囲内において手のとどきうるかぎり広く、支配者となり優越者となりかつ栄えある存在となろうとする。またみずから英雄をつくりあげ、その強きものより弱きものへと流れる権力の縦の流れにそって自分を適当な位置におき、英雄を讃仰することによってみずから昂揚を覚えつつ、自分のうちに英雄を感得する。もしこの心理的事実をみとめないならば——イエスは、クリスト教はあきらかにそれを否定したるがゆえに、その権力意識は地下にもぐったというのである。純粋なる個人、それもよかろう——が、民衆は、民衆の最下層はつねに支配し支配される欲望に燃えており、孤独と諦念と自己認識の純粋なる愛の宗教のほかに、集団的な自我に応ずるべつの宗教を探し求めている。そこで黙示録がその歪曲された集団的自我の呻吟にこたえ、挫《くじ》かれ抑圧されたるものの復讐的な夢を正当化することになったというわけだ。

過失の発端はすでにイエスにある——その愛の宗教に。かれの眼には個人しかなかった。かれはパンや金銭を軽蔑した。が、たしかにひとはパンのみにて生くるものではないにしても、それだからといって愛が必要だとはいえない。権力はパンよりも金銭よりもおそらく生くるに欠くことの出来ぬものであるかもしれぬ。イエスの眼が個人のうえにのみあったとすれば、その洩れたところのものをパトモスのヨハネが引受けたとしてもふしぎはない——いずれだれかがその穴埋めを引受けねばならないものだからだ。

4

ロレンスの『黙示録論』は二十三章に分たれているが、以上はその冒頭の四章を概括したものである。そのつぎの四章は黙示録に影響を与えている古代異教の宇宙観に関聯して、それがいかに卑小な隠喩にまでねじまげられているかを語り、なおひきつづき第二十二章にいたるまで、黙示録の本文に即してその隠喩を解明している。もちろんそれは神学的な解説ではない。ぼくはおもわずニーチェの『ギリシア悲劇時代の哲学者たち』を想いうかべた。両者の基調は期せずして一である。あながちロレンスが書中たえずタレス、ヘラクレイトス、アナクシマンドロスなどに言及しているからばかりではない。この二つの精神の共通にもっているデクリネイションへの異常な関心が、ほとんどおなじような形をとっているのである。ロレンスの古代謳歌にはつねに一種の悲調がまつわっている。第一に、かれの異教への情熱は、そこに復帰することの不可能を前提としていた。第二に権力思想を肯定するかれの真意はあくまでクリスト教的な愛の宗教を信奉していた。第三に、かれの飛躍した論理の底には、強靭な合理主義の刃がわれをもひとをも傷つけている。ひとびとはあるいはその逆説的な外装に欺かれるかもしれぬ。ロレンスの異教讃美にオプティミスティックな保証を見いだし、近代ヨーロッパの没落を信じこんだり、またはその神がかりめいた非論理性や権力思想に反撥を覚えるあまり、かれを反動的とみなすことがないとはいえぬ。ロレンスの異教精神をいうものは、なによりもまず正統なヨーロッパ人が容易に異教徒たりうるかどうかを考えてみるがよい。またそういうひとたちはヨーロッパにとって合理主義がいかに根強い伝統であるかをかえりみてみるがよい。ニーチェはたしかにクリスト教を攻撃した。しかしかれの精神ははたしてアンティクライストに近かったか、それともイエスに似ていたか。ボードレールは頽廃の悪魔であったか、それとも敬虔なクリスト教徒であったか。それは答えるまでもない明白な問いであろう。同様にしてこののち何十年かの歳月はロレンスに殉教者の資格を与えるかもしれないのである。

じじつ、異教の壮大を歌い近代の卑小を嫌忌するかれの声のうちにいつのまにか近代の歎きがかよい、クリスト教の愛の思想が忍びこんでくる。かれが『チャタレイ夫人の恋人』の終末において到達した救いは、もはや激しい情熱ではなく、「あたたかい心」「やさしい心」であったことを想い起すがよい。黙示録の裏口からゆがめられた権力意識が新約のうちに忍びこんできたのとまったく逆に、かれの異教讃歌を通じてイエスの愛の訓えがひそかにみずからを主張しているのである。またそこでは古代を楯に近代が近代の悲歌をうたいつつその立ちなおりを用意しているといえよう。『黙示録論』最後の二十三章がすべてをあきうかにする。それは死の呼吸さながらに性急な結論をほとんど箇条書のようにして読者のまえにたたきつける。ロレンスがぼくたちに提出した問いはこうである——現代人ははたして他者を愛しうるか、個人と個人とはいかにして結びつきえようか。かれの答えはもちろん否定的である。個人はついに愛することが出来ぬ。個人は、クリスト教徒は、ついに他者を愛しえない。こころみに女を、隣人を愛してみよ——ぼくたちが肌と肌とをじかに押しつけるようにしてたがいに愛しあおうとするならば、そのむくつけき努力のうちにしだいに洗われ露出してくるものは、他人を支配しようとする我意であり、それは純粋なる個人などというものでは毛頭ない。女を愛してみるがいい——ぼくたちは底の底までしぼりとられ、自分の我意がみじめにも踏みにじられる危険にであい、やがて最後には相手にたいする反撥と憎悪とのみが残留し、愛情はどこへやら消滅してしまう。我意と個性とはついに自分のうちの愛し手を殺さねばならぬ宿命にあるのだ。ひとびとはなにゆえそのことをはっきり是認しないのか。スペイドをスペイドとはっきり宣言しないで、自分たちのうちの我意を愛他思想のうちにひっくるめてしまおうとするからこそ、抑圧された我意はゆがんだ権力欲へと噴出口を求めるのである。トルストイの悲劇を現代はいまだそのありのままの姿において見ていない。トルストイは依然として愛他思想に自己を犠牲とした英雄として眺められている。我意を我意としてみとめよ。この世に純粋なる個人というようなものは存在しない——仏陀のように塵網を去って山中に隠れる以外には。というロレンスもまたトルストイと同様に愛他思想の犠牲者でなかったとはもちろん言えない。かれはたしかにスペイドをスペイドと言っている。が、その生活はなんとかして愛の実証をつかみたいと悶えとおした。とすれば、愛を説いたトルストイとどこがちがうのか、スペイドをスペイドといいえた逆説も所詮は時代と民族との相違にほかなるまい。

ぼくたちは——純粋なる個人というものがありえぬ以上、たんなる断片にすぎぬ集団的自我というものは——直接たがいにたがいを愛しえない。なぜなら愛はそのまえに自律性を前提とする。が、断片に自律性はない。ぼくたちは愛するためにはなんらかの方法によって自律性を獲得せねばならぬ。近代は個人それ自体のうちにそれを求め、そして失敗した。自律性はうちに求めるべきではない。個人の外部に——宇宙の有機性そのもののうちに求められねばならぬ。ぼくたちは有機体としての宇宙の自律性に参与することによって、みずからの自律性を獲得し他我を愛することができるであろう。愛は迂路をとらねばならぬ。それは直接に相手にむけられてはならぬ。クリスト教もそれを自覚していた。が、ロレンスはその迂路をば、宇宙の根源を通じることによって発見した。それはあきらかに神を喪失した現代にひとつの指標を示すものであろう。が、現代人は総じてあらゆる結びつきに反抗している——宇宙、世界、人類、国家、家族、これらすべてに従属することに反抗し、個人の独立を主張する。断片が自律性を強要し、その不完全性をあくまで統一体として強弁するのだ。結果の不幸は火を見るよりあきらかである——なによりも黙示録がそれを証明する。ロレンスの脳裡にあった理想人間像はいまやあきらかである。人間は太陽系の一部であり、カオスから飛び散って出現したものとして太陽や地球の一部であり、胴体は大地とおなじ断片であり、血は海水と交流する。はたしてこのような考えかたは神がかりであろうか。が、ぼくはロレンスの結論にいかなる批判も与えようとはおもわぬ。それは『黙示録論』の読者の責任であろう。

黙示録論——現代人は愛しうるか

David H. Lawrence
Apocalypse (*1930*)

1

アポカリプスとは単に黙示録を意味するにすぎない。が、この書には単にと言ったのでは済ませられぬなにものかがある。全巻を蔽う神秘めかした無軌道の祭宴のうちには一体いかなることが黙示されているのか、それを探り出そうとして人々は殆ど二千年もの間、頭を悩ましつづけてきた。大体、現代人は神秘というものを嫌う。それに、黙示録はおそらく聖書全体を通じてもっとも魅力に乏しいものである。

これが劈頭第一にこの書から受ける私の印象である。顧るに聖書は、ごく幼少のおりからずっと成年期に至るまで、他のあらゆる非国教徒(1)の子供たちとおなじように、毎日のように私の無防備な意識のうえに灌《そそ》がれつづけてきたものであった。が、やがて一種の飽和状態ともいうべき時期がやってきた。いわば、人がものを考え聖書の言葉をたとえ薄々なりと理解しうるだけの年齢に達せぬうち、早くもこのようにして聖書の各《断片》がきれぎれに精神と意識のうえにあたかも注水治療のように灌がれきたって、いまやそれらはすっかり体内に滲透したあげく、ついに一つの力として情感と思惟の全過程を左右するまでに至ったのである。おかげで今日、私は自分の読んだ聖書をきれいに《忘れ》去っているにもかかわらず、そのいずれの章にしろ、ちょっと読み始めさえすれば、ほとんど嘔吐をもよおすほど終始一貫してその内容に《通じ》ていることを思い知らされるのである。そこで自分に最初の反動としてやってくるものは、正直のところ嫌悪と反撥と、あまつさえ忿懣の情でさえある。ほかでもない、まず私の本能が聖書に憤りを覚えるのだ。

私にとって理由はいまやかなり明白である。意識がそれを同化吸収できようとできまいと、聖書が年々歳々、否でも応でもきれぎれに注ぎこまれることなしに過ぎた日とては一日としてなかったくらいだが、それぱかりではない、それが学校であろうが、日曜学校であろうが、あるいはまた家庭、その他青年禁酒同盟乃至はクリスト教事業団体のいずれを問わず、聖書は、くる日もくる日も、年が明けても暮れても、倦むことを知らぬげに、ある教理一点ばりの、しかもつねに道徳臭芬々たる解釈を施されてきたのである。説教壇の神学博士も、日曜学校で私を教えてくれた鍛冶屋の大男も、その施す解説に一点の差異もなかったのだ。このようにして、あたかも地面が無数の足跡に硬く踏みならされるごとく、聖書は言葉として、吾々の意識のなかに踏み固められてきたのであった。のみならず、それらの足跡はいつも機械的におなじ型を示し、解説は固定しており、ために、真の興味は消滅してしまったのである。

過程がみずからその目的を無効にする。ユダヤ人の詩が吾々の情感と想像に貫入し、ユダヤ人の倫理が吾々の本能にまで透徹してゆくうちに、精神はひとえにかたくなとなり、反抗的と化し、ついには聖書全体の権威をも拒否し、一種嫌厭の情をもって聖書に面を背けるに至る。これこそ、私と世代を同じくする多くの人々の精神状態でなくしてなんであろう。

ところで、書物はうちに究めつくせぬものを蔵している間は、かならず生き続けるものである。ひとたび測りつくされるや、ただちに生命を失う。おなじ書物を五年後にふたたび読みなおしてみたまえ、それがいかに異なった相貌のもとに現れることか、実に驚くべきものがある。なかには以前にもまして見まさりのする書物がある。それらはまったく新しいものとして登場し、その驚嘆に値する変りざまに人は自分のほうが別人となってしまったのではないか、とさえ疑いたくなるであろう。一方また著しく見おとりのする書物がある。私はかつて『戦争と平和』を読みなおしてみて、その感動が以前にくらべてあまりに、稀薄であるのにわれながら一驚を喫したのであるが、さきにはこころゆくまで浸りえたのに、いまは感ずるすべも知らぬ恍惚感を追懐して、まことに呆然たるものがあった。すべてがそういうものである。ひとたび測りつくされ、ひとたび知得しつくされ、ついにその意味が固定し確立してしまったあかつきには、その書物は死滅する。それが依然として命脈を保ちうるためには、それはなお吾々を動かす力をもち、しかも種々異なった相貌のもとに吾々のこころを感動させる力をもっていなければならない。つまり、吾々がそれを読むたびに、異なったものとして発見されるものでなければならぬのだ。近代人は、ただ一回の読書によってすっかり底がわれてしまうような浅薄な書物の洪水のため、どの書物も結局つねにおなじものであり、一回の読書で読み了えうるものと考える傾きがある。が、事実はそうでない。このことを現代人もやがて徐々に悟るようになろう。書物のもたらす真の愉悦は、それを何度でも読みかえし、そのたびにそれが以前とは異なったものであることを知り、他の意味に、すなわち意味の別次元に出あうことのうちにあるのだ。例によって、この場合もやはり価値の問題である。要するに吾々は多量の書物の氾濫に圧倒されてしまって、書物が元来貴重なものであること、宝石や美しい絵画とおなじように貴重なものであり、それに見いることといよいよ深ければ深いほど、そのたびに深遠な経験を掬みうるものであるという事実をもはやほとんど理解しえぬかにみえる。おなじ書物を時をおいて六たび読むことは、六冊の異なった書物を一度ずつ読むことよりどれほど身になるか知れないのだ。なぜなら、ある書物が六たびの読書を要求しうるものならば、かならずやそのつど諸君をますます深い経験に導き、全霊を——情感と知性をひっくるめた魂の全体を——豊かにしてくれるに相違ない。それに反し、六冊の書物をただ一回ずつ読過することは単に皮相な興味の堆積に終るにすぎぬ。しかもこれは現代の耐えがたき厄介な堆積というべく、所詮は真の価値なき量の世界にのみとどまるものである。

さて見わたしたところ、今日の読者層は二つの集団に分ちうるであろう。一方は広汎な大衆であり、娯楽と一時的な興味のためにのみ本を読むという人たちで、他はごく少数の読者、それ自身価値のある書物、いいかえれば体験を、一層深い体験を味わわせてくれるような書物を求めてやまぬ人々である。

由来、聖書は、その意味が勝手に固定されてしまった結果、すくなくとも吾々のあるものにとっては一時的に殺されてしまった書物なのである。それは皮相な通俗的な意味において底の底まで知りつくされてしまったため、ついに死滅し、もはや与えるものとてはなにもなくなっているのだ。しかもなお始末の悪いことに、ほとんど本能にまで化した旧い習慣のため、聖書は、いまや吾々にとって不快きわまるものとなっているある種の感じ方を、到るところで吾々に押しつけてくるのである。聖書が否応なしにおしかぶせてくる《教会》[2]乃至は日曜学校流の感じ方こそ吾々のあくまで嫌忌してやまぬものである。要は、その種のあらゆる**俗臭**から——それは俗臭でなくしてなんであろう——脱け出したいのだ。

おそらく、聖書中もっとも嫌悪すべき篇はなにかといえば、一応、それこそ黙示録であると断じてさしつかえあるまい。私は十歳にもならぬうち、この書をすでに十たびは聴いたり読んだりしていた。そのくせじつはなんの理解もしておらず、あえて本気に注意を払うということもしなかった。理解もできず、よく考えてみることさえなかったにもかかわらず、たえずそれによってどうしようもない嫌悪感を惹き起されていたということだけは、もうたしかな事実である。牧師、教師、俗籍の人のいずれを問わず、聖書を読みあげるときに誰でもが捉われるあのいかにも恭しげな口吻、厳粛きわまる、こけおどしな、どぎつい調子、そういうものに対して私は幼いながらもすでにただならぬ嫌厭の情を——それと自覚してはいなかったにしろ——感じていたにちがいないのだ。あの《牧師》特有の声音を私は骨の髄から嫌悪する。そしてこの声が黙示録中のある部分を勿体らしく読みあげるとき、私はいまだに忘れられないのだが、事態はつねに最悪のものとなった。現在なお私のこころを魅している章句すら、悪寒なしに想起することは絶対に不可能である。あの非国教派の牧師のこけおどしな朗読がいまもこの耳について離れぬからだ。「我《われ》また天《てん》の開《ひら》けたるを見《み》しに、視《み》よ、白《しろ》き馬《うま》あり、之《これ》に乗《の》りたまふ者《もの》は」——ここで私の記憶は急に中断し、つぎの言葉を故意に抹殺する、「『忠実《ちゅうじつ》また真《まこと》』と称《とな》へられ(3)」——。私は子供ごころにも寓意を憎んだ。したがってまた、白馬にうち跨り、《忠実《ちゅうじつ》また真《まこと》》と称えられる得体の知れない、いわば単なる質の名称を担った人々を嫌ったのである。同様な意味で、私にとって『天路歴程(4)』は読むに耐えなかった。小さな子供のころであったが、「全体は部分より大なり」という句をエウクレイデス(5)に学んだとき、これはまさに自分に寓意の問題を解き明かしてくれるものだということをただちに私は悟ったものである。人間はクリスト教徒以上のものであり、白き馬に乗りたまう者というのは、単なる《忠実《ちゆうじつ》また真《まこと》》より以上の何ものかであるに違いない。人がただ単に質の人格化にすぎぬものと化したとき、もはや人は私にとって人間たるの資格を失う。青年のころ私はスペンサーを愛し、その『フエアリ・クイーン』(6)にはほとんど耽溺しきったのであるが、そのときでも彼の寓意だけは、なんとしても喉を通らなかったのである。

しかしアポカリプスはごく幼少のころからずっと現在に至るまで、本質的に私の性に合わなかったのだ。まず第一に、あの派手な想像は徹底的に不自然であって、どうにも不愉快きわまるものである。

「御座《みくら》のまへに水晶《すゐしやう》に似《に》たる玻璃《はり》の海《うみ》あり。御座《みくら》の中央《ちゆうあう》と御座《みくら》の周囲《まはり》とに四《よ》つの活物《いきもの》ありて前《まへ》も後《うしろ》も数々《かずかず》の目《め》にて満《み》ちたり。(7)

「第一《だいいち》の活物《いきもの》は獅子《しし》のごとく、第二《だいに》の活物《いきもの》は牛《うし》のごとく、第三《だいさん》の活物《いきもの》は面《かほ》のかたち人《ひと》のごとく、第四《だいし》の活物《いきもの》は飛《と》ぶ鷲《わし》のごとし。(8)

「この四《よ》つの活物《いきもの》おのおの六《む》つの翼《つばさ》あり。翼《つばさ》の内《うち》も外《そと》も数々《かずかず》の目《め》にて満《み》ちたり、日《ひる》も夜《よる》も絶間《たえま》なく言《い》ふ、『聖《せい》なるかな、聖《せい》なるかな、聖《せい》なるかな、昔在《むかしいま》し、今在《いまいま》し、後来《のちきた》りたまふ主《しゆ》たる全能《ぜんのう》の神《かみ》』(9)――」

このような章句はその大仰な不自然さのために私の子供心をいらだたせ悩ませたのである。こんなものを想像と呼ぶなら、それは想像することのできぬ想像としかいいえない。「前《まへ》も後《うしろ》も数々《かずかず》の目《め》にて満《み》ち」た四つの活物など一体どうして考えられるのか、またそれらはどうすれば「御座《みくら》の中央《ちゆうあう》と御座《みくら》の周囲《まはり》とに」存在しうるのか。此処と彼処と同時に二つの場所を占めることはできぬはずである。しかし、アポカリプスとはかくのごときものなのだ。

さらにいえば、このような想像の多くは詩情に乏しく、まったく一人よがりなものであり、ときにはまったく醜悪でさえある。たとえば、いくたびか出てくる流血の争闘(10)、血《ち》に染《そ》みたる騎士の衣《ころも》(11)、あるいはまた羔羊《こひつじ》の血《ち》で洗《あら》い浄《きよ》められたる人々(12)などのごときがそれである。また「羔羊の怒《いかり》」(13)というような句についても、見るからに滑稽きわまるものではないか。しかし、これこそ非国教徒の教会、英米のあらゆるベセル(14)、それからまたすべての救世軍(15)によって用いられる壮大な言葉づかいと想像なのだ。しかも、生きた宗教はいつの世にも無教育な人々の間に深く根ざしているといわれている。

その無教育な人々の間に黙示録は現在なおわがもの顔ではびこっていることは御承知であろう。実際、それは福音書や偉大なる使徒書以上に影響力を保ってきたし、またおそらく、いまなお依然としてその力を維持しているとしかおもえないのである。暗い冬の夜、大きな、納屋にも似たペンティコスト教会[16]につどう坑夫やその妻女たち、あの火曜の夜の集会者にとって、王《おう》、司《つかさ》、あるいは水《みず》の上《うえ》に坐《ざ》せる淫婦《いんぷ》[17]などに対する大がかりな告発はまさに切実な共感を喚び起すものであろう。そして、かの大文字にて記された**《奥義《あうぎ》、大《おほい》なるバビロン、地《ち》の淫婦《いんぷ》らと憎《にく》むべき者《もの》との母《はは》》**[18]という文句は、かつてはスコットランド清教徒の百姓たちや初期クリスト教徒中の獰猛なる手あいを昂奮させたように、今日でもやはり老坑夫たちの心を昂奮させているのである。地下に潜んでいた初期クリスト教徒にとって、大いなるバビロンとは彼等を迫害してやまぬ大いなる都、大帝国ローマを意味していたのだ。かくしてこれを告発し、その王と富とその尊厳とをことごとく一括して徹底的な苦悶と破滅とに陥れるという、その満足たるや実に測り知れぬものがあったに相違ない。宗教改革ののちにあって、バビロンはふたたびローマと同一視されるに至ったが、今度はそれは法王を意味し、新教徒、非国教徒の国であるイングランドとスコットランドでは、かの「大《おほい》なるバビロンは倒《たふ》れたり、倒《たふ》れたり、かつ悪魔《あくま》の住家《すみか》、もろもろの穢《けが》れたる霊《れい》の檻《をり》、もろもろの穢《けが》れたる憎《にく》むべき鳥《とり》の檻《をり》となれり」[19]という聖ヨハネの告発が声高らかに轟きわたっていったのである。いや今日でもこうした意味はいまだに勿体らしく口にされ、しかも近来ふたたび首を擡《もた》げだしたかに見える法王やローマ・カトリック教徒たち[20]に向って投げつけられたりすることがある。しかし今日バビロンという言葉がより以上広汎に放たれる対象は、ロンドンとか、ニューヨークとか、あるいはそのうちでも最悪のものとされているパリとか、そういった漠とした遠い所で逸楽と淫行(21)に耽り、生涯一度も《教会》のなかに足を踏み入れたことのない富める邪な人々となっている。もし人間、貧にしてしかも不遜にも——ことわっておくが、貧者というものは卑屈であるにしても、クリスト教的な意味で真に謙遜であった例は決してないといってよい——己れの強敵を打倒して致命的な破滅と挫折に逐いこみ、己れひとり光栄の座に這いのぼろうという気になったとしたら、いや、それもまたまことに結構な話ではないか。そういう心根が黙示録におけるほど派手に現れているところは、まずほかにどこにもあるまい。イエスの眼に映じた大なる敵は、律法の成文にやかましく拘泥するパリサイの徒(22)であった。だが、坑夫や工場労働者にとってパリサイの徒はあまりに遠い存在であり、あまりに微妙にすぎる。街角に見うける救世軍がパリサイの徒について狂吼することなどめったにあるまい。彼等の吼えたてるものは、羔羊《こひつじ》の血《ち》であり、バビロンであり、あるいは罪《つみ》、罪人《つみびと》、大《だい》淫婦《いんぷ》、さては禍害《わざわい》なるかな、禍害《わざわい》なるかな、禍害《わざわい》なるかな(23)、と叫《さけ》ぶ御使《みつかい》の群《むれ》、戦慄《せんりつ》すべき苦難《くるしみ》を傾《かたむ》け注《そそ》ぐ鉢《はち》(24)などである。殊《こと》に救《すく》われて羔羊《こひつじ》と共に御座《みくら》に坐し、栄光《えいこう》のうちに統治《すべしら》し、しかも永生《えいせい》を楽しみつつ、真珠《しんじゅ》の門《もん》のある碧玉《へきぎょく》の都《みやこ》、すなわち「日月《じつげつ》の照《てら》すを要《えう》せぬ(25)」都のうちに日を送ることなのである。救世軍の叫びにしばし耳を藉してみるがよい、諸君は連中が行くは途方もなく壮大なものとなるであろうことを聞かされるであろう。たしかに彼等がもしひとたび天に達しえたとすれば、なるほどきわめて壮大なるものであろう。が、**それから**が問題なのだ。彼等はものの道理とやらをこまごまと明かしてくれる、**それから**、諸君は然るべく落ち行く先を指定されるのだ、汝いとすぐれたるもの、汝バビロンよ、地獄のなかへ、硫黄のただなかへ、というわけだ。

黙示録は徹頭徹尾こういった調子で貫かれている。この貴重なる書を二、三度読めばすぐ気づくこと、それはあきらかに、聖ヨハネはおおわらわで選民、すなわち神に選ばれたる[26]民以外の人間をことごとく抹殺し剿滅しつくして、己れのみはまちがいなく神の御座へ這いのぼろうと、大がかりな奸計をめぐらしているという事実である。こうして教会人は非国教主義と同時に、神に選ばれたる民というユダヤ的観念をも受け継いだのであった。自分たちこそは《それ》であり、選民、すなわち《救われたる》ものであった。それとともに、また彼等は選ばれたる民の最後の勝利と世界統治というユダヤ的観念をも引き継いだ。最下層の犬が最上層の犬に成り上ろうとしたのだ。もちろん天国においてである。現実の御座にすわれないとしても、御座に上げられた羔羊《こひつじ》の膝に抱かれようくらいのつもりはあった。かかる教理こそ、いついかなる晩でも、救世軍や、あらゆるベセル、乃至はペンティコスト教会であきるほど耳にするところのものである。それはイエスに非ずとしてもヨハネであり、福音書ではないにしても黙示録である。それこそは思想に富める宗教とは似ても似つかぬ俗人の宗教なのだ。

2

すくなくとも私の子供の頃には、それは俗流宗教であった。いまだに忘れられぬのだが、あの無教養な指導者たち、ことに守旧派メソディスト教会(1)の連中のうちに感じられる奇妙な自尊の観念について、私は子供ながらに驚異の念を抱いていた。おもくるしい方言を語り、《ペンティコスト》を司る彼等坑夫たち、こういう人々には敬虔ぶり、巧言令色、あるいは厭味などというものは、まず皆無といってよい。たしかに、謙遜なところもなければ自己弁護らしきものもなかった。どうしてそれどころか、彼等は坑から上って来るやいなや、がたりとばかりに食卓につく。妻や娘は愛想よく彼等にかしずこうとして馳せ寄って来る。息子も大した謀叛気もなく黙ってその言うことを聴いている。家庭は殺風景ではあったが、さほど居ごこち悪いところでもなかった。あたりには野生的な神秘と権力の気が異様に漂っていた。あたかも教会人は天界から荒々しい権力を分ち与えられてでもいるかのようであった。それはたしかに愛ではない、粗暴な、むしろ野生的な、やや《特異な》権力意識である。彼等は心中ゆるぎないものがあったし、概して妻女たちは至極従順であった。彼等は教会を動かし、かくして家庭をも動かしえたのである。こうした事実に私は驚嘆し、いくぶん快感すら感じたものである。が、そういう私にさえそれは、どちらかと言えば《凡俗》なものに思えた。会衆教会員(2)であった私の母(3)などは、守旧派メソディスト教会へはたしか一度も足を踏み入れなかったろう。母にしてみれば夫に従順なこころがまえになどついぞなれなかったのだ。もっとも、父(3)の方が根からの厚かましい教会人であったならば、母とてもすなおに出でざるをえなかっただろう。厚顔、これこそ教会人のまぎれもなき特性である。それも一種独特の、いわば天界公許の厚顔ともいうべく、いまにしておもえば、かかる特種な宗教的厚顔の多くがアポカリプスによって支えられていたのであった。

幾多の歳月が流れ、比較宗教についてもいくぶんの知識をえ、宗教史なども読み漁った結果、初めて私は納得したのである。暗い火曜の夜ごとにペンティコストやボウヴェイルの教会へ集る坑夫たちに、あれほどまでに異様な特権意識と宗教的厚顔の観念とを鼓吹してきたこの書物のいかに奇怪きわまるものであるかを。教会のなかではガス燈がしゅっしゅっと燃え燦めき、坑夫たちののぶとい声がどよめいている北中部地方の怪しく晦い夜である。俗流宗教、相も変らず——自尊と権力の宗教、そして暗黒の宗教なのだ。そこには

《慈悲の光よ、われらを導きたまえ》という訴えはついに見出だしうべくもない。

経験を積むに従って、人は世に二つのクリスト教のあることを諒解するであろう。一つはイエスに、そして、互に相愛せよ！ という至上命令に中心を置いている——そして他の一つはパウロ[4]でもペテロ[4]でもなく、またかのイエス最愛の弟子ヨハネ[4]でもなく、じつにアポカリプスに中心を置くものである。たしかに優しさのクリスト教というものはある。しかし私の知っているかぎりでは、それが自尊、卑屈なる者たちの自尊のクリスト教のために完全に押し退けられてしまったのだ。

もはやそれから脱れる道はない。人類は永遠に貴族主義者と民主主義者との二つの陣営に分裂してしまった。民主主義はクリスト教時代のもっとも純粋な貴族主義者が説いたものである。ところが、今ではもっとも徹底した民主主義者が絶対的貴族階級へ成り上ろうとしている。イエスは貴族主義者であった。使徒ヨハネもパウロもそうだった。大いなる優しさと穏和と没我の精神——**強さ**からくる優しさと穏和の精神——をもちうるためには偉大なる貴族主義者たらねばならぬのだ。民主主義者からときおり期待しうるものは弱さからくる優しさと穏和にすぎない。それは似て非なるものである。しかも、それは特例であって、通常、彼等に感じられるのは、片意地な硬さなのだ。

ここに問題にしているのは、政治的党派のことではない、人間精神の二つの型を言うのである。己れの魂の強さを感じている人間と、逆に己が弱さを感じている人々とである。イエス、パウロ、そしてかの偉大であったヨハネはみずから強しと感じていた。しかしパトモスのヨハネは、己が魂の弱さを感じていたのである。

イエスの時代には、うちに強き人々はどこにあってもこの地上に支配する望みをまったく抛棄していた。己が強さを地上的支配、地上的権力からおさめて別の生活様式に適用せんと冀《ねが》ったのである。それから弱者は眼を覚まし、**不当な**自恃を感じ始める。彼等は《目に見えた》強者、すなわち世間的権力を担った人々に向って烈しい憎悪を示し始めた。

ここにおいて、宗教は、殊にクリスト教は二元的相貌を具えることとなった。強者の宗教は諦念と愛を教える。が、弱者の宗教は**強きもの、権力あるものを倒せ、而して貧しきものをして栄光あらしめよ**と教えている。世界にはつねに弱者の方が強者より多数である以上、爾来第二のクリスト教が勝を制してきたし、なお今後も勝を制しつづけるであろう。弱者は誰かがこれをして支配しないならば、みずから支配者の側に廻る。それで万事畢《けり》がつくというわけだ。そして弱者の支配とは、かの**強きものを倒せ！**である。

この叫喚の壮大な文献上の典拠こそまさにアポカリプスなのである。似而非謙遜を楯とする弱者は世間的な権力と栄光と富貴とを地表から払拭し去り、こうして彼等真の弱者の統治を招来しようとこころみる。似而非謙遜の聖者たちのミレニアム[5]、想うだに陰惨きわまるものがある。しかし今日、宗教の標榜するものはこれである。ありとあらゆる強き自由の生活を打倒せよ、弱きものをして勝利の栄冠を獲得せしめよ、似而非謙遜の輩をして統治せしめよ、ということにほかならない。弱者の自尊の宗教、似而非謙遜の輩の統治。これこそ宗教、政治両方面における現代社会の風潮というべきである。

3

そしてこれこそパトモスのヨハネの宗教であったといってよい。彼がアポカリプスを書き終えた西暦九六年(1)には――この年代はいわゆる《内証》なるものによって近代の学者が推定した定説であるが――ヨハネはすでに老境に入っていたと言われている。

さて、初期クリスト教史には三人のヨハネがいた。イエスに洗礼を施し、たしかに一つの宗教を、すなわちイエスの死後にも永くその命脈を保つこととなった奇異な教義に満てる、すくなくとも彼自身の宗派を創始したバプテスマのヨハネ(2)がその一人である。つぎに第四福音書と書簡とを書いている使徒ヨハネがいた。最後は、エペソ(3)に住し、ローマ帝国に対する宗教上の罪を着てパトモス(4)島の獄屋に送られたこのパトモスのヨハネである。しかし彼はその後一定の刑期を終えて島から解放され、ふたたびエペソに戻り、伝説によると非常な長寿を保ったということになっている。

吾々が第四福音書の作者と見なしている使徒ヨハネが、やはりこのアポカリプスをも書いたのだと永い間信じられていた。しかしこの二つの作品が同一人の手になったとはどうしても考えられない。(5)それほど両者の懸隔ははなはだしいものがある。第四福音書の作者はたしかに教養に富んだ《ギリシア系》ユダヤ人であり、神秘な、《愛》のクリスト教精神の偉大な鼓吹者の一人であった。が、パトモスのヨハネは、それとは似ても似つかぬ性格の持主だったにちがいない。彼が爾来鼓吹しきたったものは明かにそれとはまったく異なった感情である。

吾々がひとたび批判精神に照らして峻厳にアポカリプスに対するとき、そこには真のクリストも在さず、真の福音のささやきもなければ、またクリスト教精神の創造的いぶきをも感じられぬ重要きわまりないクリスト教の教義が展開されているという事実を、しかもそれでいてやはりこれは聖書中もっとも効力の大きな教義にちがいないという事実を諒解するに到るであろう。言葉をかえていえば、この書はクリスト教時代を通じて第二流の人々の上に、聖書中他のいかなる書にも増して非常な影響を与えてきたのである。ヨハネのアポカリプスは、じじつ、第二流の精神の所産である。ゆえにそれはあらゆる国、あらゆる世紀にわたって第二流の精神に強く訴えている。まことに奇抜なことであるが、その晦渋な表現にもかかわらず、この書はクリスト教徒の大多数にとって——大多数とはいつの世にも第二流の輩の集まりであるが——一世紀以来つねに希望の最大の源泉となってきたということは疑う余地のない事実である。しかも怖るべきことには、これこそ今日吾々の直面している当の相手であることを思い知らされるであろう。それはイエスではなく、パウロでもなく、じつにパトモスのヨハネなのだ。

クリスト教の愛の教義は、そのもっとも純粋な姿においてさえ一種の逃避であった。イエスすらも、その《愛》が鞏固なる力に転化したあかつきには、いわゆる《後《のち》に》統べ治らすことを考えていた。この、のちに栄光のうちにあって統べ治らさんという大望こそはつねにクリスト教の根柢に巣喰っていたものであり、いうまでもなく、これこそ、この世で現在ただちに統治の座につかんとする野望の惨めに打挫かれた表れにすぎないのである。ユダヤ人は容易にはぐらかしうる存在ではなかった。彼等はこの地上に統治の権を振わんものと固く決意していた。ゆえに、紀元前二〇〇年、エルサレムの神殿が再度破壊[6]の憂目を見てからはなおのこと、世界を征服せんとする好戦的な勝利者メシヤ[7]の到来を夢に描き始めたのであった。クリスト教徒たちはこうした夢をクリストのセカンド・アドヴェント[8]として採りあげた。このときイエスは異邦人の世界に最後の鞭打を加え、聖徒の支配を打樹てんとして来たり給うというのである。ところがパトモスのヨハネは、こうした聖徒のもともと控え目な支配を（およそ四十年間という）おもいきって一千年の長年月に引延ばしてしまった。その結果ミレニアムの思想が人類の想像を捉え始めたのである。[9]
こうして新約のうちにクリスト教の大敵たる権力意識が忍びこんだ。悪魔は、あざやかな閉め出しを喰わしてやったとおもったまさにその最後の瞬間、アポカリプスの仮面を被って巧みに紛れこんで来たのだ。いわば聖書の末尾に黙示録として王座に這い上ったというわけである。

なぜなら、黙示録とは、これを最後にことわっておくが、人間のうちにある不滅の権力意志とその聖化、その決定的勝利の黙示にほかならないからだ。たとえいまは殉教の業苦を忍ばねばならないとしても、そして、この目的実現のためには全世界が壊滅されねばならぬとしても、おお、クリスト教徒たちよ、なんの怖れることがあろう、君たちだけは王者としてこの世を統べ治らし、かつての暴君たちの首根っこを土足にかけることも出来るというものだ！

これが黙示録の御託宣である。

そしてイエスが己れの弟子のうちにイスカリオテのユダ[10]をもたねばならぬ宿命にあったように、新約のうちに黙示録一篇の紛れこむこともまた不可避の運命であった。

なぜか？　それは人間の本性がそれを要求しているからだ、これこそいつの世にも変ることなき念願でなくしてなんであろう。

イエスのクリスト教精神は吾々の本性のわずかに一部を満足させるのみである。吾々のうちにはなおそれが適合せぬ広汎な領域が在るのだ。この領域にこそ、救世軍が示しているごとく、黙示録があてはまるのである。

諦念と冥想と自己認識の宗教はただ個人のためのものである。しかしながら、人は己れの本性のほんの一部においてのみ個人たりうる。他の大きな領域においては、人は集団である。

諦念、冥想、自己認識、純粋なる倫理の宗教は個人のものである。いや、このときすら完全な意味における個人のためのものとはいえないが、ともかくそれは人間本性の個人的側面を表現している。それらは人間本性のこの側面だけを孤立せしめるのである。反面それは他の側を、すなわち集団的な側面を断ち切ってしまうのだ。社会の最下層はつねに非個人的であり、それゆえ、見るがいい、彼等はその欲求を満たすために別の様式の宗教を探し求めているではないか。

仏教、クリスト教、あるいはプラトン哲学のごとき諦念の宗教は貴族の、いわば精神的貴族のものである。精神上の貴族は自我実現と他者への奉仕のうちに己が義務の遂行を見る。貧しきものに仕えよという。まことに結構である。しかし、貧しきものは一体誰に仕えたらよいのか。これこそ大なる疑問である。この問いに応えたのがパトモスのヨハネである。貧しきものは己れ自身に奉仕し、己が自尊の歌に汲々たるべしというのだ。ここに貧しきものとは単に貧苦の徒を意味するのみではない。それはまた、貴族の独自性と孤立性とをもたぬ《凡庸きわまる》かの集団的精神の持主をも意味している。

大多数とはつねにこれら凡庸の徒である。クリストや仏陀やプラトンの要求する貴族的個性など薬にしたくも無いのだ。そこで、彼等パトモス流の輩は団結を恃んでこそこそと忍び歩き、心中ひそかに己が究極の自尊化に一意専心たる有様なのである。

人はひとりになったとき始めてクリスト教徒たりえ、仏教徒たりえ、またプラトン主義者たりうる。クリストや仏陀の像がこの事実を証明しているではないか。他者と共になるとただちに差別が生じ、別々の水準が形づくられる、イエスも他人の前に出るやいなや、一貴族となり、また一人の師となった。仏陀はつねに王侯仏陀である。アッシジの聖フランチェスコ(11)は、彼もまた大いに謙虚ならんと努めながら、事実は弟子たちの上に絶対権力を振う微妙な手をこころえていた。シェレー(12)も仲間と共にあって貴族たらざれば我慢のできぬ種類の男であった。またレニン(13)こそは襤褸をまとった暴君である。

そういうものなのだ！　権力は厳として存在する、そしてこの事実は今後も永遠に絶えぬであろう。人が二人三人と集まれば(14)、殊にその際なにごとかを為しとげようと欲するならば、その瞬間ただちに権力が介入しきたり、かならずそのうちの一人が指導者となり師となる。これは絶対に避けうるものではない。

この事実をそのまま受けいれるなら、過去の人類がやったように、その男の生れつきの権力をすなおに認め、それに讃仰を捧げたなら、きっと大きな愉悦が、一種の昂揚感ともいうべきものが生れ、強きものからより弱きものの側へと力が移って行くであろう。力の流れというものがたしかにあるのだ。この流れに沿って始めて、人々はいかなるときにも彼等最善の集団存在を形成しうるのである。力、即ち栄光の焔というものを信じるがいい。そうすれば一人一人のうちにこの存在に相応じる焔が燃え上る。英雄に讃仰と忠節を捧げたまえ、そうすれば自分自身、英雄的となる。これが人間の、男性の法則なのである、女性の法則はおのずからまた別個のものであろう。

しかし、ひとたびこの法則に背いたなら、一体なにが起るであろうか。権力は否定に遇えば、衰頽の路を辿るほかはない。已れより偉大な人のうちの権力を否定すれば、自分自身が力を失うのだ。ところで社会なるものはいつの世にも支配され統治されねばならぬものである以上、民衆はみずから権力を否定したところにやがて権威を許容しなければならなくなるに決っている。いまや権威が権力に取って代り、その結果、《大臣》、官吏、警官が登場する。さてこそ野心と競り合いの蔓延であり、民衆は互いに敵の面を土足で踏みにじってはばからない。つまり人はさほどに権力を畏れているのである。

レニンのごとき男は権力の徹底的破壊を信じていた極悪の聖者である。そして権力の絶滅は人間を言語に絶するほど見すぼらしい、剝奪された、卑小な、そして惨めな、屈辱的な存在に堕せしめる。アブラハム・リンカーン[15]もまた権力の徹底的破壊をなかば信じていた、いわば半悪の聖者である。ウィルソン大統領[16]は完全に権力破壊を信じ切っていたまったくの悪聖者と言ってよいが――一方みずからを誇大妄想と神経衰弱症的専制に駆りやった男である。世にいかなる聖者といえども――レニン、リンカーン、ウィルソンにしても純粋に個人の状態を保っているかぎりは真の聖者たりえたのだが――ひとたび人間の集団的自我に手を触れるとき、あらゆる聖者が悪人と化せざるをえないのだ。瞬間、彼は背教者となる。プラトンもこの例に漏れない。偉大なる聖者とはただ個人のものであり、それはつまり人間本性の一面のみのものであるということだ。というのは、人間の自我の深層部においては、何人といえども集団的たることを免れえないからである。そして集団的自我は権力との緊密な聯繫のうちに生き、動き、存在しているか、さもなければ、それは内にひきこもり、摩擦を惹起して、権力を破壊し、同時にわれとわが身を壊滅せしめんとする悲惨な状態に生きている。

しかも、今日この権力を破壊せんとする意欲は、その最高潮に達している。前のロシア皇帝《ツァー》(17)のごとき偉大な王たちが——偉大というのはその地位について言っているのだが——民衆の巨大な反対意志、すなわち権力否定の意志に押し潰されてほとんど虚脱症状に陥ってしまった。近代の王はことごとくかかる否定に遇って、ついに白痴同様の身となっていた。そして権力に拠って立つ以上、権力破壊者か白い羽毛の生えた邪鳥(18)にならぬ限り、何人もおなじ憂目を見るであろう。が、ひとたびそうしたものになりさえすれば、そこにはかならず民衆の支持がある。彼等権力否定の民衆ども、殊に大群の凡俗輩、一体彼等に滑稽と憐憫の対象を超えた王を戴くことがどうしてできようか。

アポカリプスは約二千年にわたって歴史を縦断してきている。まさにクリスト教の隠れた裏面史というべきであろう。そしていまやその目的はほとんど完遂されたかたちである。なぜならアポカリプスは権力に対して敬意を払おうとしない。それは権力者を虐殺し、権力そのものを己が掌中に収めんと冀っている、それがこの虚弱者の本音なのだ。

ユダは、いわばイエスの教えに内在する否定と遁辞とのために、師を権力の手に売りわたさねばならなかった。イエスはその弟子たちの間にあるときさえ、純粋に個人の位置を保っていた。こころから彼等と交わったこともなければ、行動を共にしたことすらなかった。**彼はいついかなるときにも孤独であった。**徹頭徹尾彼等を困惑せしめ、ある点では彼等の期待に背いていたのである。イエスは彼等の肉体的権力者たることを拒絶した。そのため、ユダのような男のうちにある権力渇仰熱はみずから裏切られるのを感じていたのだ！　ゆえに、それは裏切りをもって逆襲し、接吻《くちづけ》(19)をもってイエスを売ったのである。まったく同様にして、黙示録は福音書に死の接吻を与えんがため、新約のうちに挿入されねばならなかったのである。

4

たしかに奇異なことではあるが、一共同体の集団意志が往々にして個人意志の基底を暴露することは事実であろう。初期クリスト教会、乃至はクリスト教共同体は早くから奇怪な権力を憧れる奇妙な意志を示していた。ありとあらゆる権力を破壊して、そのあげくみずから決定的究極的な権力を簒奪しようという意志を懐いていたのだ。これはまったくがイエスの教えそのままではなかったにしても、弱きもの、劣れるものの大多数にとっては、イエスの教えの必然的に含蓄するところと受けとられたのである。イエスが説いたものは無我の同胞愛への遁世と解放であり、これこそ強者のみが知る心境であった。いうまでもなく、このことがただちに弱者の団体を勝利の状態へ導くもととなったことはたしかである。クリスト教共同体の意志は反社会的であり、ほとんど反人間的ですらあったのだ。それは始めから世界の終末、人類の掃滅に対して狂的な願望を示していた。それゆえ、この願望が実現せられなかったとき、あらゆる支配と主権を、そしてあらゆる人間的光輝をこの世から抹殺し去り、聖徒の共同体のみを権力の究極的否定として、しかも究極的権力として残存せしめようという陰険な覚悟を固めたのである。

暗黒時代崩壊のあとをうけて、カトリック教会はふたたび人間的なものとして泛びあがった。(1)それは中途半端なものでなく、たねまきとかりいれ、冬至と夏至とに歩調を合せた完全な存在として、その初期にあっては同胞愛と、自然人としての主権・威光との巧みな均衡を持していたのである。すべての男は結婚において自分の小さな王国を与えられ、すべての女は何人も窺い知らぬ自分自身の領域を与えられていた。教会の導きによるクリスト教徒の結婚は真の自由、人間完成の真の可能性にとって、一つの立派な制度であった。自由とは完全に充足して生きること以外のなにものでもなかったのであり、今でも、それ以外のなにものでもありえない。結婚において、また大いなる自然の周期をなす教会の儀式と祭典において、カトリック教会は人々にこの自由を与えようとこころみたのである。しかし遺憾ながら、教会はその後すぐかかる均衡を失い、地上的な貪欲に耽ることとなった。

このとき宗教改革がやってきて、ふたたび例の事態が始まったのだ。人間の地上的権力を打倒して、そのかわりに大衆の否定的権力を樹立しようというクリスト教共同体の旧い意志が復活したのである。この闘いは今日なお惨害のかぎりを尽して荒れ狂っている。ロシアにおいては、地上的権力に対する勝利が完遂され、レニンを聖徒の頭とする聖徒政治が実現された。

たしかにレニンは聖徒である。彼のうちには骨の髄まで聖徒の血が流れていた。今日、彼の聖徒として崇められていることも、まことに故あるかなである。しかしながら、人類の雄々しき権力をことごとく殺戮せんと企てる聖徒は、あたかもひわどりの美しい羽毛を片端から捥ぎ取ろうと欲した清教徒(2)のごとく、悪魔でなくしてなんであろうか。はたせるかな、レニンの聖徒政治は実に戦慄すべきものと化した。それはいかなる《獣《けもの》》(3)、すなわち皇帝の支配にもまして多くの汝=すべからず式の禁止令をもっている。当然の宿命であった。いずれの聖徒政治も結果は怖るべきものたらざるをえないのだ。なぜか？ 人間の本性が元来聖なるものではないからである。根原的な要求、いわば人間の魂のうちにある旧いアダム的要求は、自己の勢力範囲において、しかも届きうるかぎり広く、支配者となり、主となり、かつ栄えある存在となろうとすることなのである。どんな雄鶏にしても自分の垂らした糞のかたまりの上に鬨《とき》をつくり、燦然たる羽毛をはためかせることくらいは出来るはずだ。またいかなる百姓といえども、己れのあばら家でならば、あるいはまた一杯ひっかけたときには、栄光に取りまかれた小皇帝《ツアー》たりえた。いかなる百姓もかつての貴族たちの威光と豪華を、そして皇帝《ツアー》の至高の光輝を堪能してきたのである。至高の支配者たり主たり、かつ栄えある存在たる人間、彼等自身の、すなわち彼等のうちなる栄えある人間を、いや皇帝《ツアー》を、己が眼をもって眺めえたというものだ！　これこそ人間のこころのうちにもっとも深く巣喰っている最大、最強の要求を充足せしめたものでなくしてなんであろう。人のこころは威光を、豪華を、自尊を、傲岸を、栄光を、主権を、絶えず冀ってやまない。おそらくは愛よりも、すくなくともパンよりもこうしたものを求めているに違いないのである。こうして偉大といわれるあらゆる王はすべての民におのおのささやかな縄張りのなかで小君主たることを許し、主権と威光をもって想像を満たさしめ、そうすることによって魂の満足を与えている。世に最も危険なことは男に籠の鳥の卑小感を味わせることである。その結果彼は意気銷沈し、みずから卑小になってしまうのだ。情けないことに、吾々は誰でも自分からそうだと思いこんだものになってしまうのが慣いである。さて人類は長年にわたって男らしい、輝かしい自己を抑圧されきたり、失意の底に沈み、卑下の境地に陥っている。これでよいのであろうか。よくないとすれば、彼等をしてみずから何か手を打たせなければならぬ。

レニン——あるいはシェレー、聖フランチェスコ——のごとき大聖は、みずから高く持する素朴な権力的自我に対して、ただ、**アナテマ! アナテマ!**(呪詛、破門)の叫びを浴せるばかりで、ひたすらあらゆる力と主権とを毀《こぼ》ち去り、群衆を貧しく、あくまで貧しく! 陥れるよりほかに方法を知らなかったのである。勿論、現代民主主義国家における民衆はどこでもこういう貧しさをつぶさに嘗めてはいるが、もっとも徹底した民主主義国家におけるほど――金銭の点ではともかく――これほど生活に貧困をきわめている国民はまず無いといってよかろう。まったくもって徹底した貧しさなのである。

共同体はつねに非人間的であり、それもかならず人間以下である。それは、ついには、**生きた血液が流れず**無知覚なるが故にもっとも危険きわまる暴君となる。永い将来に亙っては、アメリカやスイスのごとき民主主義国家ですらも、真の貴族精神をいくぶんでも具えた、たとえばリンカーンのような英雄の呼びかけに応えるであろう。それほどに人間のうちの貴族的本能は強いものである。しかしながら、いくぶんでもこうした真の貴族精神を蔵した英雄の呼びかけにすすんで応じようとする気風は、あらゆる民主主義国家において時とともに段々弱まりつつある。全歴史がそれを証明している。いまや人々は一種の怨恨をもって英雄の呼びかけに反抗するのだ。しかもかえって、無知覚な、威圧的な風俗の権力を振り廻す凡俗の呼びかけにしか耳を傾けぬようになるであろう――が、それは悪なのだ。しかし、だからこそ、なさけないほど劣等な、低劣でさえある政治家がみごとに成功を収めるのである。

気魂ある人々は集まって貴族主義国家を成す。汝＝すべからず式の民主主義国は必然的に烏合の衆となる。そうなれば、神聖なる《人民の意志》はいかなる暴君の意志よりも盲目となり、陋劣となり、のみならず冷酷、危険なものと化するであろう。人民の意志が畢竟無数の弱者の弱さの総計に過ぎぬものとなるなら、そのときこそ突破口を切り拓くべき時である。

現在がそれだ。恐怖におびえて、想像しうるかぎりの禍害から自己を護ろうと努め、もちろんその結果は己が恐怖に駆りたてられてかえって禍害を招来するような弱き個人の集まりがこの社会を形成しているのである。

またこれこそ今日、例の絶えることなきけちくさい汝＝すべからず流に凝りかたまっているクリスト教共同体の現状にほかならないのだ。そしてこれこそ、長い間クリスト教の教義がその実践においてもたらした実情でなくしてなんであろう。

5

黙示録は、いわばかかる事態の前表をなすものであった。それには、なによりもまず、心理学者などの口にしそうなことであるが、達成しそこねた《優越》目標と、その結果惹起されたインフェリオリティ・コムプレックスの表れなのである。クリスト教の積極面たる冥想の平和、無我奉仕の歓喜、野心からの解脱、智慧の悦楽、こういったものはアポカリプスのうちには絶対に求めうべくもない。それというのもアポカリプスは挫かれねじけた集団的自我によって書かれた、人間本性の非個人的側面に応ずるものであり、これに反して冥想とか無我の奉仕とかいうものは孤立した純粋個人のものだからである。いずれにしろ、純粋なクリスト教精神なるものは国家、あるいは一般に社会というようなものとは**絶対に相容れぬ**存在である。大戦の結果これはあきらかな事実となった。それは個人にのみ適応しうるものである。集団的全体はそれとはまったく別の発想に立たねばならない。

　こうしてアポカリプスは、その根本精神においてはいかほど不快なものであるにせよ、とにかくそのような第二の発想をうちに含んでもいるのである。それは、**挫かれ抑圧された**集団的自我、すなわち心中の挫かれた権力意識の危険な呻吟が復讐的な響を伝えているためにのみ、吾々に不快の感を催させるのだ。しかしながら、また一方には真の積極的な権力意志の啓示もいくらか含まれている。冒頭がまず吾々を驚かせる。「ヨハネ書をアジアに在《あ》る七《なな》つの教会《けうくわい》に贈《おく》る。願《ねがは》くは**今在《いまいま》し、昔在《むかしいま》し、後来《のちきた》りたまふ者《もの》**および其《そ》の御座《みくら》の前《まへ》にある七《なな》つの霊《れい》、また忠実《ちゆうじつ》なる証人《しようにん》、死人《しにん》の中《うち》より最先《いやさき》に生《うま》れ給《たま》ひしもの、地《ち》の諸王《しよわう》の君《きみ》なるイエス・キリストより賜《たま》ふ恩恵《めぐみ》と平安《へいあん》と汝《なんぢ》らに在《あ》らんことを。願《ねがは》くは我《われ》らを愛《あい》し、その血《ち》をもて我《われ》らを罪《つみ》より解放《ときはな》ち、われらを其《そ》の父《ちち》なる神《かみ》のために国民《こくみん》となし祭司《さいし》となし給《たま》へる者《もの》に世々《よよ》限《かぎ》りなく栄光《えいくわう》と権力《ちから》とあらんことを、アァメン。視《み》よ、彼《かれ》は雲《くも》の中《うち》にありて来《きた》りたまふ。諸衆《もろもろ》の目《め》、殊《こと》に彼《かれ》を刺《さ》したる者《もの》これを見《み》ん、かつ地上《ちじやう》の諸族《しよぞく》みな彼《かれ》の故《ゆゑ》に歎《なげ》かん、然《しか》り、アァメン。(1)」――ここに私はモファト訳(2)を用いた、欽定訳のものよりいくぶん意味が平明だからである。

この一節に吾々は、湖辺をさすらうガリラヤのイエス(3)とは似ても似つかぬ異様なイエスを教えられる。また、つぎのごとき一節に出あう。「われ主日《しゆじつ》に御霊《みたま》に感《かん》じゐたるに、わが後《うしろ》にラッパのごとき大《おほい》なる声《こゑ》を聞《き》けり。曰《いは》く、『なんぢの見《み》る所《ところ》のことを書《ふみ》に録《しる》せ。』われ振反《ふりかへ》りて我《われ》に語《かた》る声《こゑ》を見《み》んとし、振返《ふりかへ》り見《み》れば七《なな》つの金《きん》の燈台《とうだい》あり。また燈台《とうだい》の間《あひだ》に人《ひと》の子《こ》のごとき者《もの》ありて足《あし》まで垂《た》るる衣《ころも》を著《き》、胸《むね》に金《きん》の帯《おび》を束《つか》ね、その頭《かしら》と頭髪《かみのけ》とは白《しろ》き毛《け》のごとく雪《ゆき》のごとく白《しろ》く、その目《め》は焔《ほのほ》のごとく、その足《あし》は炉《ろ》にて焼《や》きたる輝《かがや》ける真鍮《しんちゆう》のごとく、その声《こゑ》は衆《おほく》の水《みづ》の声《こゑ》のごとし。その右《みぎ》の手《て》に七《なな》つの星《ほし》を持《も》ち、その口《くち》より両刃《もろは》の利《と》き剣《つるぎ》いで、その顔《かほ》は烈《はげ》しく照《て》る日《ひ》のごとし。我《われ》これを見《み》しとき其《そ》の足下《あしもと》に倒《たふ》れて死《し》にたる者《もの》の如《ごと》くなれり。彼《かれ》その右《みぎ》の手《て》を我《われ》に按《お》きて言《い》ひたまふ、『懼《おそ》るな、我《われ》は最先《いやさき》なり、最後《いやはて》なり、活《い》ける者《もの》なり、われ曾《かつ》て死《し》にたりしが、視《み》よ世々《よよ》限《かぎ》りなく生《い》く。また死《し》と陰府《よみ》との鍵《かぎ》を有《も》てり。されば汝《なんぢ》が見《み》しことと今《いま》あることと、後《のち》に成《な》らんとする事《こと》を録《しる》せ、即《すなは》ち汝《なんぢ》が見《み》しところの我《わ》が右《みぎ》の手《て》にある七《なな》つの星《ほし》と七《なな》つの金《きん》の燈台《とうだい》との奥義《おくぎ》なり。七《なな》つの星《ほし》は七《なな》つの教会《けうくわい》の使《つかひ》にして、七《なな》つの燈台《とうだい》は七《なな》つの教会《けうくわい》なり」

エペソに在《あ》る教会《けうくわい》の使《つかひ》に書《か》きおくれ。

「右《みぎ》の手《て》に七《なな》つの星《ほし》を持《も》つ者《もの》、七《なな》つの金《きん》の燈台《とうだい》の間《あひだ》に歩《あゆ》むもの斯《か》く言《い》ふ――」(4)

さて、この、口よりほとばしるロゴスの剣と手に七つの星を携えたるものこそ神の子であり、したがってメシヤでありイエスである。ゲッセマネにて「わが心《こころ》いたく憂《うれ》ひて死《し》ぬばかりなり。汝《なんぢ》ら此処《ここ》に止《とど》まりて我《われ》と共《とも》に目《め》を覚《さま》しをれ。(5)」と言ったイエスと相隔たることとははなはだ遠い。――が、これが初期の、殊にアジアの教会がもっぱら信じていたイエスの姿なのである。

では一体、かかるイエスはなにものなのか、それは、エゼキエル(6)とダニエル(6)の幻覚に顕れた全能者とほとんど同一の偉大なすばらしき存在なのである。七つの永遠の燈、古代世界の遊星、日と月と大いなる五星辰に足もとをとりまかれて立った壮大なるコスモスの主である。その頭は燦然として北の空、神秘にみちた極域に聳えている。右手には北斗七星と呼ばれている大熊星座の七星を摑み、北極星を中心にそれらを回転させて――いまなお吾々が眺めうるごとく――天体(7)の運行を、コスモスの旋回運動をつかさどる。これこそ全コスモスを軌道の上に周行せしめるところのあらゆる運動の主である。さて、両刃の剣のごとき言葉、世界に一撃を加え（ついには潰滅に帰せしめる）ロゴスの強大な武器が彼の口をついて出るのである。これはたしかにイエスが人類に齎した剣であった。最後に、彼の顔は烈しく照る日、命の根原そのもののように輝き、吾々はこの眩惑者を前にして死にたるもののごとく倒れ伏す。

　これがイエスである、単に初期教会のみならず、今日の俗流宗教の仰ぐイエスの姿である。ここには謙遜もなければ、苦悩もない。まことにこれこそ吾々の《優越目標》にほかならない。人類が神について懐く**第二の**概念をつぶさに説き明かすものである。おそらく、それは第一のものに比して、より大きな、より根本的な概念であろう。コスモスの壮大なる運行者というのだ！　パトモスのヨハネにとって、主とは**コスモクラトール**[8]であり、あまつさえ**コスモディナモス**[8]であった。またそれはコスモスの偉大なる支配者であり、コスモスの権力者でもある。しかし、残念ながらアポカリプスに随えば、人類はその生前においてはついに宇宙支配に与りえないことになっている。クリスト教徒として殉教の死を選び、そこで始めてセカンド・アドヴェントと共に復活を許され、小コスモクラトールの地位を得て、一千年の間統治する。これが弱者の神化である。

　ところが、神の子としてヨハネの幻覚に映ったイエスはそれだけではない。彼は死と陰《よ》府《み》の国とを開く鍵を持っている。彼はまた地界のあるじなのだ。つまりヘルメス神(9)であり、三途の川を越えて死の世界を導く魂の案内者である。彼こそ死者の秘義を統べ、全燔祭(9)の意味を諒解し、下界の権力に打ち克つ最後の権力を所持するものである。遠く低く世人の間にあって、つねに宗教の蔭に徘徊してやまぬ死者と死のあるじたち、かれら古代ギリシア人のクソニオイ(10)、これらもまたイエスを最高の主と見なすにちがいない。

そして死者のあるじが同時にまた未来の支配者であり、現在の神である。彼は昔在《むかしいま》し、今在《いまいま》し、後来《のちきた》りたまうものの幻影を与えてくれる。

諸君のイエスここに在り！　というわけだ。が、現代のクリスト教はこれに対して、いかなる手を打とうというのであろうか。なぜなら、かかるイエスはまさに最古の教団特有のイエスであり、かの初期カトリック教会が暗黒時代から泛びあがって、ふたたびみずからを生と死とコスモスとに適合せしめようとした時期に取りかえしえたイエスの姿なのである。生と死とコスモス、すなわち魂の経るまことに大いなる冒険、これこそ、コスモスから切り離され、陰府と絶縁され、かの星辰の運行者のあの壮大から隔絶してしまった現代のプロテスタンティズムやカソリシズムのけちくさい個人的冒険とは、まったく対蹠的な立場をとるものであった。けちくさい個人的救済、けちくさい倫理、こうしたものがコスモスの光輝に取って代り、その結果として吾々は太陽や遊星、そして右手に大熊星座の七星を捧げもつ主の姿を見失ってしまったのだ。現代の吾々は、哀れな恰好で這い廻る卑小な世界のうちに跼蹐している。死と陰府の鍵もついに失ってしまった。籠の鳥の惨めな姿！　このうえ吾々の為しうることといえば、いわゆる同胞愛と名づけられたものをもってお互同士をとじこめあうことでしかない。自分が到底なれないものに誰か他のものが卓越し、光り輝きでもしはしないかとつねに戦々兢々たるありさまなのだ。今日吾々のうち一人としてけちくさいボルシェヴィストならざるものはなく、心中ひそかに意を決しているることは、その何人たるを問わず他人をして烈しく照る日のごとく輝かしめまいということである。それによって、吾々自身の存在が影薄くなることを怖れるからである。

さて、ふたたびアポカリプスに戻るが、この書に対して吾々はまたもや二重の印象を懐かせられる。開巻ただちに吾々の眼を奪うものは、コスモスの力と壮大に酔っていた古代異教的光輝と、その宇宙のうちの星の一つとして在った人間とである。突如として吾々はヨハネの時代をはるか遠ざかる昔の、こうした古代異教世界への郷愁をふたたび感じるのだ。それは現在の弱々しい生活のけちくさい個人的葛藤からのがれて、人間がいまだ《怖れ》を知らなかったあの遠い世界に復帰しようとする憧れである。吾々は、小さな硬い殻の自働的《ユニヴァース》を去って、《未開の》異教徒たちが棲んでいた偉大にして生気あるコスモスにかえりたいのだ。

異教の徒と吾々との間に横たわる最も大きな相違は、おそらくコスモスへの両者の結びつきのちがいにあるだろう。吾々にあってはすべてが個人的である。風景と大空、こうしたものまでが個人的生活の甘たるい背景になっている。が、ただそれだけなのだ。科学者のいうユニヴァースも、吾々の個人性に較べてどれほど大きな拡がりがあるというのか。ところが異教徒にとっては、風景とか個人的背景とかいうものはまずさほど重要なものではなかった。が、しかしコスモスは真に切実な存在だったのである。人間はコスモスと共に生き、それが自我よりも偉大なものであることを知っていた。

古代文明の世界が太陽を仰ぎ見たのとおなじように吾々もそれを見ているなどと考えたら、それこそとんでもないまちがいである。吾々の眺めているものは、たかが燃焼するガスの球体にまで縮小せられてしまった科学的小発光体にすぎない。エゼキエルやヨハネの生れるまえ数世紀の間、太陽は依然として荘厳な実体であり、そこから人々は力と光輝とを汲み出だし、またそれに礼讃と光栄と感謝とを返納していたのである。しかし、吾々にあっては、この聯関はついに断たれた。感応の中心が死滅してしまったのである。吾々の太陽は古代人のコスモス的太陽とはまったく異なったものであり、はるかに価値低き存在である。たしかに吾々も太陽と称するものを眺めてはいるが、かのヘリオス(11)は永遠に失われてしまったのだ。いわんや、カルデア人(12)のいう偉大な球体など求めうべくもない。コスモスとの感応的聯関から脱落してしまったために、吾々はコスモスを失ったのである。これこそ吾々のもっとも切実な悲劇でなくしてなんであろう。かのコスモスと共に生き、コスモスに祝福されていた古代人の壮大な生活に較べるとき、吾々の口にするけちくさい自然愛とは——しかも、大文字にして崇める大自然とは！——一体なにものであろうか。

アポカリプスの偉大なる想像のうちには、たしかに吾々を動かして魂の未知の深奥にまで達せしめ、自由の不可思議な荒々しい羽搏きを感ぜしめるものがある。それは真の自由であり、なるほど**どこかある場所**への脱出ではあっても、それは決して架空の場所への逃避ではない。いわばあのユニヴァースという窮屈で小さな檻からの脱出である。たとえ天文学者たちが、広漠として思議すべからざる拡がりを有する空間を言うとしても、それは依然として硬い殻であることに変りはない。それがなんの意味もない涯しなき延拡、荒涼たるたたなわりにとどまるかぎり、その殻は硬く、したがって、脱出とはこうしたものから生きたコスモスへのそれを意味し、また偉大な野生に溢れた生命をうちに懐き、その軌道をめぐりつつ吾々に向って神秘に満ちた興隆と凋萎を彼と共にすることを求めてやまぬ太陽への復帰を意味する。太陽が私に向って語りかけてくることなどありえないと誰が言うか！　彼は燃え熾る大いなる意識を有し、私は燃え熾る小なる意識を有する。私がひとたび自分のうちから個人的思想感情の渣滓を拭い去って、赤裸々な太陽的自我の底深くにまで降りて行くなら、そのときこそ太陽と私とは刻々と燃え熾る焔のうちに互の受胎を交わすのである。そのとき彼は私に生命を、太陽的生命を与え、私は逆に輝かしい血の世界からささやかな新しい光輝をおくりかえす。怒れる龍のごとき偉大な太陽、それはまた吾々のうちなる神経的・個人的意識を憎んでやまない。この事実をば、かの現代の日光浴礼讃者たちはよく理解しなければならぬのだ。なぜなら、彼等の皮膚を青銅のごとく鍛える太陽こそ、また彼等を崩壊に導くものなのだ。しかし、太陽は獅子のごとく生命の輝かしき紅血を愛し、もし吾々が享けるすべさえ知っていたなら、それに無限の豊かさを与えてくれるであろう。が、吾々は享けるすべを知らない。吾々は太陽を失ってしまった。いまやそれは吾々の上に襲いかかり、内なるなにものかを分解しつつ、徐々に吾々を破壊し去るのみである。彼はもはや生命を齎すものではなくして、破壊の毒牙を振う龍である。

また、吾々は月を失ってしまった。あの冷めたく煌《かがや》きつつたえず変化する月を失ってしまった。本来なら、かの女こそ吾々の神経を慰撫し、皎々と煌く絹のような手で宥《なだ》め鎮め、その冷涼な気配によって再び平穏のうちへと和めてくれるであろうのに。なぜなら、月は吾々水性の肉体、すなわち吾々の神経的な意識としめった肉とからなる白々とした肉体の女王であり、母でもある。ああ、かの女こそあの偉大にして冷やかなアルテミス(13)のように、吾々を胸にかき抱いて宥め癒すことができたであろうに。が、吾々はその月を失ってしまった。愚かにもその存在を無視している。いまや月は怒に満ちて吾々を見おろし、その神経的な鞭の雨を注ぐのである。おお、夜空に煌く怒れるアルテミスに気をつけるがいい。シビリ[14]の怨みに気をつけるがよい。角の生えたアスタルテ[15]の執念に用心するがよい。夜、あの忌わしい愛の自殺行為のうちにわれとわが身を突きさす恋人たち、彼等こそアルテミスの毒矢に射られて狂った人々ではないか。月は彼等の味方をしない。それは激しく彼等に敵対する。月を敵に廻してしまった以上、おお、君たちはあの苦々しい夜を、殊に陶酔の夜を警戒しなければいけないのだ。

さて、こうしたことはあるいは馬鹿げたでたらめに聞えるかも知れない。が、それというのも、吾々自身が阿呆になってしまったからだ。もともと吾々の血と太陽との間には、そして吾々の神経と月との間には未来永劫にわたって脈々たる交流があるのだ。ひとたび吾々が日月との接触・調和を欠くときは、両者共に吾々に向って破壊の毒牙を振う大龍と化する。太陽は血の活力の偉大なる源泉として、吾々に力をおくってよこす。しかしながら太陽にさからい、「あれは単なるガスの球体に過ぎぬ!」などと口ばしったが最後、この日光の滾々として尽きぬ活力が、吾々の体内でそのままただちに隠微な破壊力と化し、吾々を崩壊し去るであろう。月とても、いや他の遊星、かの偉大なる星辰の群もみなおなじことである。彼等は吾々の創始者たらずんば破壊者となる。第三の道は絶対に無い。

吾々とコスモスとは一体である。コスモスは広大な生きものであって、吾々はいまだにその一部である。太陽はいわばその偉大なる心臓として、吾々のどんな小さな血管のうちにも鼓動を伝えている。そして月は煌ける偉大な神経中枢であって、吾々は永久にそれを軸としてわななくのだ。土星《サターン》や金星《ヴィーナス》が吾々の上に及ぼす力を誰が知っているか。が、やはりそれも一つの活力として、絶えず、微妙なさざなみをたてて吾々の体内を流れているのだ。もし吾々がアルデバラン(16)を拒絶すれば、それは短剣をもってあくことなく吾々を刺し貫くであろう。味方でないものは敵である！——これがコスモスの法則なのである。

さて、以上私は文字どおりの真実を語ってきたのだ、太古の人類はそれを理解していた。いや未来においてもいつか人類はそれを思い知るときがこよう。

パトモスのヨハネのころまでには、人々、殊に教養あるといわれる人々はほとんどすでにコスモスを見失っていた。日月星辰、もはやそれらは吾々と交流し融合するものでもなければ、生命の贈与者、すばらしきもの、畏るべき存在ではなくなり、一種の死物と化し運命と宿命の気まぐれな、ほとんど機械的な操縦者となりおわってしまった。イエスの時代に入るころには、人々は天界を運命と宿命とのメカニズム、いわば一種の牢獄と化していたのだ。ここに、クリスト教徒たちは肉体をまったく否定し去ることにより、この牢獄を脱出したのであった。とはいえ、なんと惨めなことか、このような惨めな脱出を、択り(17)

に択って否定による脱出などを考えるとは！――これこそ逃避のうちでも最も致命的な逃避であった。クリスト教と吾々の観念的文明とが試みてきたことは、実は一つの永い逃避にほかならない。それは涯しない虚偽と貧困を、今日人々が嘗めているような貧困を――といって私は物質的なそれを言っているのではなく、もっとずっと致命的な**生命力**の欠乏を言うのであるが――招いたのである。生命よりはパンを欠くほうがまだしもましであろう。長期にわたる逃避、その唯一の成果が機械であったのだ！

吾々はコスモスを失った。日月はもはや吾々に力を与えない。象徴的言辞を弄すれば、月は暗澹として吾々に対し日は毛布《けぬの》のごとく(18)、である。

いまこそ吾々はコスモスをとりもどさねばならぬ。しかもそれは一時しのぎの弥縫策などでは為し遂げられるものではない。吾々のうちにあって死に倒れている偉大なる感応系統の全域がふたたび生命を吹きかえさねばならぬのだ。これを亡すのに二千年を要したのである。ふたたび生命を吹きこむのにどれだけの時がかかるであろうか。

現代人が孤独をかこつのを耳にするとき、私は事の真相を諒解する。彼等はコスモスを失ったのだ。――欠けているのは人間的なものでも個人的なものでもない。それはコスモス的生命、吾々のうちなる日月である。海浜に豚のように寝ころんでいたところで内部の太陽を摑むことはできまい。皮膚を青銅の光沢に鍛えてくれるおなじ太陽が、また内には吾々を崩壊させつつあるのだ——そのことを吾々は、のちにおもい知る。これが破壊作用の必然の過程である。一種の崇拝をもってして始めて吾々は太陽を自分のものとなしうるのだ。月についても同様である。血のうちにじかに感じられる崇拝をもって、太陽を崇めに昂然として出て行かねばならぬ。一時的な弥縫策や小利巧な対策をもってするなら、事態はますます悪化するのみであろう。

6

さて、一面また吾々はヨハネ黙示録に対して感謝の意を捧げていることも認めねばならない。それは壮大なコスモスの観念を暗示し、吾々をそれとのつかのまの接触へと導いてくれるからだ。たしかに、この接触はほんのつかのまのことであって、つぎの瞬間にはかの精神の他の一面、期待と絶望の意識によって脆くも打破られてしまう。が、このつかのまにすら吾々は感謝を覚えざるをえないのである。

アポカリプス前半には真のコスモス崇拝の念が閃めいている。ところが、このコスモスはクリスト教徒にとって一種のアナテマとなってしまったのだ。もっとも暗黒時代崩壊後、初期カトリック教会がこの精神をいくぶんなりとも復活せしめたことは否定しえぬ事実である。にもかかわらず、やがて宗教改革のあとで、このコスモスはプロテスタントにとってふたたびアナテマとなった。その代りに人々は機械的秩序をもつ非生命的な力学的ユニヴァースをもち出してきた。当然、その他あらゆるものが抽象と化し、長期にわたる人間の死が徐々として始まったのである。この徐々たる長い死が科学を生み、機械を造った。しかし、それらは共に死の産物にすぎぬ。

たしかに死は不可避のものであった、それは、イエスの急激な死と、死につつある他の神々の死とに平行する社会の徐々たる永い死である。いずれにしろそれが死であることに変りはない、——なにか変化が、復活が、コスモスへの復帰が起らぬかぎりは——パトモスのヨハネがあれほど熾烈に冀ったとおりに——それは全人類の潰滅を見ねばやまぬことであろう。

それにしても、黙示録のうちにほのかに見えるコスモスの観念の閃めきというようなものを、パトモスのヨハネに帰することには大いに無理がある。黙示録の作者として彼は他人の思想の閃光を借りて、己が苦悶と期待の道を照らしている。畢竟、クリスト教徒の壮大な期待はそのまま彼等の全き絶望の尺度なのである。

しかし、事実はクリスト教徒以前に始っていた。アポカリプスはユダヤ教的かつユダヤ=クリスト教的な、一種異様な文学形式である。この新形式は、預言者が跡を断った紀元前およそ二〇〇年頃、地上いずれの地にかその芽を発した。初期のアポカリプスはダニエル書である。すくなくとも後半はそれに違いない。それからエノク[1]の黙示録が存在する。そのもっとも古い部分に前二世紀のものとされている。ユダヤ民族は選ばれたる民として、つねにみずから大いなる帝国の人民という意識を懐いていた。彼等はいくたびかこころみ、そのつど無慙にも敗れた。そして、ついには万事を諦めるに至った。あのアンティオコス・エピファネス[2]の手による寺院の破壊ののち、かの民族の想像力は現実のユダヤ大帝国という夢を抛棄したのである。預言者は永遠に沈黙した。ユダヤ民族は彼岸の運命の民となった。ここに、見幻者たちがアポカリプスなるものを書き始めたのである。

見幻者はこの彼岸の運命という課題ととりくまねばならなかった。それはもはや預言の問題ではなく、幻覚の問題である。もはや神はそのしもべに、起るであろうことを告げはしなかった。起るであろうことはほとんど告げ難きことだったのである。こうして神は彼に幻覚を示すこととなった。

あらゆる新しい運動は、それが深刻なものであるかぎり、大きな振幅を描いて、古い、なかば忘れられた意識の状態へと戻って行く一種の逆作用をも含むものである。こうしてアポカリプティスト（黙示文学作者）たちは古いコスモスの幻覚へと戻って行った。神殿の第二回破壊に遭ってのち、意識的にしろ無意識的にしろ、ユダヤ民族は選民の地上的勝利への望みを放擲していた。その結果、彼等は執拗にも超地上的勝利をめざして準備し始めたのである。これこそアポカリプティストの著手した仕事であった。選民の超地上的勝利を幻に描いて絵巻物のごとく繰り拡げようというのである。

　このために彼等は万遍のない展望を必要とした。始めとともに終りをも知らなくてはならなかった。このとき以前には、創造の終末を知ろうなどという欲望を人々はついぞ起さなかったのである。世界は創造され、永遠に絶えることなく存続してゆくだろうということ、それで充分満足していたのだ。ところが、いまやアポカリプティストたちは終末をも幻覚的に見とおさねばならなくなった。

　当然、彼等はコスモス的な色調をおびてきた。エノクの懐いたコスモスの幻覚にははなはだ興味深いものがあるが、ユダヤ的な色彩はかえってさほどに濃くはない。それにしてもそこには奇妙に地理学的な嗜好がある。

　さて、吾々がヨハネ黙示録に接し、深くその内容に触れるとき、二、三吾々のこころを打ってくるものが(3)ある。第一に掩うべくもない全体の構造が明瞭な形で顕れてくるだろう。それは二つの部分に分たれ、互にやや不調和のまま意図の対立を示している。前半は幼子メシヤ誕生の前までであって、救いと甦りの意図のもとに、この世を不断に更新せしめて行こうとするかに見える。しかし後半においていよいよ獣《けもの》が立ち現れると、この世や、現世的権力や、徹頭徹尾メシヤに随わざるものすべてに対する、不気味きわまる神秘的な憎悪が展開されてくる。」いわばアポカリプスの後半は燃えるがごとき憎悪と、終末への単純な欲情との——という以外に言葉はない——創作であった。アポカリプティストは、ユニヴァース、すなわち既知のコスモスが根こそぎ掃滅しつくされ、天界の都と硫黄《いおう》の渦巻く地獄の湖しか残らなくなるようにしなければ気が済まなかったのである。(4)

この二つの意図のちぐはぐがまず吾々のこころを打つ。最初の部分は後半に較べて、短くもあるし、ずっと集約されており、したがって理解しにくく、錯雑はなはだしきものがある。そこに潜める感情も後半におけるよりも劇的であって、しかも普遍的であり、意味深長でもある。その理由は解らないとしても、とにかく吾々は前半に異教世界の天地と絵巻物とを感じるのである。ところがあとの部分には、現在の教会人や信仰復興派のそれにも似た初期クリスト教徒の個人的な狂熱が現れてくる。

さらに第二に、前半にあっては、吾々は往昔の偉大な象徴に浸り、それが時を遡って遥か遠く、異教世界の通景へと吾々のこころを連れもどす。が、後半に至ると想像はユダヤ的寓意に満ち、多分に近代的な要素をともない、局地的、時代的にすぐ説明がつく態のものとなっている。たとえそこに真の象徴主義の気味がいくぶん感じられるとしても、それはかの廃墟、現構造の底に埋もれている残址ともいうべき性質のものではなく、いわば古代好みの回顧癖にすぎぬのである。

第三に吾々の心を打ってくるものは、ユダヤ人と共にかの偉大な異教徒が神や人の子(5)に対して用いていた権力標識の執拗な反覆である。**もろもろの王の王、もろもろの主の主**(6)というごとき句が全般を通じて、目だって多くなる。コスモクラトール、コスモディナモスという語にしても同様である。至るところ、つねに権力標識のみ、愛の標識は見出だしうべくもない。つねに全能なる征服者クリストが大いなる剣を閃めかし、無数の人間を殺戮し、ついには血の海が馬の轡《くつわ》に達《とど》かんとする光景(7)に掩われている。救世主クリストなどはどこにも求められない。アポカリプスにおける人の子はかのポンペイウス、アレクサンドロス、キル(8)スの輩も及ばぬ大王で、この地上に新しく戦慄すべき権力をもたらす存在である。権力、それはまさに畏怖すべき破壊の権力であった。この人の子に向って讃美が発せられ、頌歌が捧げられるとき、それは彼に能力《ちから》と富《とみ》と智慧《ちえ》と勢威《いきおい》と尊崇《とうとき》と栄光《えいこう》と讃美《さんび》(9)とを帰せんがためである、――それらはことごとくかつて地上の大王やパ(10)ロに帰せられた属性ではあるが、十字架上のイエスにはいささか不似合の感を禁じえぬ。

ここに至って吾々は困惑を覚える。パトモスのヨハネがこのアポカリプスを完成したのが九六年であったとすれば、彼がイエス伝説についてほとんど知るところがなかったということ、またこの書に先立つすべての福音書の精神を全然体得していなかったということ、これはたしかに不可解なことである。このパトモスのヨハネ氏なるものは、たとえ誰であるにせよ、奇妙な存在であるといわねばならぬ。とにかく、彼は来たるべき数世紀のあるタイプの人間の情感を浮彫にしあげたといってさしつかえないのだ。

こうしてアポカリプスについて吾々の受ける感じは、それが一冊の書物ではなく、いくつかの、おそらくはかなり多くの書物の集成にちがいないということである。といって、エノク書のようにいくつかの書物の断片が継ぎ合わされて出来上ったというのではない。それはあくまで一つの書物であるが、そこには幾層かの積みかさなりがあるのだ。それはあたかも文明の重層とおなじように、大地を深く掘り下げるに随って古代の[11]都市が暴かれて行くのに似ている。最後の基底には異教の地層が、おそらくはエーゲ海文明の古書の一つが、異教的神秘をひめて横たわっているのだ。これがユダヤのアポカリプティストによって何度か書きなおされ、次に引き延され、最後にユダヤ=クリスト教的アポカリプティストたるヨハネによって手を加えられた。そしてヨハネ以後、この書物をクリスト教的作品に仕上げようと欲したクリスト教の編纂者によって削除され訂正され、あるいは刈りこまれ附け加えられてきたのであろう。

それにしてもパトモスのヨハネは奇妙なユダヤ人だったに相違ない。彼は激越な性格の持主で、旧約聖書のヘブライ的諸篇に通じ、のみならずありとあらゆる異教的知識に満ちていた。それらが彼の情熱、すなわちセカンド・アドヴェントとか、クリストの大いなる剣によるローマ人たちの殺戮とか、血の馬《うま》の轡《くつわ》に達《とど》くまで神の憤恚《いきどおり》の酒槽《さかぶね》のなかの人類を践《ふ》みにじることとか、あるいはまたペルシアの王よりも偉大な白馬の騎士の勝利とか、そうしたことに対する己れの抑えがたき情熱に油をそそいだのである。あげくのはてには一千年にわたる殉教者の統治、それから、ああ、そのあとにやってくるものは、例の全ユニヴァースの破壊、そして最後の審判である。さてこそ、《いざ、主イエスよ、来たりたまえ！》(12)なのだ。

しかもヨハネはその到来を信じていた。いや、主がいまにも到来するとかたく信じていたのだ。ここに初期クリスト教徒の戦慄すべき脅嚇的な希望のおののきがあった。このため彼等が、異教徒の眼に、妥協すべからざる人類の敵と映じたのも、まことに無理からぬことであった。

しかし主は来たり給わなかった。したがって、そのこと自体はさほど興味のあることではない。興味を惹かれるのは、その書のうちに見える奇妙な異教的反撥であり、その痕跡である。吾々にはよく理解できるのだ、ユダヤ人たちは、現に外界に眺めいったとき、いかに異教の、いわば当時の異邦人の眼を借りなければならなかったか。ダビデ(13)時代以後のユダヤ民族は自分自身の眼をもたなかったのである。彼等はひたすら内なるエホバにのみ見入って、ために盲目と化した。ゆえにこの世界を眺めんとするときには隣人の眼を借りなければならなかったのだ。預言者たちは幻覚を見る必要に迫られると、アッシリア人(14)やカルデア人の幻覚を見るよりほかに方法を知らなかった。実に、自分たちの目に見えぬ神を見るために、他人の神を借りていたのである。

アポカリプスのなかに広く全般にわたって幾度か現れるエゼキエルの壮大な幻覚(15)、それは嫉妬深いユダヤの学者連(16)によって歪められてはいるが、これこそ異教のものでなくしてなんであったか。それは時間意識、コスモクラトール、コスモディナモス、こうしたものについての壮大なる異教的概念なのだ！　あまつさえ、このコスモクラトールがかのアナクシマンドロスの輪(17)として知られている天空の輪の間に立っている姿を、これに付け加えてみよ、そうすれば吾々がどこにいるか、はっきりするであろう。吾々は異教的コスモスたる壮大な世界のただなかにいるのである。

しかしエゼキエルの原典は無慙にも毀損されている——疑いもなく、それは狂熱的学者の手によって故意に毀たれたのだ。彼等は異教的幻覚の上にしみをこすりつけようと望んでいたのだ。例によって例のごとし(18)である。

にもかかわらず、エゼキエルのうちにアナクシマンドロスの輪を見出だしうることは、驚嘆すべきことに違いない。この輪は、秩序整然たるうちにも複雑きわまりなき天界の運動をば説明せんと努めた古代の試みであった。それは異教徒たちがユニヴァースのなかに見た最初の《科学的》二元性、すなわち湿乾、冷熱、或は空気（雲）と火というようなものに基礎を置いていた。蒼空に回転する壮大な輪とは、なんと神秘と魅力に富んだ存在であったか。それは濃密な大気、あるいは夜の雲から成り、燃えあがるコスモスの火を一杯に孕み、この火が輪の外周にある孔からほとばしって焔を吹く。すると燃焼する太陽や尖鋭なる星辰が出来上るというのだ。そしてあらゆる球体は火焔をつつむ黒い輪の小さな孔である。この輪の内部にはつぎつぎにまた別の輪があって、ことごとくが思い思いの仕方で回転している。

古代ギリシアの思想家の間にあってほとんどその先駆をなしたともいうべきアナクシマンドロスが《天体車輪説》を創造したのは、たぶん前六世紀イオニアにおいてのことであろうとおもわれる。しかし、いずれにしろエゼキエルはこれをバビロニアで知ったのだが、かかる考えかたがカルデア的でないと、はたしていえようか。すくなくともカルデア人の数世紀にわたる天文知識がその背景に準備されていたことは否めまい。

とにかく、エゼキエルのうちにアナクシマンドロスの輪を見出だすことは一つの大きな救いである。この瞬間、聖書はたちまちにして全人類の書物となる。もはや《天啓の瓶詰》ではなくなるのだ。同様にして天の四隅に、翼《つばさ》あり星《ほし》のごとく煌然たる四つの活《いき》物《もの》[19]を眺めることは、吾々のこころに一種の息《いこ》いを与えるのだ。もはや吾々はユダヤの幕《まく》屋《や》[20]のうちに逼塞せしめられることなく、脱然、壮大なカルデアの星世界へ解放される。だが、ユダヤ人が例の有害きわまる擬人化によって大いなる四つの活物を大天使に見たてようと試みたことは、たとえミカエル、ガブリエル[21]のごとき名前をもち出してきたとしても、所詮は、人間の自我という形でしかなにも知りえぬ彼等ユダヤ民族の想像力の限界を示すことにしかならないであろう。それでもこれら神の警吏たる大天使たちが、かつてはカルデアの説話のうちで天の四隅に立ち、翼あり星のごとく煌然と輝き、その翼を空間にはためかせていたことを想えば、やはりなにかしら救われる思いを懐かせしめられるのである。

パトモスのヨハネにおいては、すでにこの《輪》が欠けている。こうした観念は、すべての天体が球をなしているという考え方の流行とともに疾くに廃れてしまったのだ。しかし全能者は以前にもまして毅然たるコスモスの驚異であり、大空に燃える火のごとく琥珀色に照り映えていた。[22]彼は星辰煌めく天空の偉大なる造物主であり、偉大なる統治者である。それはデミウルゴスにしてコスモクラトール、まさにコスモスを回転せしめる存在であった。しかもまた**実感できる**偉大なる形姿、諸活動の根原たる偉大な神であり、またいささかも精神的、道徳的臭味のない真にコスモス的、生命的なる神でもあった。

正統派に属する批評家たちはこの事実をば否定している。当然でもあり、奇怪なことでもある。副監督チャールズ(23)は、《人の子》の右手にある七星が北極星をめぐる大熊星座であること、またこの思想のはなはだバビロン的であることを認めていた。にもかかわらずそのあとで次のごとき言をなしている、「しかしながら吾等が著者にして、仮初《かりそめ》にもかくのごとき思想の片鱗だに抱懐していたとは到底信じられぬ、」と。

もちろん今日の優秀なる聖職者諸君は《吾等が著者》の抱懐していた思想をば明確に察知している。パトモスのヨハネはクリスト教の聖徒である、ゆえに異端思想を抱懐しているはずはない、と。かくのごときが正統派の批評の帰一するところであった。ところが、《吾等が著者》パトモスのヨハネのほとんど野性的ともいうべき異教精神には、事実吾々を呆然たらしめるものがあるのだ。たとえ彼がどんな人間であったにせよ、すくなくともこの男は異教の象徴に畏怖を感ずるようななまやさしい人間ではなかった。それどころか、あらゆる異教的礼拝に対して、彼がいささかのたじろぎをも見せなかったことは明かである。往昔の宗教は生命力と潜勢力と権力との礼拝であった。これは決して忘れてはならないことである。ただヘブライ人(24)のみが倫理的だった。が、彼等とて、断片的にのみ倫理的であった。古代異教徒の間にあっては、倫理とは畢竟、社会礼法であり、慎しみある行儀作法にとどまっていた。しかしクリストの時代ごろまでには、あらゆる宗教、あらゆる思想が生命力と潜勢力と権力との古代的な崇拝と探究から転じて、死と死後の報酬や死後の罰、そして倫理の探究に変ってしまったらしい。かくしていまや、すべての宗教は、現在、此処での生命の宗教たる代りに、彼岸の運命と死の宗教、そして《汝善良ならば》のちに報酬を得ん式の宗教と化したのである。

パトモスのヨハネも運命の彼岸への延期を大胆に受け容れていた。が、《善良たること》にはほとんど意を用いてはいなかった。彼の欲したものは究極的な権力である。この男こそは恥じることを知らぬ権力崇拝の異教的ユダヤ人であって、己が壮大な運命の延期を夢見て、切歯扼腕していたのである。

彼は象徴の異教的価値を、ユダヤ教的乃至はクリスト教的なそれと比較されたものとして、充分理解していたらしい。彼は臆病な男ではなかったから、自分に都合のよいときだけこの異教的価値を利用したのである。天体を回転せしめるかのコスモディナモスの姿、右手に大熊星座の七星を摑んで立つ宇宙的火神の偉大なる姿、こういうものについてパトモスのヨハネが全然与り知らずにいることができたなどという説は、副監督輩といえども、よく唱えうるものではない。紀元一世紀の世界は星辰礼拝の気風が漲っていた時代である。したがって天体の運行者の姿はいかなる東方の童にも馴染み深いものだったに相違ない。しかるに正統派の批評家たちは口を揃えて、《吾等が著者》には星辰煌めく異端思想など無かったと説くのである。のみならず、すぐそのあとで、人類が無感覚機械的な天体支配や、変化なき遊星の法則や、あるいはまた固定された天文学的、占星学的な宿命の魔手から、始めてクリスト教のおかげによって脱しえたことに対して人々はどれほど感謝を捧げたことであろうかなどとくどくどしく述べたてているのである。が、吾々は依然として《南無三!》(Good heavens!)(25)というような言葉を口にしている。それに、ちょっと考えてみるならば、なかば宇宙的なかば機械的で、しかもいまだ擬人化されきらぬ、この運行し宿命を定める天体という観念がいかに力強いものであったかは、容易に諒解しうるところであろう。

パトモスのヨハネのみならず、聖パウロ、聖ペテロ、また使徒の聖ヨハネも、星辰や異教的礼拝について充分知悉していたことを私はかたく信じている。だが、それはおそらく賢明なやりかたであったろうが、彼等はそうしたものをことごとく抑圧してしまったのである。ただひとりパトモスのヨハネのみはそうしなかった。そこで二世紀のころから副監督チャールズに至るまでのクリスト教の批評家や編纂者たちは、揃って彼ヨハネのためにそれを押し隠そうと努めてきたものだった。結果は成功しなかった。なぜなら、神的な権力を崇拝するたぐいの精神は、かならずや象徴においてものを考えるという傾向があるからである。あたかも将棋の駒のように王や女王や歩を用い、象徴を借りて一途な考え方をするというのは、権力を命に賭けても追い求めてやまぬ人々の特徴なのである――そしてこういう人間はつねに多数者と相場が決っている。民衆の最下層はいまの世にも依然として権力を崇拝し、象徴によって粗雑な考えかたをする。彼等はいまなおアポカリプスへの未練を棄てきれず、山上の垂訓[26]に対してはまったく冷淡という有様である。だが、教会や国家の最上層に位する人々もやはり同様に、権力という形で礼拝を行っていることも、また疑いえぬ事実である。それは当然なことでもあるし、また自然なことでもある。

しかし副監督チャールズのごとき正統派の批評家たちの望みは、菓子を食ってしまって、なおかつそれを手もとに取っておきたいということなのである。彼等はアポカリプスのうちに古代異教の権力意識があることを欲しつつ、しかも一方そうしたものがこの書の中に含まれていることを否定しようとして他の半分の時間を費しているのである。もし、すこしでも異教的要素を容認しなければならなくなったら、己が僧衣の裳を捲し上げて蒼皇と走り去るばかりである。が、同時にアポカリプスは彼等にとって真正の異教の御馳走なのである。ただし、彼等はそれを敬虔な様子を装って嚥《の》みこんでしまわなければならぬというわけだ。

いうまでもなく、クリスト教の批評家たちの不誠実――まずそう呼んでさしつかえないと思うのだが――それはまさに恐怖に源を発しているのである。もし諸君がひとたび勇を鼓して聖書のうちいかなる一点にも異教を観、異教の萌芽と意味とを認め始めたら最後、もうおしまいである。その先は、もうきりがない。不敬な表現を用いれば、神はこれを最後に、瓶の中から蒸発してしまう。聖書には異教精神がじつにすばらしく横溢し、そここそ興味の大半がかかっているのである。だが、ひとたびそれを認めてしまったら、クリスト教はその殻をむかれ、人前に裸身をさらさなければならなくなってしまう。

ここでふたたび吾々はアポカリプスに注目し、その構造を水平的のみならず、垂直的にも理解してみたいと思う。なぜなら、この書は読むに随って、それがメシヤの神秘であると同時に時間を縦断しているものであると感じるからである。それは決して一人の手になった作品ではない。のみならず一世紀にして完成されたものでもない。このことを吾々は確信して言うのである。

もちろん最古の部分は一つの異教の作品であった。おそらくはアルテミス、シビリ、オルフェウス[27]等異教の秘儀の伝授という、いわば《秘密の》祭祀の記述であったろう。が、そのうちでももっとも可能性のあることは、地中海東岸、たぶんエペソあたりにその発生を帰するのが、どうも自然のようにおもわれる。このような書物がもしクリスト生誕前二、三世紀の交に存在したならば、きっとあらゆる宗教学者たちの間に知られていたことであろう。しかも当時は、殊に東方諸国ではすべての知識人が宗教学者であったといってもまず大過なかろう。いわば人々は宗教的狂人とも見なしうべく、決して宗教的正気とは断じがたかった。この点、ユダヤ人とても他の異邦人となんら変るところはなかったのである。諸国に散在していたユダヤ民族は、自分等の手の触れうるかぎりすべての書物に読み耽り、それについて互に議論を交しておったにちがいない。それにつけても、ユダヤ人というものは自分たちの唯一神以外になにものも受けつけぬ瓶詰式人種であったなどという日曜学校流の考え方をば、吾々は永久に放逐しなければいけない。実情は大いにちがっていたのだ。もちろん二、三の狂熱的集団や狂信的宗派を別として、紀元前最後の数世紀におけるユダヤ人は、現在の彼等と同様、好奇心の強い、広汎な読書家であり、また大いにコスモポリタンであったのだ。

このようなわけで、この古代異教の書物はすでに早くからユダヤの一アポカリプティストの目に触れ、書きなおされたものに相違ない。彼は異教的秘儀の純粋個人的経験の代りに、メシヤというユダヤ的観念を、またユダヤ民族による全世界の救済（あるいは破壊）という思想を置換えようと目ざしていた。かくのごときユダヤ的アポカリプスはおそらく一度ならず書きなおされたあげく、福音書作者を含む、イエス時代のあらゆる宗教的求道者にあまねく知れわたっていたものであろう。パトモスのヨハネ以前にもたぶん誰かあるユダヤ＝クリスト教的アポカリプティストがもう一度これを書きなおし、すでにダニエル書流の預言書形式を用いて拡大してローマの完全な覆滅を預言してあったものらしい。というのは、ユダヤ民族にとって世に異邦人王国の完全な覆滅を預言することほど気に入った題材は他になかったからだ。そうして次にはパトモスのヨハネが孤島の幽閉生活中の年月を費して、彼独特の文体によって全巻にふたたび筆を加えたというわけである。が、この男に帰しうる発明や思想というものはほとんどなにもなかったようにおもわれる。それにしても彼は、すくなくとも自分に刑の宣告を申し渡したローマ人に対してだけは燃ゆるがごとき憎悪の感情をほとばしらせて筆を駆ったにちがいない。にもかかわらず、東方の異教的ギリシア文化には少しの憎悪も示してはいない。事実、彼はそれを自分たちのヘブヘブライ文化同様すなおに享け容れているのみならず、なおまた、彼としてはむしろ疎隔を感じていた新興のクリスト教精神よりもはるか自然に享け入れている。彼は自分以前のアポカリプスに手を加えて、おそらく異教的章節をさらに短く刈りこんでしまったのであろう。それは別に異教精神に反感を覚えたからではなく、ただそこにメシヤ的乃至は反ローマ的意図が見出せなかったためにすぎない。そこでこの書の後半に入るや思いのままに筆を駆って本音を吐き、ローマ（すなわちバビロン）と名づけられた獣《けもの》(28)、ネロ、いわゆるネロ・レディヴィヴス(29)の名を担った獣《けもの》(30)、あるいはまたアンティクライストなる獣、要するに皇帝崇拝(31)のローマ僧侶を縦横に鞭打する機会をもち得たのであったが、ここに彼がどうして新しきエルサレム[32]に関する最後の数章を残して置いたのか理解しえないが、それらは現在見るごとく一種混乱の状態に陥っているのである。

想うに、ヨハネは激しい気質の持主ではあっても、さほど深みのある人間ではなかったらしい。七教会に対する七つの書簡[33]を創案したのが彼だったとしても、これとても退屈で実のない寄与だとしかいえないではないか。しかし、黙示録に一種凄愴な力を賦与しているものはなにかといえば、じつにこの男の奇異な爛々たる烈しさ以外のなにものでもないのである。とにかく吾々としては、彼がかの偉大な象徴を大むねそっくりそのまま保存しておいてくれたことで彼に好感を抱かざるをえないのだ。

しかし、ヨハネが仕事をなしおえたあと、真のクリスト教徒たちが舞台に登場した。吾々が真に憤りを感じるのはこの手合なのである。爾来、異教的世界観に対するクリスト教徒の恐怖が人間の意識をそこなってきたのだ、異教の宗教的幻覚に対するクリスト教の固定的態度は、終始一貫、愚かな拒否、つまり異教徒のうちにあるものは獣性のみであるという否定のそれであった。その結果、聖書中各篇に見える異教的証跡はすべて削除の憂目に遭うか、無意味なものに歪曲されるか、あるいはまたクリスト教乃至はユダヤ教の装いを塗りたくられるか、いずれかの難を免れえなかったのである。

大体以上のことが、ヨハネ以後のアポカリプスに起った運命であった。狭量なクリスト教の学者連がいかに多くの章句を摘《つ》みとったことか、同時に、いかに多くの章句を押しこんだことか、また幾度とも知れず《吾等が著者》のスタイルを偽造したことか、いまにしては知る由もないが、たしかにそこには彼等の手になるとおぼしき理窟っぽい小賢しさが歴然として残っている。しかも、そのことごとくが異教の痕跡を蔽わんとするためのものであり、この明白に非クリスト教的作品を一応クリスト教的なものとして通用せしめんがためのものであった。

吾々はクリスト教的恐怖感をあくまで憎まざるをえぬ。それは、そもそもの出発点から、己れにそぐわぬものをことごとく否定すること、さらにいえば、それを抑圧することをもって、その方法としてきた。このようにありとある異教的痕跡を抑圧せんとするやりかたは、最初の世紀から現代に至るまでつねにクリスト教世界の本能、いわば一種の恐怖本能であって、それは実に徹底をきわめ、まさに一個の犯罪と見なしうるごときものであった。クリスト教徒たちが故意に破壊した貴重なる異教の文献が、上はネロの時代から、今日己れの教区のうちで眼に触れうるかぎりの不可解な、したがって、たぶん異端のものらしい書物を飽きずに焼いている渺《びょう》たる一教区牧師の末に至るまで、どれほどの莫大な量にのぼっているかに想い至るとき、人は粛然としてなすところを知らぬ有様である。——そのとき、吾々はかのランス寺院(34)騒ぎにはるか皮肉の想いを馳せる。いまさらどうにもとりかえしがつかないものの、一目でも覗いて見たいと思うような書物が、いかに多く彼等クリスト教徒の手によって故意に焼却せられてしまったことか！　プラトンとアリストテレスだけはこの暴挙から免れた。この二つにはどこか親近性が感じられたからであろう。しかし他のものに至っては！――

要するに、真の異教的痕跡に対してクリスト教がこれまでに、いや、いまなお本能的に固執してやまぬ政策というのは、依然として――抑圧せよ、破壊せよ、否定せよ、の命令である。この不誠実がクリスト教徒の思想を発想から過《あやま》たしめてきたのだ。いや、事態は一層奇異なものがある。おなじこの政策が人種学上の科学思想にはなはだしい過誤を招いたのだ。まことに奇妙なことだが、前六〇〇年頃以後のギリシア・ローマの民族をば現在吾々は**真の**異教徒とは見なしていない、すくなくとも、譬えばヒンヅー人[35]、ペルシア人[35]、乃至はバビロニア[35]、エジプト[35]の民族と、いや、クレタ[35]の住民とすら同類には見なされぬのである。吾々はギリシア・ローマの民族を吾々の知的、政治的文明の創始者となし、ユダヤ民族を倫理的乃至は宗教的文明の父と考えている。これらは吾々の《同類》であり、他はことごとく一途につまらぬものと見なされ、ほとんど木偶扱いをされる。ギリシアの版図のかなたに在るいわゆる《夷狄》と呼ばれる民族――すなわちミノア人[35]、エトルリア人[35]、エジプト人、カルデア人、あるいはまたペルシア人、ヒンヅー人――こういう民族の特徴は、ある著名なドイツの教授の有名な言葉を借用に及べば、もっぱらウルドゥムハイトと称すべきものとなる。ウルドゥムハイトとは原始的愚昧を意味し、要するにかの珍重すべきホメロス[36]以前の全人類と、ギリシア・ユダヤ・ローマ――そして現在の吾々！――を除く、他のありとあらゆる全民族の精神状態に名づけられたものである。

初期のギリシア人については公正不偏で学問的な研究を書いている真の学者でも、ひとたび地中海沿岸、エヂプト、カルデア等の原住民族に触れるやいなや、口をそろえて彼等の幼稚を言い、その文化的業績の完全な劣等を挙げて、ウルドゥムハイトを彼等の必然的事実として強調してやまないのは、考えてみれば奇妙なことである。彼等偉大な開化の民はたしかになにも知ってはいなかった。なるほど、あらゆる真の知識はタレス[37]、アナクシマンドロス、ピュタゴラス[37]等ギリシアの民族と共に始った。カルデア人は真の天文学を知らなかったし、エヂプト人は数学も科学も知っていなかった。かのヒンヅー人に至っては、じつに貴重な存在たる算術に於ける零、すなわち無の発明をしたと由来考えられていたものであるが、現在では気の毒にもこの功績すら剝奪されてしまった。それはほとんど《吾等の同類》とも称すべきアラビア人[38]によって発明されたことになってしまったのだ。

これはまことに不可思議きわまることである。異教的認識法に対するクリスト教徒特有な恐怖はかならずしも理解するに難くない。しかし科学的恐怖とは、これは一体どうしたものであろうか。なにゆえ科学は**ウルドゥムハイト**というごとき辞句のうちにその恐怖の情を漏らしたりすることがありうるのだろうか。吾々はエヂプト、バビロン、アッシリア、ペルシア、古代インド等の驚歎すべき廃址を眺めて、ひそかに口のなかで**ウルドゥムハイト！**などとくりかえしてみる。ウルドゥムハイトとは恐れ入った。また、吾々はエトルリア人の古墳を見やりふたたび自問する、これが**ウルドゥムハイト**というやつか、と。原始的愚昧？　とんでもないことだ、人類最古の民族のうちに、エヂプトやアッシリアの装飾帯《フリーズ》のうちに、あるいはまたエトルリアの絵画やヒンヅーの彫刻のうちに、吾々は光輝を見、美を認め、あまつさえ吾々**新時代的厚顔**《ノイフレヒハイト》の世界には完全に見失われてしまった、歓喜溢れる、感受性に富んだ理知をさえ見出だすのである。もし原始的愚昧か新時代的厚顔か、この二者択一が問題になるなら、私は躊躇なしに原始的愚昧を授かりたいものと思っている。

さて、副監督チャールズはアポカリプスについて真の権威ある学者であり、その研究対象については大きな影響力を遠くまで及ぼしている研究家である。その彼が異教的起原の問題に関しては公正であろうと努めながらついに失敗している。彼にとって生れながらの素質といってもよいほどの恐るべき偏見は、われながらどうにもならぬほど鞏固なものであった。彼が、そういう自分の根柢を暴露するや否や、たちまち吾々は、事の一切の経過を諒解する。彼は戦時に――前の大戦の終りころに――筆をとっていたのである。それゆえ、この狂熱ぶりに対しては多少の斟酌を加えねばならない。それにしても彼の破綻にははなはだしいものがある。その黙示録註釈の第二巻八六頁にアポカリプスのアンティクライストについて彼はこう書いている。それこそまさに「此の後に起ち上るべき、神に逆う大いなる権力の壮大きわまる肖像とも言うべく、畢竟、この者こそは、彼の凡ゆる主張を支持し、彼の凡ゆる行為を正当化してくれ、剰《あまつさ》え彼の傲岸不敵、無神論的なる要求に脱帽せざる徒輩に向い破壊の斧を以て迫る経済戦なるものによって彼の政治目標を強行せしめんと冀《ねが》って止まぬ知的労働者の大群に擁立されて、一に正義を抑えて力を挙げんと努め、暫時は成功、不成功を繰りかえしながら、ひたすら世界の主権を摑まんと目論むこととなったのである。」この預言の正鵠を射ていることは、なんらかの洞察力をもってこの問題に接する学徒と当時の世界大戦の経験をもってそれに接する学徒とにとっては、明白なことである。ところが、一九〇八年にもなってから、吾々はつぎのごとき記述を読まされる。ヘイスチングス(40)の『宗教倫理百科辞典』において、同年ブーセット(40)は《アンティクライスト》の項にこう書いていた、「この（アンティクライストの）伝説に対する興味は……現在ではクリスト教団の下層階級、諸分派、奇矯な個人や狂信家の間にのみ見出だされうる。」

「元来、如何に偉大なる預言といえども単なる一事件、或は単なる一連の事件の中に完全にして決定的なる成就を見出だすことなどあり得るものではない。実際、預言なるものは、預言者や見幻者が本来目ざして語った目標に関する限り、先ず成就されることなどあり得ないと言って差支えない。しかしながら、それが偉大なる倫理的、精神的真実の表現であるならば、いろいろな時代に、様々な形で、しかも夫々異なった完全度において成就されて行くであろうということは疑いもなき真理である。正義に対して力を、宗教に対してシーザリズムを、神に対して国家を掲げんとする欧洲の中心的諸列強の近来の態度こそは、ヨハネの第十三章における預言がかつて獲得した最大の成就と言わねばならぬ。第十三章に見られるアンティクライストの首領についての漠然たる内容そのものすらも、現時の邪悪な勢力の擡頭のうちに再現されているのである。第十三章に於けるアンティクライストは単なる一個人、即ち悪魔ネロであるが、やはりその背後には、性格、目的において彼と一心同体にして本質的には第四王国即ちアンティクライストの王国——端的に言えばアンティクライストそのものなるローマ帝国が立っていた。従って、現時の戦争に関して言えば、カイゼルとその国民と、いずれが最もよく近代的アンティクライストたるの称号を正当に主張し得るか、これは俄かに決定し難い問題である。かりにカイゼルが今日のアンティクライストの代表者なりとしても、同様にその背後に在る帝国がやはりアンティクライストの代表者たることも、また動かしえぬ確かな事実であろう。帝国は——その軍事、思想、産業、いずれの面から考えても——その指導者と精神・目的を共にする存在だからである。じじつ、かの民衆たるや、ある点ではいわゆる《地を毀たんとするものども》の集まりたる古代ローマの民衆も遠く及ばぬものがある。」

かくしてここに、かの副監督チャールズに向いドイツ語をもって語りかけるアンティクライストが存在するというわけである。しかも同時に、そのチャールズは黙示録解説に際して、ドイツの学者たちの研究を援用していた。あたかもクリスト教と人種学とはその引立役として、反対物たるアンティクライストとかウルドゥムハイトとかいうものをもたなければ己が存在を完うしえぬかのごとき観がある。アンティクライストやウルドゥムハイトとは、なんのことはない、この俺様とは全く違う別人なんだ、というわけである。今日のアンティクライストはロシア語を話している。百年前にはフランス語を喋っていた。そして明日の彼はコックニ[41]やグラスゴウ訛[41]をあやつるようになるかも知れない。ウルドゥムハイトについて言えば、オクスフォド[42]風、またはハーヴァド[42]風の言葉や、それらを模倣した媚びた亜流の言葉だけを除く、どんな言葉を喋る者でも、ウルドゥムハイトだというわけだ。

7

全く児戯に類する。現在、吾々の容認しなければならぬことは、(ほかならぬ吾々の)新時代の始りは、まさに真の異教徒、すなわちギリシア流にいえば、未開人たちの世界であった古代の終焉と一致するという事実である。およそ前一〇〇〇年ころ吾々現在の文明がまず最初の生の火花を放ち始めた時には、それ以前の時代の大いなる古代文明はすでにして衰頽を示しつつあった。そのエウフラテス、ナイル、インダス流域の大河文明が、それに比してやや小規模なエーゲ海沿岸の海洋文明と共に退きつつあったのである。かの三河流文明の時代とその偉大を、また、それにつぐペルシア、イランの文明、そしてクレタ、ミケナイ(1)のエーゲ海文明等の中継者的功績を否定せんと試みるなら、それは稚気もはなはだしいものといわねばなるまい。なるほど吾々は、これらの文明のあるものが長い割算をなしえたなどと言うつもりはない。いや、彼等は手押車すら発明しえなかったかも知れないのだ。現代の子供は十歳にして算術に、幾何学に、おそらくは天文学においてさえ完全に彼等を凌ぐことは容易であろう。が、それが一体どうしたというのだ。

それが一体どうしたというのか。吾々近代の知的な、または機械学的な学識に欠けていたからといって、彼等が、あのエヂプト人やカルデア人が、それからクレタ人やペルシア人やインダス流域のヒンヅー人(2)が、吾々より《開化》されていず、また《教化》されていなかったというのか。かのラメスの坐像やエトルリアの古墳を見るがいい、あるいはまたアシュルバニパル(2)やダリウス(2)に関する書物に眼を通してみるがいい、それからあとでこうひとりごちてみるのもよい、「あのエヂプトの大衆の彫った雅致ゆたかなフリーズのかたわらにあって、近代の工場労働者たちはいかに見えるか、吾々のカーキ色の軍人たちはアッシリアのフリーズを背にしていかなる観を呈するか、あるいはトラファルガ広場のライオン像はあのミケナイのそれに比して一体どんなものとなるだろうか、」と。文明とはなにか。それは発明品などよりも、感性の生活のうちにこそ、明瞭な姿態をあらわすものなのだ。それなら吾々は、クリスト生誕前二、三千年まえのエヂプト人にくらべて、民族としてはたしてなにか優ったものをもっているだろうか。文明文化は生命的意識によって測られる。そうとすれば、吾々は前三〇〇〇年の一エヂプト人以上に生命的意識にめざめているといえるだろうか。はたしてそうだろうか。おそらくは吾々の負けであろう。たしかに吾々の意識の領域はより広汎にわたっている、が、まことに紙のごとく薄っぺらである。意識にいささかの深みもなくなってしまったのだ。

　生者必滅、とは仏陀の言である。興る文明はかならず滅び去る文明である。ギリシアはエーゲ海的なものの衰滅の上に起ちあがった。そしてエーゲ海的なるものはエヂプトとバビロンとをつなぐ鐶であった。ギリシアはエーゲ海文明の退潮として興り、ローマもまたおなじようにして勃興した、なぜならエトルリア文明はエーゲ海文明の発した波のまず最後の強いうねりだったといえる。このようにローマは、じつにエトルリア族から興ったのである。ペルシアはエウフラテス、インダス二河川流域の偉大なる文化の間から起ちあがり、したがって疑いもなく、これら二つのものの退潮のうちに生れたのだ。

いつの世にも、興起する文明は衰滅する文明を激しく拒否するにちがいない。それは自己内部の闘いにほかならぬ。ギリシア人は未開人を猛烈に拒否した。しかし、東地中海の未開人があのギリシア人と称するものの大部分とおなじように、やはりギリシア人であったということは、いまや周知の事実である。ただ彼等は文化の古い面に固執して新しいものを享け容れることのできなかったギリシア人、いわばギリシア原住民族たるヘレニアン(3)だったまでである。たしかにエーゲ海文明に、つねに、始原的な意味でのヘレニック(3)であったに相違ない。しかしながら、往昔のエーゲ海文明は、現在吾々がギリシア的と呼びならわしているものとはよほど異なったものなのである。殊にその宗教的地盤についてそういえる。古代文明は、いかなるものにせよ、かならず明確に宗教的な基盤を有していたと言って差支えあるまい。国家は、ごく古い意味における教会であり、大規模な宗団（cultunit）であった。このcult（私淑・崇拝・礼拝）からculture（修養・教養・文化）への転化はほんの一歩あるのみである。が、それには無数の手を必要とした。cult-lore（宗教上の学識・教訓・伝説）は古代民族の智慧であった。そして現在の吾々はその代りにcultureをもっているというわけである。

一つの文化が他の文化を理解すること、これだけですでに並々ならぬ難事である。まして文化（culture）が神話（cult-lore）を理解することは至難の業といわねばならぬ、いや愚人にとってはまさに不可能事でさえある。文化は主として知能の活動であるのに反して、神話は感覚の働きであるからにほかならない。ギリシア以前の古代世界は、知能の活動が如何なる程度にまで伸長せしめうるか、そのようなことは全く感知していなかった。とにかくあのピュタゴラスでさえ――彼が何者であったかはいざ知らず――そのようなことには、白紙同様、無知であった。ヘラクレイトス(4)、エムペドクレス(4)、アナクサゴラス(4)、ことごとく同断である。ただソクラテス(4)とアリストテレス(4)、この二人がわずかに曙光を感知した最初の人であった。

しかし逆に、古代の感覚意識の領していた広大な領域について、現代の吾々にはそれを偲ぶいささかのよすがもないのである。古代人特有のあの偉大な、内在的に発育した官能の知覚、というか、いわば感覚の知覚と、あの感覚の叡智とは、いまやほとんど完全に失われてしまった。それは理性によってではなく、いわゆる本能と直観とをもってじかに到達しうるところの底知れぬ叡智であった。言葉ではなく、眼に見える映像に基づいた叡智であった。ここにあっては、抽象が、概念化、普遍化、あるいは質化への傾向をとらず、ただちに象徴への方向を目ざしている。事実の聯関は論理によらず、ひたすら情動に随っていた。《それゆえに》という言葉は存在しなかったのである。形象もしくは象徴が次々に去来し、——ちょうど聖書の詩篇のあるものに窺えるように——本能的な、おもいのまなる自然的聯関をなして連っていた。また、それらは《何処かに達する》というのでもなかった。達すべき目的地などなかったのである。ひとすじに冀うところは、意識のある状態を極点にまで達せしめようということであり、感情・知覚の一状態を心ゆくまで満たそうということである。この古代特有の《思考過程》のうちで今日吾々に遺されている唯一のものは、おそらく将棋やトランプのごとき遊びだけであろう。将棋や駒やトランプの図柄は一種の象徴である。その《価値》はどの場合にも固定されている。そしてその《動き》たるや非論理的であり、気まぐれであり、力の本能に左右されている。

吾々が古代人の知能の営みをほんの少しでも把握しえない以上、彼等古代人の棲息した世界の《魔法》を味識することは到底不可能といわねばならぬ。たとえば——あまり秀れた例ではないが——あのスフィンクスの謎(5)を取りあげてみたまえ、**初めのうちは四足で、**

つぎに二本足になり、最後に三本足で歩くものはなにか。——答えて曰く、人間。——これは、このスフィンクスの偉大な質問は、現在の吾々にとっていささか馬鹿げたものであろう。が、しかし批評精神に毒されず、映像を直感していた古代人にとっては、もろもろの情動と畏怖との大きな渦巻がここに巻き起ったのである。四足で歩くものは動物であり、それは動物としてのあらゆる特異性と能力とを恵まれ、かつその奥地意識ともいうべきものが人間の孤立した意識の周辺をとりまいている。そして赤子が四足で這うということが答えのうちに示されたとき、ただちにもう一つの情動の渦が湧きあがる、それはなかば畏怖の情であり、なかばおかしみの気持である、というのも、人間は、殊にその幼児の頃には、動物のように地面に顔を向け、腹と臍とを地球の中心に繋ぎとめて、真に一個の動物として誰もが四足を使って歩いていたのであって、決して太陽に臍を繋ぎとめているのではないことを人は実感するからである。そして、太陽に臍を繋ぎとめることこそ原始的概念による真の人間の在り方だったのである。第二句の二本足の生物という言葉は、人、猿、鳥、蛙の複雑な映像を喚び起したのである。これら四つのものの血縁に想いあたるという、まことに不気味な著想も、一瞬にしてなる想像力の働きであったが、それこそ現在の吾々が求めて得難いものであり、しかも、子供たちの間にあってはいまもなお可能な想像である。三本足の生物という第三句は、驚愕と、かすかな戦慄とを喚起し、荒地と海洋のかなたに横たわる広漠たる奥地に、いまだ自分等の眼に顕示されざる獣を探し求めるべく人々を駆りたてたのであった。

ここにおいて、かような謎に対する情動的反応がいかに大いなるものであったかは、充分理解しうるところであろう。ヘクトル[6]やメネラウス[6]のごとき英雄・王者さえ、現在の子供とおなじように、いや、その千倍も強く広い反応を示したのである。それだからとて当時の人々が愚昧だったとはいえない。それどころか、今日の人間の方がはるかに愚昧ではないか、自分から情動と想像の反応を剝奪し、その結果すべてに対して不感症になってしまったのだ。その代償が倦怠と枯死である。吾々の単調無味な思考法は、もはや吾々にとって生命の糧とはならない。しかも、あの人間についてのスフィンクスの謎は今日でもオイディプス王以前と同様に、いな、それ以上に戦慄すべきものであるというのに。なぜといって、それは、かつての昔とは全く異なって、いまや、生きながら死んでいる人間についての謎となったからである。

8

人間は過去においては形象によってものを考えたし、いまもなおそうである。しかし現在、吾々の形象にはほとんど情動的価値がなくなってしまった。吾々はつねに《結論》を要求し、**終結**を欲する。知的操作において、かならず断案、決定、終止符に到達しようとこころみるのである。それによって、吾々は一種の満足感を味わう。吾々の知的な意識はことごとく前進運動であり、段階運動であり、それはあたかも吾々の文章のごとく、あらゆる終止符が《進展》と何処かへの到著とを明示する里程標となる。こうして吾々はあくまで前進して止まないという始末だ。それも、吾々の精神的意識が、何処かへ行かねばならぬ、意識には終点があるのだという幻想のもとに、絶えず働いているからだ。ところが、もちろん終点などというものがあるわけのものではない。意識はその本質においてみずから一つの終結なのである。しかも吾々は何処かへ到達せんとしてわれとわが身を苛むのだ。ようやくそこに達したとおもえば、それは何処でもない、元来が到達すべきところなど何処にもないからである。

人々がその昔、意識の場所としていまだに心臓や肝臓のことなどを考えていたころには、このように前進してやまない思考過程など、夢にも想いつかなかったのである。彼等にとって、思想とは、感情の知覚の完成せる状態であり、なにかたえず累積し、深化するものであって、感情が意識のうちにおいてそれ自身つぎつぎに深まり、やがてそこに一つの充実感を現前せしめるものを意味していた。思想の完成とは、渦巻のような深淵、情動的知覚の奥深くへ、測鉛を垂れることであった。そして、この情動の渦巻く深みにおいて、決著はおのずから形を成した。しかし、この決著は進行途上の一段階などというものではなかった。その先なおも遠く曳きずらねばならぬ論理の鎖などありはしなかったのだ。

ここに吾々は過去の預言的な方法や神託的方法の価値を認めざるを得ない。古代の神託は、なにか事あるごとにその全連鎖にぴったりあてはまることを語るものとは考えられていなかったのだ。それは真に力動的な価値をもった一聯の形象や象徴を差しだすものと考えられていた。神意を伺うものが、これら形象や象徴に見いるにつれ、彼の情動的意識はますます急激に回転し、ついには情感の強烈な熱中状態から決著が形づくられるのである。すなわち、今様に言えば決定に到達するのである。事実、吾々とてもなんらかの危機に際してはまったくこれと同様のことをやっているのだ。非常に重大なことが裁決されねばならぬようなときには、吾々はまず退き、熟慮に熟慮を重ねる。そのあげくやがて深い情感が活動し始め、ぐるぐると廻転し始める。その廻転が激しくなるに随って、ついに一つの中心が形づくられ、そして《なにを為すべきかがわかる》のである。現代の政治家は一人としてこの強烈な《思考》の方法に随う勇気をもっていない、だからこそ、現代の政治的精神は徹底的貧困に陥ったのである。

9

さて、アポカリプスの問題に戻るに際して、吾々はあくまでつぎの事実を銘記しておかねばならぬ。アポカリプスは、その展開の仕方においてやはり古代異教文明の産物の一つであり、したがって、そのうちに吾々の眺めるものは、例の近代の連鎖進行思考法ではなく、古代異教の回転式形象思考であるということである。ここにあっては、あらゆる形象はそれぞれみずから行動と意味との小円環を完成し、そのあげく他の形象にその位置を譲る。このことはかの幼子誕生の前(1)、本書の前半について特にいえるであろう。すべての形象が一幅の画面を構成し、それらの形象相互の関係は一人一人の読者によって多少異なった姿において受けとられる。いや、形象それ自身が銘々の読者の情動反応の相違に随ってそれぞれ異なった理解を受けるのである。しかも、そこにはある種の精密な方式が、いわば一定の図式が儼存する。

吾々がくれぐれもこころにとどめておかねばならぬことは、古代人の意識の方法は、ことごとになにかが起るのを目のあたり見ねばやまぬということである。万物がことごとく具象であり、世に抽象物など存在しないのだ。しかも森羅万象かならずなにごとかを行うのである。

古代の意識にとっては、素材、物質、いわゆる実体あるものは、すべて神であった。大きな岩は神である。池水も神である。いや、なぜそうでないと言えようか。吾々はこの世に齢を閲すれば閲するほど、ありとあるヴィジョンのうちその最古のものへと還って行く。大きな岩は神**なのである**。私はそれに触れることが出来るのだ。それは否定しえないものである。どうして神でないといえようか。

かくして動くものは二重の意味に於いて神となる。すなわち、吾々はその神性を二重に知覚する、存在するところのものとして、かつ運動するところのものとして、二つの神性を。森羅万象はすべて《もの》であり、またあらゆる《もの》は行動し、その結果を生む。したがって、宇宙は存在し運動し結果を生むものの複雑な一大活動である。そしてこれら全体がとりもなおさず神なのだ。

今日の吾々には、あの古代ギリシア人たちが神、すなわち**テオス**[2]という言葉によって何を意味していたか、ほとんど測り知ることが出来ない。万物ことごとくが**テオス**であった。それにしても、それら全部が同時にテオスであったというわけではない。ある瞬間、**なにかがこころを打って**きたとする、そうすればそれがなんでも神となるのだ。もしそれが湖沼の水であるとき、その湛々たる湖沼が深くこころを打ってこよう、そうしたらそれが神となるのだ。あるいは青色の閃光が突如として意識をとらえることがあるかも知れない、そうしたらそれが神となるのだ。ときには夕暮に地上から立ちのぼるかすかなかげろうが吾々の想像をとらえることもあろう、それが**テオス**であった。あるいはまた水を前にして渇きにわかに抑えがたきことがあるかも知れぬ、そのとき渇きそれ自身が神なのである。その水に咽をうるおし、甘美な、なんともいえぬ快感に渇きが医されたなら、今度はそれが神となる。また水に触れてそのつめたい感触にめざめたとするなら、その時こそまた別の神が、《つめたいもの》としてそこに現象するのである。だが、これは決して単なる**質**ではない。儼存する実体であり、殆ど生きものと言っていい。それこそたしかに一箇の**テオス**、つめたいものなのである。が、つぎの瞬間、乾いた唇のうえにふとたゆたうものがある。それは《しめり》だ、それもまた神である。初期の科学者や哲学者にとっては、この《つめたいもの》《しめり》《しめったもの》《あたたかいもの》《かわいたもの》などはすべてそれ自身充分な実在物であり、したがって神々であり、**テオイ**(2)であった。しかも、それらは**さまざまなことを行った**のである。

ソクラテスとその《霊魂》(3)の出現に至ってコスモスは死滅した。二千年の間、人類は、死んでしまった、あるいはすくなくとも死に瀕したコスモスの中で、死後の天国に期待をかけつつ息をついてきたのである。かくしてあらゆる宗教は死体に関する宗教であり、彼岸の応報についての宗教であった。哲学者たちお気にいりの言葉を使えば、それらはことごとく終末論(4)の形をとっているのだ。

異教精神を理解することは、吾々にとってまことに困難な問題であるといわねばならない。古代エヂプトの物語が飜訳される、が、それらが吾々の前に与えられる瞬間、そのいずれもまったく不可解な存在と化してしまうのである。罪は飜訳にあるかも知れぬ。おこがましくも象形文字による記録を一体誰が**読解**しうるなどといえようか？　だが、ブッシマン(5)民間伝説の飜訳を読まされてみたまえ、吾々はまったくおなじような困惑状態に陥らざるをえないのである。言葉一つ一つは理解しうるとしても、それらの言葉相互の間に於ける脈絡となると、到底ついてゆけぬものがある。ヘシオドス(6)の飜訳を読む時にも、いやプラトンの場合ですら、吾々は元来の意味とは違った意味が**つけられて**いることを感じるのだ。それは誤った文章の運動展開であり内面的な脈絡でもある。いかにうぬぼれてみようが、ジョウエット(7)教授の心の動きとプラトンの心の動きとの間にはついに越ええぬ溝があるのだ。したがって、ジョウエット教授のプラトンは畢竟ジョウエット教授その人にすぎず、プラトンの生気はほとんど一息も通っていはしないのである。が、その偉大なる異教の背景から遊離せしめられたプラトンなるものは、実は本物とは似ても似つかぬ、いわばトーガー(8)——もしくはクラミス(8)をまとったヴィクトリア朝式の塑像にすぎないのだ。

アポカリプスの中核に迫るためには、異教の思想家乃至は詩人について——彼等にあっては思想家はまたかならず詩人でもあった——吾々はまずその知性の働きを理解しなければならぬ。彼等は形象から出発し、その形象に動きを与え、一定の行路、回路を完成せしめたかとおもうと、つぎの瞬間にはまた別の形象を採りあげるのである。古代ギリシア人はまことすぐれた形象思想家であった、それは彼等の神話が証明している。その形象は驚嘆に値するほど自然で調和に満ちていた。彼等は理性の論理よりもむしろ行動の論理に随ったのであって、そこにはなんら道徳的下心などというものはなかった。しかし、それでも東方諸民族にくらべれば、やはり彼等は吾々に近いものを負っていた。東方諸国にあっては形象思考はこれといって決った方式に随わず、行動の聯繋さえも辿ろうとはしない。「詩篇」中の聖歌のあるものにおいてあきらかにそれを見るのであるが、形象から形象への移行飛躍は全然本質的な聯関を有せず、ただ奇妙な形象聯想が存在するのみである。東方人にはそれが気に入っていたのだ。

異教的な思考様式を味解するためには、吾々はまず、初発から終結に至るまで前進継続をこととする吾々自身の思考様式を脱却し、精神を円環的に巡行せしめ、一群の形象の間をあちこちと飛びまわらしめなければいけない。時間とは、無限に真直ぐな線に沿った持続なりという吾々の観念は、無慙にも吾々の意識を不具にしてしまった。それに反して、円環的に運動するものという異教徒たちの時間概念にはもっと自由闊達なものがある。それは捉われぬ上下運動を可能にし、いついかなるときにも精神状態の完全転換を許容する。一つの円環が完成されるや、吾々はまた別のレヴェルに降下しあるいは上昇して、脱然新しい世界の住人となる。しかるに時間持続の方法に躊躇しているかぎり、吾々は一歩一歩別の峰に倦み疲れて杖を引かねばならぬのだ。

アポカリプスに於ける古代的方法は、まず形象を提示し、一つの世界を造りあげたかとおもうと、次には突然に時間と運動と事件との循環形式、すなわちひとつの**エポス**[9]（叙事詩・詩的伝説）を形づくることによって、その世界から脱出することであった。しかも、元の世界とはまったく異なった、別のレヴェルにある世界にふたたび還っていくのである。《世界》は十二[10]という数に基づいて構想されている。すなわち、十二という数[10]こそは、そこに構想されたコスモスにとって、いわば基数となっているのだ。そして円環は七の数に随って動くのである。

こうした古代の方式はいまなお残存しているが、やはりはなはだしい毀損を免れなかった。ユダヤ民族はいつもなにか偏狭な倫理的・種族的意味を附会しては、方式の美を汚さずにいられなかったのだ。彼等は生来的に、構成というものを嫌う道徳的本能にうちかてなかったのである。構成とは、壮麗な方式とは、あくまで異教的であり、非道徳的なものなのだ。したがって、エゼキエル書とダニエル書を経験している吾々には、アポカリプス幻像の**道具立て**《ミーザン・セーヌ》がいかに混乱を極めていようが、あるいはそこにユダヤ教寺院の造作がひそかに忍びこんでこようが、あるいはまたあの二十四人《にじゆうよにん》の長老《ちようろう》がいまはまったく自分たち本来の面目を忘れたかのように、ひたすらユダヤ的存在になりすまそうと努めていようが、その他多くのこうした事実を知っても別に驚きはしないのである。玻璃《はり》の海《うみ》という言葉は、輝ける天上の海原を意味し、地上の海水の鹹い停滞した状態と対比された言葉として、バビロンの宇宙観から侵入してきたものであった。が、もちろんこれも皿の中に、すなわち寺院の洗礼盤の中に突きこまれてしまわねばならなかった。ユダヤ的なるものは、悉く、**内的**――**屋内的**――である。かくして天界の星も、すがすがしい蒼穹の海原も、すべてはあの鬱気のこもった幕屋や神殿のとばりの蔭に押しこめられてしまわねばならなかった。(11)

しかしながら、あの冒頭近くのヴィジョン、即ち、御座《みくら》と、星の如く燦めく四《よ》つの活物《いきもの》、それから証人たる二十四人《にじゆうよにん》の長老《ちようろう》たち、これらを周囲の混乱のただなかに残して行って顧みなかったのは、かのパトモスのヨハネその人であったか、それとも後代の編纂者たちが真のクリスト教精神に鑑みて元来の構成を念入りに打毀してしまったのか、それは現在の吾々の与り知らぬところであろう。が、ともかくパトモスのヨハネはユダヤ人であった。それゆえ己れのヴィジョンがはたして想像しうるものか否かということにさほど意を用いはしなかったのである。と同時に、クリスト教の律法学者たちが《それを無害なものにする》ため、原型を完膚なきまでに粉砕しつくしたことも、またたしかな事実であろう。爾来、クリスト教徒というものはつねに《物事を無害なものにする》ことを旨としてきたのである。

もともと、この篇が聖書中に組み入れられるのには大きな障碍があった。東方の神父たちは烈しくこれに反対したのである。してみれば、例のごとく《事を無害なものにする》ためクロムウェルの流儀[12]に随って、あの異教の表象がことごとくその鼻や首を刎ねられてしまったからとて、ことさら驚くにはあたらない。ただ、吾々は次の事実をこころにとどめておけば足りるのである。すなわち、この書の基底にはおそらく異教の髄が根を張っているにちがいないのであり、クリスト出現前にもすでに一度ならずユダヤのアポカリプティストの手で書き改められてきたであろうし、またそれを、クリスト教的なものとするために、パトモスのヨハネが全体にわたって手を加えたに相違ないのである。のみならず、その後もクリスト教の律法家や編纂者がなおもその安全を期するために、補修工作を施している。彼等はたしかに百年以上の長きにわたってこの鋳掛仕事を続行しえたのである。

さて、ユダヤの精神とクリスト教的偶像破壊者[13]とによって多かれ少かれ歪曲を蒙った異教の象徴を掘り出し、一方あの大がかりなイスラエル人の幕屋の中に天界を嵌めこむため、勝手に引張りだされてきたユダヤの寺院や儀式的象徴に手加減を加えること、もし吾々がひとたびこの壮挙を敢行するならば、例の**道具立て**《ミーザン・セーヌ》すなわち讃歌を捧げる宇宙的な活物に衛られた御座や、その現前するところ、プリズム的光輝が虹や雲のごとく――《イリス(14)もまた雲である》――あたりを照灼してやまぬかの虹衣に覆われたコスモクラトール、これらの幻覚についてかなり明確な観念を得ることができよう。このコスモクラトールは、碧《へき》玉《ぎょく》と赤瑪《あかめ》瑙《のう》(15)のごとく輝いている。これは、註釈者たちは緑黄色だと言っているが、エゼキエルではコスモスの火の燦然たる光彩として琥珀・黄色となっていたものである。碧玉《へきぎょく》は**ピスィズ**(双魚宮)(16)に相当し、天文学の十二宮(16)からいえば、吾々の時代はちょうどこの宮に位する。いまや吾々はこの**ピスィズ**の縁を超えて、ようやく新しい宮、新しい時代に入らんとしているのだ。イエスもまた初めの数世紀間はまったくおなじ理由から魚《フィッシ》(16)と呼ばれていた。もとはカルデア人から出た星の伝説が、かほど強力な支配力を人間の精神に及ぼしていたのだ!

御座から電光《いなずま》と雷霆《いかずち》と声《こえ》とが出る。たしかに雷霆はコスモス最初の壮大なる発言であった。それはそれ自身完成せる存在であり、オールマイティ・デミウルゴスのまた別の姿でもある。その声は創造(17)の前触れをする最初の偉大なるコスモスのうめきであった。劫初の壮大きわまるロゴスとは、星雲《ケイオス》の間を笑いさざめき渡り行きつつコスモスを形成せしめる雷鳴であった。しかしオールマイティでもある雷霆《いかずち》と、火性のオールマイティとして生命の焔——火性のロゴス——の最初のほとばしりを浴びせる電光《いなずま》と、この二つはまたいずれも憤激と撃砕の性格をもっていた。雷霆《いかずち》は虚空をわたる創造のとどろきであり、電光《いなずま》は生命の火をなしてほとばしり出る。が、半面、それらは破壊者ともなるのである。

つぎに、御座《みくら》の前には七《なな》つの燈火《ともしび》(18)があり、それらは現在、神《かみ》の七《なな》つの霊《れい》なりと説かれている。元来このような作品における説明なるものは信憑するに足らぬのがつねである。が、七つの燈火とは(日月を含めて)七つの遊星を意味し、それは天界から、地上とそこにある吾々とを支配するものである。昼をつくり、地上のあらゆる生命をつくる太陽、潮の干満をつかさどり、吾々にとって未知なるものとしての吾々の肉体的存在を、即ち女性の月経期と男性の性的リズムとを支配する月、それから五つの漂う大星、火星《マース》・金星《ヴィーナス》・土星《サターン》・木星《ジュピタ》・水星《マーキュリ》、これらは吾々の週日を形成し、昔と同様に、いまも依然として吾々の支配者となっている。が、その事実は、かつてなかったほど忘却されている。たしかに吾々は太陽が生命の根原であることを知っている、が、その他に至ってはどれほど恩恵を被っているか知らないでいるのだ。すべてを万有引力に帰して顧みない。いや、それもよいが、その際、不可思議絶妙な糸が吾々を月と星とに結びつけていることを忘れてはならない。こうした糸が吾々の上に心霊的牽引力を働かしているということ、それを吾々は月に学ぶことができる。けれどもその他の星についてはどうか。それがわかるであろうか。この種の知覚を吾々はついに失ってしまったのである。

しかしながら、吾々はいまアポカリプスという劇の——お望みなら、天界の、というがよい——**道具立て**《ミーザン・セーヌ》を眼前に眺めている。これこそは、まさに現在吾々が有しているコスモスの全貌を——《罪業に満てる》宇宙を——意味する。

オールマイティは手に巻物《まきもの》を持っていた。[19] 巻物こそユダヤ的象徴でなくしてなんであろう。まことに彼等は本の虫、巻物好きな民族であった。生来、罪状を書きこんだ帳簿の大収蔵家であり、いつの世にも相もかわらず人の世の罪を算えたてているのである。が、とにかくこの、書物のユダヤ的象徴たる巻物《まきもの》は、その七《なな》つの封印《ふういん》によって、七つからなる一円環をかなり巧妙に表示するものとしては、かなり役に立つ。もっとも、封印《ふういん》が一つ一つ破られるたびに、おのおの一篇ずつが**開かれる**ことになっているのだが、どうしてそういうことになるのか、私にはとんと合点が行かぬのである。なぜといって、この書はあきらかにひとまきにされた巻物であって、**実際には**七つの封印が全部破られてからでなければ、ほどきえないはずなのだ。しかし、アポカリプティストにとっても、私にとっても、そのようなことはまったくとるに足らぬ些事にすぎぬ。おそらく最後まで巻物を開いてみるつもりなどありはしないのであろう。

この巻物を解くのはユダの族《やから》の獅子《しし》(20)だと考えられている。しかし、見るがいい、この百獣の王が舞台に登場するや、それはいつの間にか七つの角《つの》(これは七《なな》つの力、権威の象徴)と、七つの眼(あの、おなじみの遊星)とをもてる羔羊《こひつじ》なのだということになる。それからというもの、吾々の耳には、獅子のそれらしき怖るべき咆哮が絶えず聞えてくるのだが、目の前にいるのは、なんのことはない、一匹の羔羊で、それがこの怒りを表しているだけのことなのだ。どうやら、パトモスのヨハネの羔羊は、羊の皮を被ったお馴染みの獅子にほかならない。そのふるまうところ、ことごとく恐るべき獅子である。ただ、ヨハネがそれを羔羊だと言い張るだけなのだ。

彼はひそかに獅子を贔屓にしているにもかかわらず、羔羊を強調せねばならなかった。レオ(獅子宮)(16)はいまやアリエス(白羊宮)(16)に席を譲らねばならぬからである。なぜなら、かつては獅子のように血の犠牲を捧げられた神が、ここでは全世界至る所でずっと背景に押しこめられてしまい、逆に犠牲に捧げられた神が前景を占めなくてはならぬ世となったのだ。より大いなる復活のために神を犠牲に捧げるという異教の秘儀は、クリスト教よりはるか以前から存在して居り、アポカリプスの地盤はこうした秘儀の一つにあった。それはなによりも羔羊であらねばならず、あるいはまた、かのミトラ神(21)の場合のように牡牛であらねばならない。そして、奥義を伝授されるものの上にこの牡牛の切られた喉から血が注がれ（人々は牡牛の喉を切って、その首を高く上にさしあげたのである）、そのものを新しい人間にする。

《羔羊の血もてわれを洗い潔めよ
　さすればわれ雪より白くならん――》(22)

と広場で救世軍が喚いている。誰でもいい、羔羊より牡牛の方が気がきいていると言ってみたまえ、連中はさぞかし胆をつぶすであろう。いや、案外に平然としているかも知れぬ。たちまちにして彼等はその意を悟るにちがいない。社会の最下層においては、いずれの宗教もあらゆる時代を経めぐりながら発生以来ほとんど変ることなき性格をもっているものなのだ。

（もっとも昔時おそらく百頭にも及ぶ大屠殺のときには、牛頭を地面に向けておさえつけ、喉を穴の上にさしのべて切ったものである。してみれば、ヨハネの羔羊はどうやら大屠殺用だったらしい。）

　つまり、神は殺戮をほしいままにする獣ではなく、屠られる獣となったわけである。したがってユダヤ人にとって、それは羔羊であらねばならなかった。またひとつには、昔の踰越節(23)の犠牲たるためにも羔羊である必要があったのだ。ユダの族の獅子は羊毛を被った。しかし、その牙が本性を示すだろう(24)。ヨハネは《屠《ほふ》られたるが如《ごと》き(25)》羔羊をくどく言う。

だが、その屠られるのを何人も見ていないのだ。ただ、吾々の眼には人間共がその手によって一度に何百万と屠られるのが見えるのみである。最後の場面でそれは勝利の血《ち》に染《そ》みたる衣《ころも》を纏《まと》って現れるが、これすら決して己れ自身の血ではなく、敵なる諸王の血であった。

《敵の血もてわれを洗い潔めよ
さすればわれまことのわれとならん――》

というのが、パトモスのヨハネの本音なのである。

やがて頌歌がつづく。それこそは、いわばこれから一種の示威を行わんとする神に捧げられたまことに異教的な頌歌である。――長老二十四人、その数は完成されたコスモスの数十二の二倍、《座位《くらい》》につける十二宮として、起立しては、あたかも藁束がヨセフに向って靡くがごとく、(26)御座に向って礼拝をくりかえしている。芳香を放つ鉢《はち》は聖徒《せいと》の祈禱《いのり》という貼紙つきであるが、おそらくのちに誰か尻の穴の小さいクリスト教徒が手を入れたものであろう。さてユダヤ的な御使《みつかい》の群が舞台にとびこんで来る。いよいよ劇の幕が切って落されたのだ。(27)

10

有名な四人の騎士とともに劇は本筋にはいっていく。これら四人の騎士(1)はまがうかたなき異教の輩である。それはもはやユダヤ風でさえない。彼等は舞台へ一騎一騎と乗りこんで来る。——が、なぜそれが巻物の開封と共に行われねばならぬのか、吾々には合点が行かぬ。とにかく、またたくまに乗りこんで来て、万事はそれで終るのだ。彼等は最小限度に端折られてしまっている。

しかし見るがよい、彼等は明瞭に占星学的、十二宮的存在であって、たしかに、ある意図に従って意気揚々と乗りいれて来たのだ。その意図とはなにか。今度は宇宙的というより、まったく個人的であり人間的である。この個所では、七つの封印をもったこの有名な巻物は、人間の、男性の、アダムの肉体を、いや、ありとあらゆる人間の肉体を意味している。そして七つの封印とは、その力動的な意識の七つの中心、七つの門である。吾々の眼前に展開されているのは、人体の大いなる心霊的中心の開幕と、その征服にほかならぬ。古きアダムは征服され、死滅し、新しきアダムとして甦らんとする。だが、そこには段階が、七つの段階がある、いや、六つの段階と一つの頂点が、というべきであろう。なぜなら、人間の知覚は七つの位層に分たれ、層一層と深まりつつ高まっていくのである。それは意識の七つの領域と呼んでもいい。これらは一つ一つ征服され、変形され、浄化されねばならない。

では、人間における意識の七つの領域とはなにを指すのであろうか。好きなように答えるがよい、各人がそれぞれ自分の解答を与えうるのだ。だが、ごくあたりまえの《通念》からいえば、それらは人間の力動的な四つの性質と、《より高い》三つの性質とを意味するものと考えられよう。象徴はかならずなにかの意味をもっている。が、それらは人によって異なった意味をもつものなのだ。象徴のもつ意味をひとたび限定するならば、あの寓意の陳腐に堕してしまうのである。

馬、つねに馬である！　馬は太初の諸民族のこころを、殊に地中海沿岸の住民のこころをいかに強く支配していたことか！　馬をもつものは貴族である。いまでも吾々の暗い魂の奥深く、はるか底の方に馬が跳躍しているのだ。それこそは支配的な象徴である。馬は吾々に支配権を附与する。それは吾々をあの力に満ちた灼熱のオールマイティと結びつけるが、これこそ吾々が始めて経験するオールマイティとの触知しうる、律動的な結合なのである。またそれは吾々の肉体のうちなる神性の最初のめざめでさえある。そして一つの象徴として、馬は魂の下底にある暗黒の牧場を徘徊している。君の魂の、また私の魂の暗い原野を蹂躪し廻るのだ。あの神の子たち、下界に降って来て人間の娘を識り、タイタン族を生んだ神の子らは《馬の男根》をもっていたとエノク(2)は書いている。

ここ五十年間、人間はその馬を失った。その結果、人間も滅んでしまった。いまや人は生命を失い、力を感じない――永遠の奴隷、永遠のやくざ。馬がその足下に戛々《かつかつ》と街路を踏みならしていたころは、ロンドンもまた生気に溢れていたではないか。

馬、馬！　それこそは人のうちに漲りうねる力、運動と行動との力の象徴。馬、英雄たちが鞍上ゆたかに闊歩した馬。イエスさえ驢馬に跨った、これはまた謙譲な力の乗料。が、駿馬はまことの英雄のためにある。しかも、それぞれの力、それぞれ異なった英雄的情火と衝動のために、またためいめい別の馬を。

白《しろ》き馬《うま》に乗るもの！　一体これはなにものであろうか。蓋し、説明を求める人間は、ついに知ることをえぬものである。が、この説明とは吾々の宿命なのだ。

まず昔の分類法に随って人間の四つの性質を考えてみたまえ、多血質、胆汁質、憂鬱質、粘液質の四つを。さてこそ四色の馬が登場している。白《しろ》き馬《うま》、赤《あか》き馬《うま》、黒《くろ》き馬《うま》、**青ざめたる**(3)、あるいは黄ばみたる馬《うま》(3)の四頭が、だが、それにしても多血質がなにゆえに白色なのであろうか。――ああ、いうまでもないこと、血は生命そのものであった。実に生命力は白色に爛々と輝いていた。かの古代にあって、**血は命であり**、それが力として想像されるとき、かならず白光を湛えていたのだった。くれないやむらさきは単に血の外見的なよそおいにすぎぬ。ああ、光輝燦然たる赤色に蔽われた、鈍色の血！ その本体はまさに純粋な光のようなものであった。

赤《あか》き馬は胆汁質的怒気である。それも単なる腹だちではない。自然の火性、いわゆる情熱である。

黒《くろ》き馬《うま》は鬱々たる不機嫌であり、馭しがたきものである。

最後に粘液、すなわち肉体の淋巴液が例の青《あお》ざめたる馬《うま》であった。その過剰は死を招致し、陰府《よみ》がこれに随う。

あるいはまた、ここに人間の四つの遊星的性質(4)をとりあげてみるのもよい。木星《ジョーヴ》・火星《マース》・土星《サターン》・水星《マーキュリ》の四つを守護神にもつ性質、これはそれぞれのラテンの意味を超えてひとたびギリシア語まで遡ると、うまい具合にまた別の照応にぶつかるのである。すなわち大ジョーヴ神とは太陽であり、生気溢れる血すなわち白馬であり、怒れるマース神は赤馬に跨り、サターン神は黒く、頑固で、馭しがたく、かつ陰鬱である。そしてマーキュリ神とはヘルメス神のことであり、これはいわゆる地界のヘルメス神、霊魂の嚮導者、二つの道の見張番、二つの扉の開き手であって、また地獄をさすらう探求者、陰府の王である。

ここに二つの照応があり、しかも共に肉体的である。吾々はいまその宇宙的な意味には触れずにおく。なぜなら、ここでは宇宙的というよりもむしろ肉体的な意図が窺われるからである。

爾来、人々は象徴としてこの白馬にいくたびか出遭っているはずである。ナポレオンですら白馬にうち跨っていなかっただろうか。太古の意味が、吾々の精神のすっかり無気力になりはててしまったいまでも、依然として吾々の行為を支配しているのだ。

ここに白き馬に乗るものは冠冕《かんむり》を与えられている。彼こそは至上の王たる我であり、まさに私自身であって、その馬は人間にとって神与のマナ(5)である。その騎士はまことに私自身であり、神聖な自我として、行動の新しい円環の中に羔羊の手によって召しいだされ、勝《か》ちに勝《か》たんとして、すなわち新しい自己の誕生のため古き自己に勝たんとして出てゆくのだ。自己のうちなる他のもろもろの《力》にうち克つものも、またじつに彼なのである。かくして彼は太陽のごとく、矢をたばさみ勝《か》たんとして出てゆくのだが、決して剣《つるぎ》は手にしない。なぜなら、剣は審きをも意味するものだからである。かくしてこの騎士は律動的な、力に満ちた自己であった。彼の弓とは三日月のように、彎曲した弓形の肉体にほかならない。

神話特有の行動、すなわち祭儀の形象はことごとく削除されてしまっている。白き馬に乗るものは出現したかとおもうと、たちまちにして姿を消してしまう。だが、彼がなんのために現れたかは諒解できるのだ。そしてまた、アポカリプスの終りの方で(6)、白馬にうち跨がり、神威犯すべからざる人の子として、あの《諸王》に対する最後の終局の征服のあとへ乗りこんでくるものと対比されている理由も納得できるであろう。もちろん諸君も、私もまた、人の子としてささやかな征服にと乗り出だす。が、大いなる人の子は全世界最後の征服ののちにその白馬に跨り、天の軍勢《ぐんぜい》をしたがえて登場するのである。彼の纏《まと》える衣《ころも》は多くの国王の血に染んで紅に、その股《もも》には王の王、主の主という称号が記されている。(7)（なぜ股に、なのか。解答は随意だ。が、ピュタゴラスも、寺院にあって己が金の股を衆目に見せはしなかったか。いや、往昔の力に溢れた地中海沿岸の住民にとって股はなんの象徴だったか御存じであろう(8)。）さて、この最後の白き馬に乗る者の口から、審判のロゴスの致命的な剣が飛び出る。ここでふたたび、いまだ審きの権が委ねられていない騎士を、そしてその弓と矢を憶い出そうではないか。

この神話は完膚なきまでに剝奪を蒙り、ぎりぎりの象徴にまで切り詰められてしまっている。最初の騎士はただ乗り出してゆくだけである。第二の騎士が登場するや、平和《へいわ》は奪《うば》われ、この世に――じつは自己の内部に葛藤と戦争とがもたらされる。第三の騎士は手に権衡《はかり》をもって現れるが、それによって肉体のうちの《諸成分》の質量や正しい均衡がはかられる。この騎士がやって来ると、パンは欠乏状態に陥り、ただ油《あぶら》と葡萄酒《ぶどうしゅ》だけが損《そこな》われずにすむことになる。パン、すなわち大麦《おおむぎ》はここでは——あたかもギリシアにおいて犠牲の上に撒かれた大麦のごとく——いわば象徴的に犠牲に供される体、あるいは肉を意味している、「汝等我体《なんぢらわがからだ》なるこのパンを取《と》れ」(9)と。肉体はいまや飢餓《きが》状態に瀕し、極度に疲労困憊に陥っているのだ。最後に、青ざめたる馬に乗れるものと共に、究極の、肉体的、力動的自己は一応終焉し、奥義を授かるものの《仮死》状態に入る。ここに吾々は吾々の存在の陰府、すなわち地界に入るのである。

吾々は吾々の存在の陰府、すなわち地界に入る、なぜなら吾々の肉体がいまや《死んで》いるからだ。しかし、この地界の軍勢たる死霊は、ただ地《ち》の四分《しぶん》の一《いち》だけしか、いいかえれば肉体の四分の一だけしか傷つけえないのである。畢竟この場合、死とは秘儀を暗示するだけのものであり、傷つけられるものとは、既成の創造に属する肉体にすぎないのだ。なるほど、飢えと肉体的苦痛とが仮死状態にある肉体に降りかかってはいる、が、いまだそれ以上の痛手は加えられていないのである——災禍というべきではなく、それは聖なる憤恚《いきどおり》を受けただけであって、ここにはオールマイティの怒りというべきものは皆無である。

この四人の騎士に関してまことに粗雑浅薄きわまる解釈(10)がある。もっともそこにはたしかに真相を暗示するものもあるにはちがいない。正統派の註釈者たちはティツス(11)、ヴェスパシアヌス帝頃の飢饉について語っているが、そのとき、彼等は、末期の一アポカリプティストに随って、大麦と小麦のところは正しく読みとっているらしい。だが、もともと異教のものであった原意は故意に歪められて、《邪な異邦人の諸勢力にクリストの教会を対峙せしめん》とする大仕事に好都合な意味をなすりつけられているのだ。ところが、騎士そのものにはこのような作為の手が全然加えられていない。したがって、篇中おそらく他のいずれの場所においても、ここほど例の奇妙なやりかたの痕跡の歴然たるところはないのである、故意に古代の意味は切り苛まれ、混乱させられ、まったく変改されてしまい、それでいて一方、構成の骨組だけが昔のままに残っているというわけなのだ。ところで、まだ三つの封印が開かれていなかった。それらが開封のあかつきには、一体なにごとが起るのであろうか。

第四の封印と青ざめたる馬に乗るもののあとで、奥義を受けるものは、異教の儀式に随って肉体的に死ぬのである。しかしながら、そこには地界の旅路が残って居り、生ける《我》はその中を経めぐって霊魂《たましい》と霊《れい》を剝奪されねばならず、その剝奪後に始めてそこから赤裸の姿で現れ出ることができるのである。霊魂《たましい》と霊と生ける《我》とは地獄の涯の入口から新生の日に至るまで、共に人間の三つの聖なる性質を代表するものだからである。四つの肉体的性質はすでに地上で脱ぎすてられている。この陰府にあってはただ二つの神的性質が剝ぎとられるのだ。最後のものはいわば剛直な焔火であって、新生の日にふたたびつぎつぎに霊《れい》の肉体と、霊魂《たましい》の肉体と、それから四重の地上的性質をもった肉の《衣》とを著せられる。

さて、異教の原本がこの間の事情を伝えていたことは疑いえぬ事実である、陰府《よみ》をくぐる旅、霊魂《たましい》とそれから霊《れい》の蟬脱、これらの記述ののちにやがて神秘的な死が六重に完成されて、ここに第七の封印は同時に死の最後的な怒号であり、また新生の最初の高らかな凱歌、抑えがたい歓喜の声でもあった。

しかしユダヤ人の心は、人間がこの地上に生きながら神性に与ることを嫌悪していた。その点クリスト教も同様であった。人間はただ彼岸にのみ神性を期しうるのである。それは肉体が滅び栄光に行くときにのみ許される。肉に神性を冀ってはならぬのだ。そこでユダヤ教・クリスト教のアポカリプティストたちは陰府《よみ》に下る個人の冒険の秘義をうち毀し、それに代えるに祭壇《さいだん》のもとに復讐を求めて喚く無数の殉教者の霊魂《たましい》を以てした――復讐こそはユダヤ人にとって神聖なる義務であったのだ。これらの霊魂《たましい》は暫《しば》し待《ま》つべく言聞《いいきか》される――相も変らぬ彼岸の運命だ――しかも仲間のなおあまた殺され、その数《かず》の満《み》つるまで待てというのである。(12)かくして彼等は白き衣《ころも》を与えられるが、これは時期尚早というべきである。なぜなら、白き衣は復活せる肉体にほかならず、それをこの騒がしい《霊魂《たましい》》がどうして陰府、墓場にあって身に纏いうるのであろうか。とにかく——以上がユダヤ教、クリスト教のアポカリプティストたちの第五の封印に於いて犯した混乱である。《我》の最後の生気ある神髄から霊を剝奪してしまう第六の封印は、アポカリプティストの手によって訳の判らぬ、混乱した宇宙的災害に変えられてしまった。日は荒《あら》き毛布《けぬの》のごとく黒《くろ》ずむ。太陽が大きな黒い球体となって、みるみるうちに吾々の眼前に暗黒を噴き出すというのである。そして月は血《ち》のごとくなる。まさに異教精神の裏返し、その恐怖版でなくしてなんであろう。月は人間のうちなる液体の母であり、血は太陽の属性なのだ。そして月は淫婦やデーモン的女人のように、その全く悪性な売女的、吸血鬼的なる面においてのみ赤い血に酔うのである、これが本来なら肉の生理的な泉に冷めたい水を汲み与える月なのだ。星は空から落《お》ち、天は巻物《まきもの》を捲《ま》くがごとく去《さ》りゆく。ともに「山《やま》と島《しま》とは悉《ことごと》くその場所《ばしょ》を移《うつ》されたり」とある。意味するところは劫初の星雲状態《ケイオス》の回帰であり、吾々の宇宙秩序、創造の営みの終焉である。が、かならずしも全滅ではない。なぜなら地《ち》の王《おう》たち、その他の人々も永劫回帰する羔羊の怒《いかり》を避けて、移された山の蔭に身を匿《かく》し続けているからである。

このコスモスの災害は疑いもなく、原本のあの奥義を受けたるものの最後の死と照応している。すなわち、その霊《れい》を剝奪されて、彼はたしかに死を自覚するのであるが、しかし陰府の底にいまだ生の最後の焔光を保っていた。だが、遺憾なことにアポカリプティストがすっかり手にいれてしまったのだ。かくてアポカリプスは宇宙的災害の連続となり、単調きわまる代物となってしまった。もし、あの奥義伝授の異教的記録を取りかえせるものなら、吾々は新しきエルサレムなどよろこんで抛げ出して顧みないであろう。とにかく、このたえまない《羔羊の怒》などという譫言は、歯の抜けた老耄のはてしない脅し文句のように人の癇に触るのである。

しかし、秘義的な死の罪・段階もここに終り、第七の段階は同時に死と生との出現となる。ここに人間の永遠なる自己の究極の焔光が地獄の底から現れ出で、まさに消滅せんとするその瞬間に、それは金色の股と栄光に輝く面とをもてる新しき肉体の持主の新しき岐れたる焔[13]となるのである。が、それよりもまず、ここに休止が、自然の休止が置かれる。劇の進行は一時中止の恰好になり、舞台はしばらく別の世界に、外部のコスモスに移されるのである。第七の封印すなわち、倒潰と栄光の実現に先立って、これまでよりやや小規模な一環の祭儀が果されねばならぬのだ。

11

ついで創造が方形であり、創造、あるいは創造された世界の基数が四であることを吾々は知らされる。世界の四隅から四つの風が吹くという仕掛なのだ。そのうち三つが邪悪な風であり、一つが善い風である。これらが一度に放たれるとき、天空には星雲の混沌を、地上には破壊を招来する。

そこで四人の風の天使がそれら四方《しほう》の風《かぜ》を引止《ひきと》め、地《ち》をも海《うみ》をも樹《き》をも、いわばこの現実世界を害《そこな》わぬように命ぜられるのである。

しかしここに神秘なる風が東より吹き(1)、日をも月をも満帆の船のように押しあげ、あたかも水上をおもむろに滑べるがごとく天空をわたしてゆく。――これは紀元前第二世紀頃の信仰の一つであった。――東の方より一人の御使《みつかい》が登《のぼ》って来て、神《かみ》の僕《しもべ》の額《ひたい》に印《いん》するまで、破壊の風に暫し待つよう大声《おおごえ》で呼《よば》わるのである。かくしてユダヤの十二支族(2)がながながと数え挙げられ印せられる。まさに退屈きわまるユダヤ的演出だ。

さて場面は転換し、吾々の眼前には大いなる群衆《ぐんしゅう》が現れ、しろき衣《ころも》を纏《まと》って手《て》に棕櫚《しゅろ》の葉《は》をもち御座《みくら》の羔羊《こひつじ》の前に立って、大声に「救《すくひ》は御座《みくら》に坐《ざ》したまふ我《われ》らの神《かみ》と羔羊《こひつじ》とにこそあれ(3)」と呼《よば》わっているのだ。すると、御使《みつかい》および長老《ちようろう》たちと例の翼ある四《よ》つの活物《いきもの》とが御座《みくら》の前に平伏《ひれふ》し神《かみ》を拝して言うのである、(4)「讃美《さんび》・栄光《えいくわう》・智慧《ちゑ》・感謝《かんしや》・尊貴《たふとき》・能力《ちから》・勢《いき》威《ほひ》、世々《よよ》限《かぎ》りなく我《われ》らの神《かみ》にあれ、アァメン」――

これは、いよいよ第七の封印の開かれたことを暗示しているのである。御使は、祝福されたるもの、新しく生れたるものの現れ出でるまで、四つの風の鎮まり居るようにと呼ばわる。つぎに「大《おほい》なる患難《なやみ》を経《へ》てきたる」(5)もの、すなわち、死と甦りとの奥義を授けられたるものたちが栄光を浴びて現れ、新しき体をまぶしきばかりの白い衣に包んで、手には生命の樹の枝をかざし、燦然たる光輝のただなかに、オールマイティの前に出で立つのだ。彼等は頌歌を捧げ、御使がそれに和する。

アポカリプティストの意図に反して、ここにこそ、吾々は、異教の奥義を授かれるものの姿を、おそらくはシビリの寺院のうちにおいて、その床下の暗黒界から突然聖柱の前に突き出され、燦然たる光輝にとりまかれた異教徒の姿を見出すのである。死から甦り、眩暈を感じ、彼は白い衣に棕櫚の枝を手にして立っている。笛はその周囲に随喜の調べを吹きならし、舞姫は彼の頭上に花環をさしのべる。閃光が交錯し、香煙がたちのぼる。綺羅を纏える僧侶尼僧の群が腕をさしあげ、甦れるものの新しき栄光に頌歌を浴びせつつ、そのまわりに円陣をつくって、一種の法悦のうちにこの人間を崇め高めてくれるのだ。周囲の群衆はみな息をつめてこの光景を眺めている。

聖書の前に於けるその生き生きとした状景、すなわち壮麗と驚異と、笛の響きと、花環の揺めきとにとりまかれ、畏れおののく見物人を前にしての、新たに奥義を受けたものへの讃美と、その新生者の神との合一同化、これこそイシス(6)の奥義の儀式の大団円でなくしてなんであろう。しかし、このような意味をもった場面がアポカリプティストの手によってクリスト教的幻覚とすりかえられてしまったのである。が、実際にこの場面が行われるのは第七の封印が開かれた**のち**である。いまや、個人の奥義伝授の円環は完了する。大いなる葛藤と征服は終ったのだ。奥義を受けたものはここに死に、ふたたび新しき肉体のうちに生命を得た。彼はあたかも仏僧のごとくに額に印せられ、それをもって、彼が死を閲し、第七の自己が完成され、二度生れ出でて、いまや神秘的な眼が、《第三の眼》(7)が開いたことの証とされる。彼の眼は二つの世界を同時に見入るのである。また、かの鎌首をもたげた蛇形ウライウス(8)を眉間につけたパロのように、彼は太陽がもつ最後の誇りにみちた力を掌ることとなるのである。

　だが、かくのごときはすべて異教的であり、同時に不敬の証でもあった。いかなるクリスト教徒といえども、この地上にあって現世の生活のただなかに、新しく生れ変り、聖なる肉体を得て立ちあがることなど到底許されていないのだ。そのかわり吾々は天上に群る殉教者の一団を見出すというわけである。

　額の印は屍灰のつもりでもあろうか、肉体死滅の証だとでもいうのであろうか。それとも緋色、栄光、かの新しき光、新しい装いなのであろうか。いずれにせよ、実はこれこそまさに紛うかたなき第七の封印でなくしてなんであろう。

さて、ここで幕が閉じられる。凡《およ》そ半時《はんとき》のあいだ天静《てんしず》かなりきである。

12

ここでおそらく、最古の異教本は終っていたにちがいない。少くとも劇の第一環は閉じられたのである。なにかとためらいを感じながらも、誰かあるアポカリプティストが第二環を開始した。今度は、個人についてではなく、大地の、あるいは世界の死と再生の一環である。しかもこの部分すら、やはりパトモスのヨハネより大分古いことを感じさせられる。にもかかわらず、それは多分にユダヤ的であり、ユダヤ民族の道徳的、天変地異式なヴィジョンを通じて、異教精神は奇怪な歪曲を蒙り、天罰と苦痛は偏執狂的なくどさをもって主張され、これが最後までアポカリプスを貫いている。いまこそ吾々は、真にユダヤ的雰囲気の中に踏み入ったのである。

しかしながら、ここにおいてすらなお異教の観念が余燼を保っている。香煙はむくむくとかたまりをなしてたちのぼり、オールマイティの鼻孔のあたりをさまよっているのだ。しかもこの香煙に寓意が与えられ、それは聖徒《せいと》の祈《いのり》を献《ささ》げとどけるものとされる。つぎに聖なる火《ひ》が地《ち》に投《な》げおとされ、世界、大地、あまたの人々のつかのまの死と最後の甦りとがもたらされる。七人の御使、かの神の七つの強力なる性質を代表する七人《しちにん》の御使《みつかい》たちは、七つの合図をなすべく七つのラッパを与《あた》えられる。

さて、ここに今や純ユダヤ的と化したアポカリプスはその第二環たる七つのラッパの演出を展開し始めるのである。

この場合にもふたたび四と三との分割が行われる。吾々の眼前では、聖なる御心のままにコスモスが死（つかのまの死）に就き、しかもラッパの吹かれるたびごとに世界の三分《さんぶん》の一《いち》が破壊されるのである。四分の一ではないことに注意すべきだ。神の数は三であり、方形をなす世界の基数は四であるからである。

第一《だいいち》のラッパに、植物的生命の三分の一が潰滅する。

第二《だいに》のラッパで、海の生命の三分の一が毀たれる、船もこの災害を免れえない。

第三《だいさん》のラッパは、地上の淡水の三分の一を苦くし、毒と化す。

第四《だいし》のラッパとともに、天体の、日月星辰の三分の一が撃たれて落ちる。

これらは、いわばユダヤ・アポカリプス的な拙劣きわまる照応をもって、第一環の四人の騎士と平行（対応）しているのだ。**物的な**コスモスもここについに、つかのまの死に遭うこととなったわけである。

これにつづいて《三つの禍害《わざわい》》がやってくる。それらはこの世界の物質面ではなく、（いまは擬人化された）世界の霊《れい》と霊魂《たましい》とに苦痛を与えるのだ。一つの星《ほし》が地に隕《お》ちるが、これは天降る天使を表すユダヤ的形象なのである。彼は陰府《よみ》のユダヤ的表現たる——底《そこ》なき坑《あな》の鍵《かぎ》を与えられた。ここにおいて劇の行動は、第一環におけるごとく自己の下底にではなく、コスモスの底深く突き進んで行くことにあるのだ。

いまやすべてはユダヤ的、寓意的であって、象徴のかけらすら見出だせぬのである。吾々は地界に降されたため、日月も光を遮られてしまった。

自己のうちなる地界と同様に、この底なき坑は人間に有害な悪の力に満ちている。なぜなら、底なき坑とは、自己の深部とおなじように、卻けられた創造力を代表するものなのである。

人間のうちの古い性質はその新しい性質に屈服し、席を譲らねばならない。屈服することによって、それは陰府に降り行き、いまだ死にもやらず、悪意にみちて、卻けられながらもなお地界にあって悪の力を維持しつつ、そこに生きつづけるのである。

このまことに深遠な真理はあらゆる古代宗教のうちに具現され、地界の力への信仰の根がたに深く潜んでいた。地界の力、すなわち、かのクソニオイの信仰こそは大部分の古代ギリシア宗教の根幹であったにちがいない。人間が、己が地界にひそむ力を——実は、それこそ過去の超克された自己の古き力にほかならぬのだ——馴致せしめるだけの強さをもたず、しかも犠牲と全燔祭とをもってその力を慰撫するだけの智慧をもたぬときには、それは逆に彼にかえって来てふたたび彼を破壊してしまうのである。かくして生命の新しい征服の一つ一つが、《地獄の征服》を意味するのである。

同様にして、大いなる宇宙的転変が行われるたびごとに、**過去の**コスモスの力は退陣して新しき創造にとっては悪魔的な有害なものとなるのである。これがガイア＝ウラノス＝クロノス＝ゼウス(1)の神話系譜の背後に横たわる偉大な真理である。したがって、全コスモスは悪意をもっているのだ。日輪も、かの偉大なる太陽もまた、それが退陣したコスモスの日の**過去の**日輪であるかぎり、新生の柔軟なる存在としての私にたいする憎しみと、害意とに満ちたものなのである。彼は葛藤する私の自己のうちにおいて私に害をなすのだ、というのは彼は依然として私の古い自己の上に力を有し、しかも敵意を抱いているからである。

おなじ意味において、コスモスに充満する水は、その**古さ**と非現役的な底知れぬ地獄的性格とによって、生命、殊に人間の生命にとって害を含んでいる。私の内部にある液体の流れの母たる偉大な月も、それが古くなり死の状態に居るかぎり、私の肉体に敵対し、有害であると同時に、また憎しみを抱いている。なぜなら、それは私のうちなる古き肉体に対して、いまなお支配力を有しているからである。

これがかの《二《ふた》つの禍害《わざわい》》(2)の遠い背景をなしている意味なのだ。その意味は実に深遠であって、パトモスのヨハネ輩の遠く思いも及ばぬものがある。第五のラッパによって第一の禍害が招致され、深淵から現れてくるのがあの有名な蝗《いなご》だ、その象徴するところはかなり複雑ではあるが、決して理解しがたいものではない。それは地《ち》の植物を害わず、ただ額《ひたい》に新しき印《いん》のない人をのみ害うのである。しかも彼等を苦《くる》しめはするが、殺《ころ》すことは許《ゆる》されていないのだ。あくまでつかのまの死なのである。なおまた彼等を苦《くる》しめうるのは五月《いつつき》のあいだだけであって、これは一つの季節すなわち太陽の一季節を意味し、大体において一年の三分の一に当る。

さて、これらの蝗は戦争《いくさ》の為《ため》に具《そな》えたる馬《うま》のごとくとあり、これは――ああ、またも馬、馬だ――じつにそれらが敵意に満ちた性能ないしは力をもっていることを表しているのだ。それは女《おんな》の頭髪《かみのけ》のごとき頭髪《かみのけ》――すなわち太陽の力を、太陽の光線の流れほとばしるかと見えるような鬣を頭に戴いている。また獅子《しし》の歯《は》をもつとある――これは日輪が悪意を懐いた灼熱の獅子の姿をとったのである。

この顔《かお》は人《ひと》の顔《かお》に似ている、というのは、それは人間の内部生命にのみ反逆するようにしむけられているからである。

頭《かしら》には金《きん》に似《に》たる冠冕《かんむり》を被っている。その血統はあくまで王家の出、いわば天体の王たる日輪の系譜なのだ。

またこれらの蝗は尾《お》に刺《はり》をもっていた。所詮、彼等は裏返しの性格、地獄の性格を背負わされ、かつては善良な生物ではあったが、いまや卻けられて、すでに過去の世界のものであり、それゆえに、このように裏返しの地獄の存在として、いわばうしろ向きに刺すとされているのである。

彼等に王《おう》あり、その名《な》はアポルオン(3)という――が、これは、かのアポロ、すなわち（異教的な、したがって地獄的な）頭目の太陽を表す。

かの古きユダヤのアポカリプティストは、こうしてその奇怪きわまる、混乱に混乱を重ねた合成式象徴を最後に明解なるものとしたのちに、第一の禍害《わざわい》はすぎ去《さ》り、この後《のち》なお二《ふた》つの禍害《わざわい》が来るであろうことを宣言する。

13

第六のラッパが鳴り響く。金色の祭壇から声がある、「大《おほ》いなるエウフラテス川《がは》の辺《ほとり》に繋《つな》がれをる四人《よにん》の御使《みつかひ》を解《と》き放《はな》て、」と。——

これはあきらかに四隅《よすみ》なる四人《よにん》の御使《みつかい》を意味するものであり、その点、四《よ》つの風《かぜ》の御使《みつかい》と同様である。そうなると、バビロンの悪しき川エウフラテスは、かの地獄的性格をもてる地下水、いいかえれば底なき坑の地下洋を表すものなることはたしかである。

そこで御使《みつかい》は解《と》き放《はな》たれ、同時に悪霊のごとき騎兵《きへい》の大軍が、総勢二億、底なき坑から吾々の眼前に現れてくる。

この二億の騎士の馬は頭獅子《かしらし し》のごとく、その口《くち》より火《ひ》と硫黄《いおう》とがほとばしり出ている。この口《くち》より出《い》でた火《ひ》と煙《けむり》と硫黄《いおう》とにより人《ひと》の三分《さんぶん》の一《いち》が殺《ころ》される。かと思うと、吾々は思いもかけずその馬《うま》の力《ちから》が口《くち》と尾《お》とにあることを教えられるのだ。なぜなら、その尾《お》は蛇《へび》の如《ごと》くにして頭《かしら》あり、之《これ》をもって人《ひと》を害《そこな》うとなっているからである。

この不気味な生物こそまさにアポカリプス的形象なのである。すでに象徴ではない。パトモスのヨハネよりずっと以前、誰かある古いアポカリプティストの手に成ったごく個人的趣味の形象にすぎないのだ。馬は力であり、のみならず禍害をくだすための神聖な手段なのである。それは人間の三分の一を殺戮し、すぐそのあとで吾々は、それが実に苦痛《くるしみ》であることを明かにされる。苦痛《くるしみ》とはいうまでもなく神の鞭を意味するものにほかならない。

さてここに、これらの馬は、底なき坑もしくは地界の水のもつ裏返し的な害意の力であるべきはずである。だが、そうではなく、あきらかにそれらは底なき坑たる地界の火の、硫黄質のいわば火山的生物、すなわち太陽の地獄的焔火となっている。そしてこの動物たちは、地獄の熔火と燃えさかる太陽の力のごとく、いずれも獅子の頭を持っているのだ。とおもうと、突然それらは蛇の尾を与えられ、その尾には悪の力が附与されるのである。ここに吾々はあのまっとうな——地獄の鹹水の深みに棲む馬体をもった蛇の怪物に再会するのだ。裏返しの、害意にみちた性格のものとしての地下水の力が、おそらくはなにか水性の致命的な疾病をもって人間の三分の一を撃《う》ち倒すのである。これはちょうど、第五のラッパの蝗が、ある一定期間にわたる、致命的ではないが、なにか火性の苦しい疾病によって人間を倒すのと同様である。

こうみてくると、おそらくここに二人のアポカリプティストの手が働いていたに相違ないのである。そして、あとから手を入れた男は全体の構図を理解していなかったのだ。彼は己れの派手な空想を辿り、またおそらくは当時の火山の災害や、ふと目撃した赤、青、黄の華美な服装をした東洋の騎兵の姿に影響されでもして、あの火《ひ》とヒヤシンス(1)と硫黄《いおう》の色（赤、青、黄）をした胸当《むねあて》を著《つ》けた騎士を乗せて走る硫黄臭い馬などを持ちこんだのにちがいない。実にユダヤ的方法というべきである。

だが、それから、彼は古い原本にかえって、蛇の尾をもてる水性の怪物という存在に突きあたらねばならなかった。そこで自分の馬に蛇の尻尾をくっつけて疾駆させたというわけである。

硫黄の馬を発明したアポカリプティストは、おそらく同時に堕天使や悪人どもの霊魂が未来永劫に焼かれるようにと投げこまれた、かの「硫《い》黄《わう》の燃《も》ゆる火《ひ》の池《いけ》」(2)の発明者でもあったろう。この珍妙な場所こそ、特にアポカリプスによって創案されたクリスト教の地獄の原型である。ところが、かのシーオウル(3)、ギヘナ(3)と呼ばれた古代ユダヤ教の焦熱地獄は、かなりなまぬるい、居心地のよくない、陰府の国のような底なき坑みたいな場所であって、それは新エルサレムが天降り式に創造されると、たちまちにして雲散霧消してしまうのであった。いわば古いコスモスの一部であるから、それを超えて生き伸びるということはなかった。それはついに永劫のものではなかったのだ。

しかし、硫黄発明のアポカリプティストやパトモスのヨハネ流の輩にとっては、到底これくらいのことで気のすむはずはなかった。彼等の敵の霊魂が永久に苦悶しつづけるように、無限の未来にわたって燃えつづける硫黄の焔火の壮烈なる戦慄の池を持ち出さねば虫がおさまらなかったのだ。最後の審判ののち、大地も天空も、それからありとあらゆる創造がくまなく剿滅しつくされ、ただ光輝燦然たる天国のみが残されたときも、やはり依然として、下界のはるかかなたに、あの霊魂たちが苦悶しつづける炎々たる火の海がそのまま存続していたのである。上には光輝燦として照り映える久遠の天国、はるか下にはあたりを照灼するばかりの硫黄臭い苛責の海。これがあらゆるパトモス輩の夢みた永遠の像だったのである。彼等は地獄に苦しむ敵の姿を見届けなければ天国にあっても楽しめぬ人間なのだ。

しかも、このような幻想こそは、ほかならぬアポカリプスによって始めてこの世にもたらされたものなのである。それ以前にはたしかに存在しなかった。

昔は、地獄めいた地界の水は海のように鹹水であった。それは地下水のうちの邪悪な性格を表し、一般的には、地下水そのものは甘美な水に満ちた驚異的な海、地上の泉や渓流の源——巌の下深く潜んでいる泉——であると考えられていた。

だが、底なき坑の水は海のように鹹いのである。元来、塩は古代人の創造力に非常に強く働きかけていた。それは《元素的な》邪悪の産物だと想われていたのだ。火と水とは、互に反対物であり、生命の偉大な二つの要素として、その相互のとらえどころなき不安定な《結婚》によって万物を生起せしめるものとされた。しかし、一が他を凌ぐと《邪悪》が生れるのであった。——したがって、太陽の火焰が甘美な水にとってあまりに強くなると、火が水を《燃やし》、その結果、邪悪の子たる塩が生ずるのである。この邪悪の子は水を穢し、塩辛くする。かくして海がこの世に現れ、ついで海の龍たるレヴァイアサン(4)が生れたというわけである。

こうして、この塩辛い地獄の水は霊魂の溺れ苦しむ場所となり、世界の極み、苦患と生命否定の海洋となったのである。海に対して、すなわちプラトン流にいえば、(5) 苦患と汚穢の海に対して、一種の憤激が数代にわたってくりかえされた。だが、それもローマ時代に入るといつのまにか終熄してしまったらしい。そこでいよいよ、わがアポカリプティストの出馬となり、それにもまして怖しく、霊魂を一層苦悶させるような硫黄の燃ゆる池が代りにもちだされたのである。

この硫黄の騎士のために人間の三分の一が殺される。にもかかわらず、残りの三分の二は依然「見《み》ること、聞《き》くこと、歩《あゆ》むこと能《あた》はぬ(6)」偶像《ぐうぞう》への礼拝をやめなかった、とある。

アポカリプスのこのあたりは、まったくユダヤ教的な、前クリスト教的な響が依然として流れている。そこには羔羊など影も形もないのだ。

この第二の禍害《わざわい》はあとになっておきまりの地震を惹き起して終るのだが、この大地の震動はただちに新しい展開に契機を与えねばならぬものであるので、いまのところ暫定的に延期された形である。

14

第六のラッパのあとに休止が置かれる、ちょうど第六の封印が開かれたあとでも、四つの風の御使たちに陣容を整えさせ、行動を天界に移行せしめるために、やはり休止が行われたのと同様である。

しかし、今度は実に種々雑多な中絶が介入してくる。まず最初に強《つよ》き御使《みつかい》が天降るのであるが、それはあくまでもコスモスの主としてであり、どこか原初のイメージとしての人の子(1)を思わせるものがあるが、人の子そのものは、いや、あらゆるメシヤ的な含蓄はアポカリプス中この部分には欠除しているようにおもわれる。この強き御使はその燃えるような足を一方は海《うみ》の上《うえ》に、他は地《ち》の上《うえ》におき、獅子《しし》のごとく虚空に吼《ほ》えるのだ(2)。すると、七つの創造の雷霆《いかずち》がその創造の叫びを轟かせる。これら七つの雷霆《いかずち》が天地の造物主たるオールマイティの音声的な七性質を代表していることはあきらかであるが、それがいまや新しきコスモスの日、創造の新段階のために、大いなる七つの巨大なる新しき命令を発しようとしているのだ。見幻者はそれを急ぎ書《か》き記《しる》さんとした、が、天《てん》より声《こえ》があって書《か》き記《しる》すなと命じられる。このような新しきコスモスをもちきたらそうとする命令の性質を暴くことは、彼には許されていないのである。吾々はただその実現を待つばかりである。やがて、この偉大なる《御使》、すなわちコスモスの主はその手《て》を挙《あ》げ、あの大いなるギリシアの神々のなした誓いのごとく、天と地と地の下なる水とにかけて言う、古き時は過ぎ去りぬ、いまこそ神《かみ》の奥義《おうぎ》成就《じょうじゅ》されんとす、と。

つぎに見幻者は小《ちい》さき巻物を与《あた》えられ、これを食《くら》わんことを命じられる。これは古き世界の崩壊と新しき世界の創造とについての一般的、普遍的教書であるが、さきの巻物に較べて下位に立つものである。それは、あの七つの封印の巻物が啓示した古きアダムの破滅と新しき人間の創造に関する教書よりは、はるか下位にくらいするのだ。しかもそれは——復讐が甘いのと同様に——口《くち》には甘《あま》く、体験すれば苦《にが》くなるのである。

さて今度はまた別の中絶があらわれる。それは神《かみ》の聖所《せいじょ》の計量だが、これはまことにユダヤ的というべきである。また旧世界崩壊にさきだって《神の選民》を算え計り、選ばれざるものを排除せんとの下ごころである。

それから二人《ふたり》の証人《しょうにん》というもっとも奇怪な中絶が入りこんでくる。正統派の註釈者は、これら二人《ふたり》の証人《しょうにん》を山上の変容(3)の際イエスと共にいたモーゼ(3)とエリヤ(3)に見立てている。が、彼等はやはりもっと古い時代に属するものにちがいない。それは荒布《あらぬの》を著た預言者であって、つまり、それは彼等がいま禍害《わざわい》を蔵し、敵意と裏返しをうちに含んだものとして現れているということである。彼等はまた地《ち》の主《しゅ》アドナイ(4)の御前に立《た》てる二《ふた》つの燈台《とうだい》、二《ふた》つのオリブの樹《き》である。空の水（雨）に対し権力《ちから》を有し、また水《みず》を血に変《かわ》らせ、諸種《もろもろ》の苦難《くるしみ》をもって地《ち》を撃《う》つ権力《ちから》を与えられている。彼等がその証《あかし》をなすや、底なき坑よりのぼる獣《けもの》があって、彼等を打ち殺《ころ》してしまうのだ。その屍体《しかばね》は大《おおい》なる都《みやこ》の衢《ちまた》に遺《のこ》され、もろもろの民《たみ》は自分たちを苦《くる》しめたこの二人が死んだのを見《み》て、互に喜びあう。しかし三日半《みっかはん》ののち生命《いのち》の息《いき》が神より出《い》で死せる二人のうちに入《い》り、彼等の足にて立つとみるや、天《てん》より大《おお》なる声《こえ》がして「ここに昇《のぼ》れ」(5)と言う。すると二人は雲《くも》に乗《の》って天《て》に昇《のぼ》り、敵《てき》は畏れおののきつつその昇天をみつめている。

　さてここに吾々は、人性の上にこのような権力をもつ神秘的な双子、《小さき者》(6)に関する古代神話の層を発見したようにおもえる。しかしながらユダヤ教・クリスト教のアポカリプティストたちは、いずれも黙示録中この部分を頬被りして素通りしてしまった。この連中はそれにいかなる明瞭な意味をも附さなかったのである。

　この双子は古代ヨーロッパ民族にあまねく共通な非常に古くからの信仰に属するものであった。しかも、どうやらそれは天界の双子として蒼穹に属していたものらしい。だが、ギリシア人によりすでにオデュッセイア(7)の中で、それがテュンダレオスの息子のカストルとポリュデウケスの二人と同一視されたとき、この双子は交互に天界と陰府とに住み、両方を監視していたのである。そしてかくのごときものとして彼等は一方燈台、すなわち天上の星であり、他方地界のオリブの樹というわけなのであろう。

しかし神話は古代に遡れば遡るほど、いよいよ深く人間意識の深部に根を張っているのがつねであり、したがって、それが意識の上層において採る形式はそれだけにはなはだ多様をきわめるものなのである。かくして、ある象徴は、この双子のそれもやはりその一例をなすのであるが、現代の吾々の意識をすら一千年の昔に、いやそれどころか二千年、三千年、四千年とまさに無限の往昔に運び去ることが出来るということ、この事実を吾々はあくまで銘記すべきである。暗示の作用はまことに神秘的である。それは全然働かぬこともあるかも知れない。が、また無意識の精神を不意に大きな回帰的振幅をもって、数時代を超えた過去に連れ戻すことがありうるのだし、またときにはようやく半途だけ逆流する場合もあろう。

吾々が英雄的なディオスコロイ(7)、かのギリシアの双子たるテュンダレオスの息子たちのことに想い及ぶなら、ちょうどこの半途を溯るのにひとしいわけである。ギリシアの英雄時代は急に不可思議なことをやってのけた。あらゆる宇宙概念を擬人化しながら、しかも依然としてコスモスの驚異を豊かに保っていたのである。それゆえ、このディオスコロイは古代の双子とおなじものであると同時に、それとはまた異なったものでもあるのだ。

しかし、ギリシア人自身はつねに前英雄時代、すなわちオリムピアの神々や力霊以前に復帰しようとこころみていた。オリムピアの英雄的時代は単なる幕間劇に過ぎない。オリムピアの英雄的なヴィジョンはむしろあまりに浅薄なものと考えられていたので、全ギリシア精神は数世紀を通じて宗教意識のもっと深刻な、もっと古代的な、そしてもっと暗黒の次元に下降して行こうとたえずつとめていたのである。それゆえ、かの神秘にみちたアテナイのトリトパトレス[8]も双生神、ディオスコロイと呼ばれていたが、また風の主であり、同時に幼児出産の神秘的な監視者でもあった、ここに至って、またも吾々は古代の地盤の上に立たされるのである。

前三世紀か二世紀の頃、サモスラキア人[9]の信仰がヘラス[10]に拡まったとき、この双子は**カベイロイ**[9]、すなわちカビリとなって、爾来、人間精神の上に大きな暗示的影響力をもつこととなった。このカビリなるものは、暗黒と神秘につつまれた双子という古代の観念への復帰であって、その双子は密雲むらがる天空と空気との運動、それから多産の働き、そしてこの二つの運動の間における永遠にして神秘的な均衡に関係をもっていたのである。それをアポカリプティストは禍害《わざわい》を起す面においてしか見なかった。双子は自分達の思うまま血に変えうる天の水と地の水との支配者であり、陰府の吐き出す苦難《くるしみ》の支配者となった。彼等のもつ天界と地獄の相は共に敵意にみちたものとされたのである。

しかし、カビリそのものは多くのものに関係をもっていた。その信仰はいまなお回教国に余燼を保っていると言われている。それは隠微な二人の小人、ホムンクリ[11]であり、また《対立者》でもあった。やはり雷霆と関聯があり、二個の黒い円形の雷石[12]とも結びつけられていた。このようにしてそれは《雷霆の子》と呼ばれ、雨を支配する権力をもっていたが、また乳を凝固せしめる力や、水を血に変える悪の力をもちあわせていたのである。その上、彼等は雷神として、雲、空気、水を分裂切断する裁断者であった。こうして彼等は一面において、つねに、善きにつけ悪しきにつけ、対立者、分割者、絶縁者であり、したがってまた均衡の維持者でもあった。

さらに象徴的飛躍をすれば、彼等は古代の門柱神で、それから当然、門の守護者となり、ついには多くのバビロン、エーゲ海沿岸、エトルリアの絵画彫刻に偲ばれるところの祭壇や樹や甕を衛る双生の獣ともなった。また、それらはしばしばパンサ、レパド、グリフアン[13]となり地上闇夜の活物、油断なき動物でもあった。

こうして、空間を作り出入口を設けるために、諸物を分け隔たしめておくのもまた彼等の役目である。この意味で雨の降らし手ともなる。天空の門を開け放つからだ。それもおそらく雷石に身を変じて行うのであろう。同様にして彼等は秘めたる性の支配者でもある。性とは生がその間をくぐって出て来られるように二つのものを分け隔たしめるものという認識が早くから行われていたにちがいない。性的な意味に於いて彼等は水を血に変えることが出来るのだ。というのは、ファロス(14)そのものがホムンクルスであり、それはまた一面、大地の双子そのもの、すなわち水を流出させる小さきものであり、且つ血で満たされた小さきものなのであった。それはまた男性の自然と地上的な自我のうちにある二つの対立者であり、それが再び睾丸の二つの丸に象徴されていたのである。こうして彼等は一対のオリブの樹の根であって、オリブの実と生殖力旺盛なその精液というオリブ油とを産み出すのである。そして同時に、地の主アドナイの前に立てる二つの燈台でもあった。なぜなら、彼等は根原的な意識の二つの交替する形式として、昼の意識と夜の意識を吾々に与えるからだ。一は夜の深部にあるときの吾々、他は燦々たる陽光を浴びて立つまた別の吾々である。二元的な油断なき意識をもつ活物、それが人間であり、双子はこの二元性を油断なく証《あかし》するものである。生理学的にいえば、おなじような意味において、彼等は吾々の肉体の内部の水の流れと血の流れを分つものである。ひとたび体内において水と血とが出あい交ったならば、吾々は死んでしまうのだ。この二つの流れはかの小《ちいさ》き者《もの》たる二人の対立者によって隔ち保たれている。実にこの二つの流れにかの二元的な意識がかかっているのである。

さらにいえば、これは小《ちいさ》き者《もの》、この二人の対立者、彼等こそはまた生命の《証《あかし》》をなすものである。というのは、この二つの対立の間にこそ生命の樹が生い繁り、大地に深くその根を張っているからだ。たえず彼等は大地と多産の神の前に証をなしている。またそれはたえず、人間の上に限界を課するものでもある。彼等は人間に向って、その地上的、肉体的な活動全般にわたり、いつでもこう言っている、その辺まで、もうその先へは行くな、と。――あらゆる行動、あらゆる《大地》の行動を、それぞれの限界に応じて限定し、それとは反対の行動をもって相殺するのである。彼等は門の神であると同時に、また境界の神であった。互にあくことなく、猜疑の眼をもって相手を監視し、制限のうちに押しこめようとつとめている。それは生命をこの世に在らしめるものであるが、同時に、それに制限を加えるものでもある。また睾丸としてたえずファロスの均衡を保たせるものであって、いわばファロスに対しては二人の証人となる。彼等こそは、陶酔と恍惚、放縦と解放的自由、これらのものの敵である。そして瞬時の油断もなくアドナイの前に証をなしているのだ。それゆえ、かの地獄の龍、大地を破壊し、あるいは人間の肉体を滅ぼす悪霊たる獣が底なき坑より現れ、いわば《ソドム》[15]と《エヂプト》[15]の警吏と目されているこれら二人の《監視者》を殺してしまったとき、放縦の都に棲む人々は手を拍って喜んだのである。ここに、殺された二人の屍体《しかばね》は三日《みっか》半《はん》の間葬《ほうむ》られざるままに放置される。これは一週間の半分であり、要するに時間の一区分の半分を意味し、この間、人間のあいだからは節度も抑制もことごとく失われてしまっているのだ。

さて、本文の言葉に随えば「喜《よろこ》び楽《たの》しみ互《たがひ》に礼物《れいもつ》を贈《おく》らん」(16)とあるが、これはクレタ島のヘルメス神祭やバビロンのサカイア神祭と同じような、異教的なサチュルヌス神祭(17)を、一種の不合理の饗宴を暗示するものである。もし、アポカリプティストの意図がここにあったとするならば、それこそ彼が異教の営みにたいしていかに親近の情をもってついていったかを示すものにほかならない。なぜなら、古代のサチュルヌス神祭における饗宴はつねに支配と法則の古い秩序を破壊するか、さもなければすくなくともそれを中断する意味をもっていた。こうして今度は、まさにこの二人の証人による《自然の支配》の方が破壊されるのである。ついに人々はほかならぬ己れみずからの自然をすら束縛と感じて、暫くのあいだ、その法則から解放されようとするのだ。期間は三日半とあるが、これは神聖な週日の半分であって、時間の一小区分を意味していた。やがて、新しき地と新しき肉体を前触れするものとして、かの二人の証人はふたたび起きあがり、これを見た人々は畏懼に襲われる。天より声があって二人の証人を呼ぶや、二人は雲《くも》に乗って天《てん》に昇る。

「二人《ふたり》のものよ、全身《ぜんしん》を緑衣《りよくい》につつみ、かの百合《ゆり》のごとく白《しろ》き幼子《をさなご》となれる二人《ふたり》よ、おお！――」

こうして地と肉体とは、この神聖なる二人の双子、この二人の対立者が殺されてしまうまでは、その死にあうことが出来ないのだ。

ついに地震が起り、第七の御使がラッパを吹くと、大《おおい》なる告示がひびきわたる。「この世《よ》の国《くに》は我《われ》らの主《しゅ》および其《そ》のキリストの国《くに》となれり。彼《かれ》は世々《よよ》限《かぎ》りなく王《わう》たらん、」と。――ここにまたもや、天界の礼拝が行われ、神のふたたび王位《おうい》に就けることに感謝が捧げられる。そして天《てん》にある神《かみ》の聖所《せいじょ》がひらかれ、聖なる者のうちの聖なる者が顕され、契約《けいやく》の櫃《ひつ》が見《み》える。すると、電光《いなずま》と声と雷霆《いかずち》と、また地震と雹《ひょう》とが起って一時期の終焉と他の新しき時の前触れを示す。ここに第三の禍害《わざわい》は終りを告げるのである。

同時にアポカリプスの第一部、すなわち、かの往昔の原典の前半もここに終っているのだ、つぎにつづく小さな神話は、篇中その劇的構成からいってまったく孤立し、事実、他の部分との調和に欠けているのである。これはアポカリプティストの一人が理論構成のための一部としてあとから挿入したものであり、そこには地と肉とのつかのまの死のあとに起るメシヤ生誕の場面が描かれているが、それを他のアポカリプティストたちはそのまま手を触れずに残しておいたのである。

15

つぎにつづく神話とは、大いなる日の女神から新しき日の神の誕生する場面と、その女神が大《おおい》なる赤《あか》き龍《たつ》によって追放される説話とからなっている。このあたりはアポカリプスの中心部として残されており、メシヤ生誕が人目を惹いている。正統派の註釈者すら、この部分のまったく非クリスト教的であり、のみならずほとんどユダヤ教的ですらないことを認めたのである。吾々はいまや、さらに深く潜行して異教の岩床まじかに迫っているのだ。このことからまたただちに、いかに多くのユダヤ教的、あるいはユダヤ=クリスト教的な蔽被がこれ以外の部分に存在しているにちがいないということを容易に察しうるのである。

しかし、この異教的な生誕神話ははなはだ短い――その点、もう一つの神話的な断片、四人の騎士の話と似ている。

「また天《てん》に大《おほい》なる徴見《しるしみ》えたり。日《ひ》を著《き》たる女《をんな》ありて其《そ》の足《あし》の下《した》に月《つき》あり、其《そ》の頭《かしら》に十二《じふに》の星《ほし》の冠冕《かんむり》あり。かれは孕《みごも》りをりしが、子《こ》を産《う》まんとして産《うみ》の苦痛《くるしみ》と悩《なやみ》とのために叫《さけ》べり。

「また天《てん》に他《ほか》の徴見《しるしみ》えたり、視《み》よ、大《おほい》なる赤《あか》き龍《たつ》あり、これに七《なな》つの頭《かしら》と十《とを》の角《つの》とありて、頭《かしら》には七《なな》つの冠冕《かんむり》あり。その尾《を》は天《てん》の星《ほし》の三分《さんぶん》の一《いち》を引《ひ》きて之《これ》を地《ち》に落《おと》せり。龍《たつ》は子《こ》を産《う》まんとする女《をんな》の前《まへ》に立《た》ち、産《う》むを待《ま》ちて其《そ》の子《こ》を食《く》ひ尽《つく》さんと構《かま》へたり。

「女《をんな》は男子《なんし》を産《う》めり、この子《こ》は鉄《てつ》の杖《つゑ》もて諸種《もろもろ》の国人《くにびと》を治《をさ》めん。かれは神《かみ》の許《もと》に、その御《み》座《くら》の下《もと》に挙《あ》げられたり。女《をんな》は荒野《あらの》に逃《に》げゆけり、彼処《かしこ》に千二百六十日《せんにひやくろくじふにち》の間《あひだ》かれが養《やしな》はるる為《ため》に神《かみ》の備《そな》へ給《たま》へる所《ところ》あり。

「斯《かく》て天《てん》に戦争《いくさ》おこれり、ミカエル及《およ》びその使《つかひ》たち龍《たつ》とたたかふ。龍《たつ》もその使《つかひ》たちも之《これ》と戦《たたか》ひしが、勝《か》つこと能《あた》はず、天《てん》には、はや其《そ》の居《を》る所《ところ》なかりき。かの大《おほい》なる龍《たつ》、すなはち悪魔《あくま》と呼《よ》ばれ、サタンと呼《よ》ばれたる全世界《ぜんせかい》をまどはす古《ふる》き蛇《へび》は落《おと》され、地《ち》に落《おと》され、その使《つかひ》たちも共《とも》に落《おと》されたり(1)。」——

この断片はたしかにアポカリプスの中軸をなしている。それはギリシア、エヂプト、バビロニア等のさまざまな神話の影響をうけた比較的後期の異教説話のようにおもえる。おそらく、最初にアポカリプティストが、クリスト降誕のはるか以前、日輪からのメシヤ生誕という己れの幻想を伝えたいために、異教の原典にこの部分を附加したのにちがいない。しかしながら、四人の騎士ならびに二人の証人と関聯づけるならば、この日の衣を纏い月の輪に足をかけて立つ女神は、すくなくともユダヤ的映像と調和させることはむずかしいのである。ユダヤ人たちは異教の神々を憎んでいた、が、なおそれにも増して憎んだのは大いなる異教の女神であった。それを口にのぼすことすら憚るものだったのである。この日の衣を著、月の輪に足を踏まえ(2)て立つ驚異の女神こそは、あまりにもあざやかに、かのローマに入ってはマグナ・メイタとして知られた東方の大女神、大いなる母性の姿を髣髴せしめるのである。地中海東岸諸民族の歴史の奥深くに、薄明の民の間にあっていまだ母系が模糊たる諸国民の自然の秩序として生きていた遠い日々のかなたから、この孕れる大いなる女神がかすかに顕れてくるのだ。が、それにしても彼女はいかにしてユダヤの一アポカリプスのうちに中心人物として聳え立つこととなったのであろうか。この間の事情を知ろうとするなら、吾々は例の法則を、悪魔は表口から逐い出しても裏口から忍びこむという古の法則を受けいれねばならない。かの無数の聖母マリヤの像を暗示したものもじつはこの大女神にほかならぬ。彼女は聖書の中に、それが以前に欠いていたものをそっともちこんだのである。それこそ、寛衣を著かざり、燦然たる光輝を放ちながら、しかも不当の迫害に歪められたコスモスの大母性にほかならぬ。いうまでもなく、ここに彼女は、女王を必要とする力と光輝とにみちた全構成にとって欠くべからざる存在となった。女気のない現世棄却の宗教と異なる所以である。力の宗教は大いなる女王と、王母とを必要とする。それゆえにこそ、彼女はこのアポカリプス、挫かれたる権力渇仰の書のうちに姿を現したのである。

この大いなる母が龍に追われて荒野に逃げたのち、アポカリプスの調子はすっかり変ってしまう。突如として大天使ミカエルが導き入れられることになり、これは、神の御前にうずくまる例の星のごとく煌めく四つの活物に比して大変な飛躍である。これらの活物は現在に至るまでケラビム(3)となってきているのだ。同様に龍はルシファー(4)やサタン(4)に見たてられ、それでもなおかつネロに擬された海から上《のぼ》りきたれる獣に己《おのれ》の能力《ちから》を与《あた》えねばならない。

まさに大変化である。いまや吾々は往昔のコスモスと四大の世界を去って、警吏や飛脚よろしくの天使たちに満ちたユダヤ末期の世界に入りこむ。それは、ただかの緋色《ひいろ》の女《おんな》(5)の壮大な像を除いては、すべてが徹頭徹尾砂を嚙むごとくおもしろくもない世界である。が、その像とても異教民族からの借著であり、畢竟、日の衣を纏える大いなる女の裏返しに過ぎぬ。しかも末期のアポカリプティストたちは、日の衣を著たる姿を仰ぎみてそれに正当な崇敬の念を捧げることよりも、むしろ緋色の衣を纏った姿に呪詛を浴せ、これを淫婦と呼び、その他ありとある汚名を投げつけることに、こころゆくかぎりのやすらぎを感じていたのである。

たしかにアポカリプスの後半は低調である。七《なな》つの鉢《はち》のことを述べる章においてそれがあきらかにあらわれる。羔羊の憤恚《いきどおり》の満《み》ちたる七《なな》つの鉢《はち》とは七つの封印、七つのラッパの不手際な模倣でなくしてなんであろう。もはやアポカリプティストは己れのなしつつあることすら弁えぬのだ。七つの鉢のあとでは、四と三の分割もどこかに消えうせ、新生もなければ、栄光もない、——ただあるのは苦難《くるしみ》の下手な行列だけである。すでに古代の預言者やダニエル書に見た、あの預言や呪詛の空騒ぎのうちにすべては地面に倒れ崩れる。その映像はことごとく無定形で、しかも見えすいた寓意をともなっている。主《しゅ》の憤恚《いきどおり》の酒槽《さかぶね》を踏《ふ》むたぐいがそれである。それは古の預言者たちから剽窃された詩にほかならぬ。その他の点では、かのローマの覆滅すらいたずらに騒々しく、いってしまえば退屈きわまる題目に過ぎないのだ。ローマはとにかくエルサレム以上のものであったはずである。

それでもなお、紫《むらさき》と緋《ひ》の色の衣を著《き》て緋色《ひいろ》の獣《けもの》に乗《の》れる女《おんな》、バビロンの大淫婦《だいいんぷ》だけは燦として際立って見える。それは怒れる太陽の色に装い、憤れるコスモスの力を表す大いなる赤き龍の上に坐する、いわば悪の姿を採った大母性である。彼女は燦然として坐し、そのバビロンもまた燦然として四方を照灼している。末期のアポカリプティストたちは悪のバビロンを語るのに、金《きん》、銀《ぎん》、肉桂《にっけい》の類を口にすることをいかに愛したことか。彼等はどんなにそれらすべてを**欲して**いたことか。そしてまたバビロンの栄耀をいかに**嫉視羨望**してやまなかったことか、それはまさに身を焦すばかりの羨望であった！　バビロンの打倒覆滅に欣喜雀躍する彼等の姿を見るがいい。淫婦は手に官能の悦びの酒を盛った金《きん》の酒杯《さかずき》を捧げ、壮麗目をあざむくばかりの装いをこらして坐っている。アポカリプティストはいかばかりその杯から飲みたがったことか。が、ついに望んでも得られぬさだめと知ったとき、今度はそれを打ち砕くことをのみ、いかに真剣に冀《ねが》ったことであろうか。

かのコスモスの女が日輪のごとき温い輝きに包まれ、吾々に白き肉体を与える月に足をかけて立つ姿を眺めえた、あの異教の壮大な平静さはついに求めるべくもない。その頭に十二宮の十二星を冠として戴いた大いなるコスモスの母性はすでに姿を消してしまったのだ。女は荒野に逐われ、混沌たる水渦の中より生じた龍が女の背後に川のごとく水を吐きかける。しかし穏和な大地は川《かわ》を呑《の》み尽《つく》してしまう。大いなる女は己《おの》が処《ところ》に飛《と》ぶために、鷲《わし》のごとく翼《つばさ》を与《あた》えられ、一年《いちねん》、二年《にねん》、また半年《はんねん》のあいだ姿を消して荒野《あらの》にとどまらねばならない。この期間もアポカリプスの他の場所に見える例の三日半とか、三年半と同様に時間の一区分の半分を意味するものである。

　吾々がこの女の姿を見るのはこれが最後である。十二宮の印をつけた冠を被れるこの大いなるコスモスの母は、爾来荒野にとどまったままなのだ。それが姿を隠して以来、吾々の前に現れるものは、ただ処女であり淫婦であり、かのクリスト教時代特有の半女性にすぎぬ。異教的コスモスの大いなる女は、古代末期を最後として永遠に荒野に逐われ、二度とふたたび呼びかえされることがなかったからである。エペソのディアナ(6)は、それもパトモスのヨハネのディアナときては、既にして星の冠をつけた大いなる女の戯画にすぎない。

　それにしても、現存のアポカリプス誕生に機縁を与えたものは、この女の《奥義》とその伝授の儀式とを説いた書物であったに相違ない。しかしたとえそうであったにせよ、それはいくたびか書きかえられ、やがてその女の面影は遂にぎりぎりの一点にまで切りつめられてしまった。その他、辛うじてうかがえる面影は、《紅に見える》コスモスの大いなる女というところぐらいであろう。ああ、このアポカリプスのうちでも、例の禍害とか苦難とか死とか、そういった類のものの氾濫には、なんと倦き倦きさせられることか。いや、あの結末に現れる新エルサレムのまるで宝石店のごとき楽園にいたっては、考えただけで、いかに涯しない倦怠を覚えることか。すべては偏執狂による生命破壊にほかならぬではないか。彼等、怖るべき救世主義者どもは日月の存在すら我慢ならぬという有様だ。が、しかしこれこそ嫉視羨望でなくしてなんであろう。

16

女性は一つの《驚異》であった。そしてもう一つの驚異は例の龍であった。龍は人間意識の最古の象徴の一つである。龍と蛇の象徴は人間意識の深奥に根を張っていて、いまなおそれがたてる草の葉ずれの音には、最も豪胆な《近代人》でも、制御の及ばぬ魂の奥底に戦慄を感ずるのである。

まず第一に、この龍は何よりも吾々の内部生命のもつ流動的、電撃的、戦慄的な動きを表す象徴である。蛇のように吾々の体内をのたうち、あるいは力をひそめてじっと時を待ちながら体内にとぐろを巻いているおののく生命、これが龍なのだ。コスモスについてもこれと同様である。

ごく大昔から、人間は己れの内にひそみ——しかも自分の外部にも流れていて——究極的にはみずからはなんとも手の下しえない《力》、いわば潜勢力を自覚していた。それは一種の流動性の、さざ波のごとくゆれうごく潜勢力であって、つねには静かにやすらい、穏かに眠ってはいるが、いついかなるとき不意に躍りあがるかも知れないのだ。見たまえ、ときに吾々の内部から吾々の上に躍りかかってくるあの突発的な激怒、情熱的な人間のうちにひそむ燃えるがごとく激しい憤り、それはことごとくこうした力の一つである。いや熾烈な欲念、放恣な性の欲情、烈しい飢渇、あるいは欲も得もなく眠りこけたいという衝動等に至るまで、あらゆる種類の欲望、これらの突然の発作もまたおなじものなのである。かのエサウ(1)をして己が家督権を売らしめた飢えこそは彼の龍と呼ばれてよいものであったろう。降って、ギリシア人はそれを、彼のうちなる神と呼んだのでもあろう。それは彼を超えた存在でありながら、しかもまた彼の内部にあるものである。それは蛇のごとく敏捷であり、唐突であって、また龍のごとく威圧的である。人間の内部の何処からともなく躍り出でて、たちまちに彼を征服してしまうのだ。

原始人、いやそれとも古代人といおうか、彼等はある意味で自分自身の性質を怖れていた。それは自分自身のうちにあって御しがたく予期しえぬものであり、たえず《己れに対して働きかけてくるもの》であったからだ。彼等は早くから、この自分のうちにひそむ《予期しえぬ》潜勢力のもつなかば神的な、なかば悪魔的の性質を自覚していたのである。ときにそれは、サムソン[2]がその膂力をもって獅子を裂き殺し、ダビデが石をもってゴリアテ[2]を打ち殺したときのように、栄光のごとく自己の上に注ぎかかることもあった。ホメロス以前のギリシア人ならば、この行為の超人間的性格と、人間の**うちにあるその行為の遂行者**とを認めて、きっとこれら二人の働きを《神》の業と呼んだであろう。この《行為の遂行者》すなわち人間の全身全霊を貫いて波うつ流動的、電撃的で、しかもうち克ちがたく、透視力すらもつ潜勢力、これが龍なのである、男の超人間的な潜勢力の大いなる神聖な龍、男の内部破壊力の大いなる悪霊的な龍なのである。これこそ、吾々のうちに波うち、ついに吾々を動かし、吾々を行動に駆りたて、なにものかを産ましめるもの、吾々を蹶起せしめ、生きぬかせるものである。近代の哲学者はそれをリビド[3]と呼び、**エラン・ヴイタール**[3]と名づける、が、所詮こうした言葉はうすっぺらで、ついにあの龍という言葉のもつ原始的な暗示をもちえないのだ。

人は龍を《崇拝》した。あの大いなる太古にあっては、害意ある龍を克服し、その龍の力を自分の四肢に胸に己れの味方としてもちえたときに、始めて英雄はその名にふさわしきものとなった。数世紀の間というもの、かのユダヤ人の想像力を把えていた出来事を想起してみるがよい、曠野においてモーゼが銅《あかがね》の蛇を杆《さお》の上《うえ》に載《の》せたとき(4)、彼はいわば悪しき龍、すなわち蛇の毒牙を善き龍の潜勢力に変えたのである。要するに、人間は蛇を味方にも敵にもなしうるというのである。蛇が味方になっているとき、人は殆ど神性を獲得することが出来るが、それが自分の敵にまわったときに、彼は自己の内部から嚙まれ、毒され、ついに倒れるのだ。太古における重大な問題というのは、この敵意を懐く蛇の克服であり、したがって、肉体のうちに流れる金色の流動的な生命ともいうべき光輝燦然たる蛇を自己内部に解き放つことであり、また男のうちに、あるいは女のうちに眠っている神聖にしてみごとな龍をめざますことであった。

今日、人を病めるものたらしめているのは、無数の小さな蛇が日夜をわかたず人を嚙み、毒を注入してやまないという事実である。そして神聖にして大いなる龍は無力に横たわっている。この現代にあっては彼の生命を喚び起すことが出来ないのだ。ただ彼は生命の下層のうちにのみめざめている——リンドバーグのごとき飛行士、デムプシーのごとき拳闘家のうちに、ほんのつかのまのことながら。この二人の男をごく短い時間にもせよ、いわば一種のヘロイズムにまで持ちあげたのは金色の小蛇なのである。しかし、生の上層においては、大龍の面影も片鱗もついに求めうべくもないのだ。

しかしながら、普通よく表れる龍の映像は個人的なものでなく、コスモス的なものである。龍がのたうち荒れまわる世界は、あの星辰きらめく広大なコスモスなのだ。有害なものとしては、それは吾々の眼に紅に映じる。だが、忘れてならぬことは、星の出る夜、その漆のごとき深夜の空を背景として、それが緑色に閃めいて、うごめくとき、夜の驚異を現出するものこそ、ほかならぬこの龍であるということである。しかも龍がなめらかにめぐり行き、遊星のあの免疫性、あの貴重な強さを衛り恒星には光輝と新しき力を、月にはなお一層静かな美しさを附与する、その龍のいくえにもたたなわるとぐろの渦巻こそ、まさに天界に豊かな静寂を与えるものなのである。またそれが日輪の中にとぐろを巻くとき、日は歓喜し、ついには燦爛たる光芒を放って雀躍する。なぜなら、善意のものとしては、龍はまさに偉大なる生命の鼓吹者であり、万有の偉大なる拡充者である。

こうして、それはいまなお支那人の間から離れずにいる。吾々が支那の事物について親しんできた長い碧緑の龍は、生命を贈り、生命を与え、生命を創るもの、いわば生命の(5)鼓吹者としての善き相における龍である。見たまえ、龍が、あの支那大官の寛衣の胸の上に、いかにもおそろしげな様子をして、胸の中心の周りにとぐろを巻き、尾は烈しくしりえを撃っているではないか。実際、龍の主というべき碧龍の渦にとりまかれた大官は誇りに満ち、力強く、堂々としている。平生は人間の脊椎の基底に静かな眠りを貪り、ゆったりとぐろを巻いているが、時にその脊椎に沿って激しくのたうち伸びあがろうとする——ヒンヅー教徒のいう龍も、ほかならぬこの龍なのだ。かの瑜伽の行者もこの龍の活動を制御せんと試みたものにすぎない。龍神信仰はいまだに全世界にわたって生きて居り、潜在している。東洋においては特に著しい。

しかし、悲しむべきことには、星辰のもっとも輝かしく光り燦く中に立ち現れるあの大いなる碧緑の龍は、いまは固くとぐろを巻きしめ、静かに冬眠を貪っている。ただ、ときおり赤龍が鎌首を擡《もた》げるのみで、群なすものはことごとくが小さな毒蛇にすぎぬ。彼等無数の小さな毒蛇どもは、かつては口々に愚痴をつぶやくイスラエルの民を嚙んだように、いまはこの吾々を嚙むのだ。あの銅《あかがね》の蛇を高くあげたモーゼの出現を待つや切なるものがある。この蛇こそは、のちにイエスが人類贖罪のために《挙げられ》たごとく、まさにその意味において《挙《あ》げられ》(7)たものであった。

赤龍は邪悪と敵意の性格を有するものとしての龍、すなわちカコダイモン(8)である。古代の伝説において、赤は人間にとっては栄光の色であったけれども、神々を表すコスモス的な活物にあっては邪悪の色であった。赤き獅子は邪悪と破壊の性格をもつものとしての太陽を意味した。そして赤き龍は敵意に満ちた破壊的活動をなすコスモスの大いなる《潜勢力》だったのである。

アガトダイモン(8)はついにカコダイモンとなる。碧龍は時を経るとともに赤龍となるのだ。同様に、かつて吾々の歓喜と救済であったものはやがて時を経、一定時期の終りには、吾々自身にとって害毒となり没落となる。また創造の神であるウラノスやクロノスも一定時を過ぎれば破壊者となり貪食者となるのだ。一時代の創始の神も、その時代の末期には悪しき原理である。時はいまもなお円環をなして動くものだからである。この円環の始めにおいて善の力をもつ碧き龍であったものが、その終止に近づくに随って、徐々に悪の力をもつ赤き龍に変貌させられてしまうのである、クリスト教時代の発端にふくまれていた善の力も、いまやその終焉の時期に際して悪の力となった。

これはごく古くからの智慧の片鱗にすぎぬものだが、またいつの世にもあてはまる真理であるにちがいない。時はいまなお円環をなして動くのであって、決して直線移動を行わぬ。吾々はちょうどクリスト教時代の円環の閉止期にある。こうして、この円環の開始期にあった善き龍ロゴスはいまや今日の悪龍となっている。それは新しきものにはなんの力をも与えず、ただ古きもの、死せるもののみに力を貸すだけである。それは赤き龍であって、もう一度かの英雄たちの手によって殺されねばならぬ。天使からはもはやなにものも期待できぬのだ。

古代の神話に随えば、龍の魔力に落ちるのはつねに女であって、男が縛めを解いてくれるまでは逃れる力をもたない。新しき龍はのちにモハメッドがふたたびとりあげた古代的な意味におけるかの生々たる緑色——金色——をしており、あらゆる新しい光、万物に生命を鼓吹する光の精ともいうべき碧緑の曙光に見るあの緑色を呈している。万物創造の曙は、造物主の姿から発する透きとおるような緑光のうちに展開されたのである。パトモスのヨハネがオールマイティの顔を遮る虹のイリス神を碧玉の緑色として描いたとき、彼がこのような劫初の光景をあらためて見いだしていたことはたしかである。この宝石のように壮麗な緑の光輝こそは、かの龍が身をよじりくねらせてコスモスの中へ顕れ出てきたときの姿にほかならない。それは虚空を貫いて渦巻き、人間の脊椎に沿ってとぐろを巻いているコスモディナモスの力であり、パロの眉間に坐すウライウスのごとく、人間の眉の間から身をのりだしてくるのである。それは男の周囲をとり巻けば、彼に光輝を与え、彼を王となし、英雄となし、その金色燦然たる龍の光輝に照り映える雄々しい男を造りあげる。

　このようにしてロゴスは、この時代の始めに、また別の新しい光輝を人間に与えんとしてやってきたのであった。[9] そのおなじロゴスが今日では悪しき蛇となり、吾々のことごくを死に至らしめるラオコーンの大蛇となっている、春の大いなる緑のいぶきのごときロゴスが、やがては人を殺す無数の小蛇の灰色をした毒牙のように吾々を噛むのだ。いまこそ吾々はこのロゴスを克服せねばならぬ。そのときこそ碧緑に輝く新しき龍が星辰の間から頭の上に被さってきて、吾々に活を入れ吾々を大いなるものとするのであろう。しかも女ほど古きロゴスのとぐろに固く巻かれて身動きも出来ずにいるものはあるまい。これはいまに始まったことではない。かつては天啓のいぶきであったものが、最後には固定された邪悪の形式となって、ミイラの衣のように吾々をとえはたえにとり巻いている。このとき女は男にもましてきつく巻かれてしまうのだ。今日、ロゴスのとぐろのうちに固く強く縛られているのは、女性のうちなる最上層の部分である。彼等は肉体を喪い、抽象化され、見るも恐しきいわば自主性なるものによって駆り立てられているではないか。それはまことに奇妙な《霊的》動物というべきである。日夜、古きロゴスの悪霊に逐いまわされ、瞬時といえどもその手から逃れて吾にかえる暇とてないのだ。悪のロゴスは言う、おまえは自分のやっていることを真に《意義深い》ものとなし、生活を《真に価値あるものとせ》ねばならぬ、と。そこで女はますます図にのって、その結果、吾々の文明の悪しき形式をいよいよ堆高く積みかさね、一秒といえども、その束縛をのがれて新しき碧龍の燦然たる流動的なとぐろに抱かれようとはしない。現在の生活形式はそのことごとくが悪しきものである。だが、悪魔的でないとしたら天使的とも言えたであろう執念深さをもって、女はあくまで人生における最上のものをめがける。といって、それはたかだか悪しき生活形式中での最上級を意味するに過ぎないのだ。要するに女には、悪しき生活形式における最上級のものこそもっとも恐るべき邪悪であるということ、この事実がどうしても理解できないのである。

　このように、女は、近代の汚辱と苦痛を醸し出す小さな灰色の蛇のために悲劇的な苦悶のうちに投げこまれ、いわゆる《最上のもの》を捷ちとらんとしてもがきいらだっている。しかも悲しむべきことには、それこそは悪しき最上にすぎないのだ。今日の女はことごとく己れの内部に一種の女警官気質を多分に担っている。アンドロメダ[10]は裸のまま岩に繋がれ、古き形式の龍が瘴気を吐きかけたのである。だが、あわれにも近代のアンドロメダたる女は多かれ少かれ女警官の制服に身をかため、何か旗のようなものとか、棍棒だとか——それともバトンというのか——とにかくそれに類したものを手にして、街々を巡邏せねばならぬという有様である。一体、誰がこれを救ってくれるのか。気のすむだけけばけばしく飾りたてるがよい、またお好みなら清浄なる乙女のごとき装いをこらしてみるのもよい、だが、そうしたあらゆる外観の下には依然として最善を尽し、全力を傾け尽そうとする近代的な女警官の硬い服の襞が隠れているのだ。

　おお神よ、すくなくともアンドロメダ[10]は身に一糸も纏ってはいなかった。その肉体は美しく、そのためにペルセウスは戦いをも辞さなかったのである。しかるに近代の女警官たちは裸体をもたず、代りに制服をもっている。一体、誰が、たかが女警官の制服のために、古き形式の龍、毒気を吐く古きロゴスに闘いを挑む気になるだろうか。

ああ女よ、たしかにおまえは幾多の辛酸を嘗めてきた。しかし、かつて一度たりとも今日のごとく古き龍の宣告によって女警官と化せしめられたことは、ついになかったのである。

おお、曙を前にした新しき日の麗わしき碧緑の龍よ、やって来い、来て吾々の体にふれ、あの毒臭を放つ古きロゴスの恐しい束縛から吾々を解放してくれぬか！ 沈黙のうちにやって来い、なにも言うな。あの春の柔かい新鮮ないぶきのように吾々を包みに来い、なにも言うな。春風の柔かい新鮮な感触のうちに吾々を抱きこみ、女どもからあの恐しい女警官の殻を剝ぎとって、生命の萌芽を裸のままに甦らしめよ！

アポカリプスの時代にはまだしも古き龍は赤色をしていた。が、今日それも灰色と化した。昔時それはなぜ赤であったか、古き慣習、すなわち力、王権、富、虚飾、欲情の古き形式、これらのものを示していたからである。およそネロの時代ころまでには、これら虚飾と官能的悦楽の古き形式はたしかに悪と化し、穢れし龍となっていた。穢れし龍、すなわち赤き龍はロゴスの白龍に席を譲らねばならなかった――しかし、ヨーロッパは碧緑の龍というものを知らなかった。吾々の時代は白色の栄光と共に始った、白き龍の時代である。が、このヨーロッパはやはり源をおなじくする衛生的なる白色崇拝とともに終りを告げるのだ。こうして白き龍はいまや大きな白き蛆と化し、吾々の前に汚濁せる白灰色を曝している。現代の時代色は濁れる白、すなわち灰色である。

しかし、吾々のロゴスの色が目を欺くばかりの皎々たる白色に始まり――この点をパトモスのヨハネは長老の白衣に強調しているのであるが、――ついに穢れた無色に終ったのとまったく同様に、かの古代の赤龍は華麗目もあざむくばかりの赤色に始ったのである。古代の龍のもっとも古きものは鮮麗な赤色であって、燃えるような金色、血のような赤だった。それは光輝燦然たる赤、赤というよりは世にも眩ゆい朱であった。この、まさにこの金色の赤こそ、はるかはるか時のかなた歴史の夜明けに最初に現れた龍の肌を蔽う最初の色だったのである。そのもっとも劫初の人類が空を眺めやったとき、彼等はそれを金と赤の色調によって見たのであって、決して緑や皎々たる白色によって理解したのではなかった。金と赤とによってである。こうして遠い遠い過去の人間の面上に照映した龍の姿は燃えるがごとき朱の色をしていたのだ。ああ、それゆえにこそ昔の英雄や大王たちの顔は、かの日輪の光が射し貫く罌粟《けし》の花のような赤色に照り映えていたのだ。それは栄光の光であった。それは生命そのものたる輝かしい野生の血の色であった。赤、身ぬちを駆けめぐる燃えるような血、それこそ至高の神秘であり、緩やかにしみわたる暗紫色の血、それこそ王統の神秘であった。

地中海東岸の文明より一千年遅れてやってきた古代ローマの諸王はみずからを神聖な王統に列せんがために、その顔を朱色に染めたのである。また北アメリカ州のレッド・インディアン[11]もおなじことをやっている。彼等は、《薬品》と称しているこの朱の染料によらなければ、ついに真のレッド・インディアンたりえぬというわけだ。しかしこのレッド・インディアンは、文化・宗教、両面からいってほとんど新石器時代に属していた。おお、ニュー・メキシコのプエブロ人[11]の遠く暗く過去に伸びる時の背景よ、そこから人々は面を緋色にきらめかせながら出て来たのであった！ 神々が！ 彼等こそ神のごとく見えるではないか！ それは赤き龍、華麗なる赤龍である。

だが、それもすでに齢老いた。その生活様式はついに固定してしまった。ニュー・メキシコのプエブロ人たちの間においてさえ、すなわち、その古き生活様式がほかならぬ大赤龍、最も偉大なる龍の生活様式であったプエブロ人たちの間にあってさえ、もうこの生活様式は事実邪悪を産み出しつつあり、人々は赤色を逃れんとして青色への情熱を、あのトルコ玉のもつ青色への情熱をはぐくんでいる。トルコ玉と銀、これが現在彼等の憧れ求める色である。金は赤龍の色であるからだ。時代をはるかはるか昔に遡れば、金は龍の原質であり、その柔軟な輝かしい肉体そのものであり、したがって龍の栄光として尊ばれ、人々は、あたかもエーゲ海沿岸やエトルリア地方の墓所におけるつわものたちのごとく、あらそって栄光を己がものとするために柔い金を身につけたものである。が、その後、赤龍がカコダイモンと化し、人々が碧龍や銀の腕環を欲しがり始めたとき、金はついに栄光の座から顚落し、金銭に堕したのであった。黄金を金銭に変えるものはなにか、こうアメリカ人は質問する。まさに、そこだ。大いなる金色の龍の死、そして碧緑と銀白の龍の出現、それがまさにここにある。――ペルシア人、バビロニア人たちがいかにトルコ玉の青色を愛し、カルデア人がいかに瑠璃色を好んだか、彼等はすでに早くより赤龍に背を向けてしまっていたのだ！　ネブカドネザルの龍は青色である。傲然と這い歩く青色の鱗をもった一角獣である。これはかなりの発展変化を経てきたのちのものであった。アポカリプスの龍はそれよりずっと古代に属する獣である。が、それにしてもカコダイモンにすぎなかった。

しかし見るがいい、帝王の色はそのときもいまだに赤であった。朱、そして紫、といってもあの菫色ではない、深紅色である、まことに生々とした血の色である。この二つの色が王や皇帝の色として保たれていた。それがほかならぬ悪しき龍の色として用いられたのだ。アポカリプティストは彼がバビロンと称した大《おお》いなる淫婦《いんぷ》にこの色の衣を著せている。生命の色それ自身がいまや不浄の色となったのだ。

そして今日ロゴスの濁った白色の龍とこの鋼鉄の時代に、社会主義者たちは生命の色のもっとも古きものをふたたび採りあげた。しかも全世界がその朱の仄かしにすらも戦慄する始末だ。今日、大多数者にとって、赤は破壊の色である。子供たちの合言葉に随えば、《赤は危険信号》なのである。こうして円環は回帰する、黄金時代と白銀時代の赤色金色の龍、青銅時代の碧緑の龍、鉄時代の白龍、鋼鉄時代の濁った白あるいは灰色の龍、そしてふたたび時代は廻って最初の爛々たる赤龍へと。

じじつ、あらゆる英雄時代は本能的に赤龍または金龍の方に傾く。そしてあらゆる非英雄時代は本能的にそれから面を背ける。たとえばアポカリプスを見たまえ、そこでは赤と紫がアナテマになっているではないか。

アポカリプスの大《おおい》なる赤《あか》き龍《たつ》は七《なな》つの頭《かしら》をもち、そのいずれも冠冕《かんむり》をいただいている。これは、その権力のあくまで王の、あるいは至高のものなることをみずからあきらかに示していることを意味する。七つの頭というのは、人間が七つの性質をもち、あるいはコスモスにそれだけの《潜勢力》があるのと同様に、龍は七つの生命をもっているという意味なのだ。しかもこれら七つの頭のことごとく打摧かれねばならない。つまり、人間は又あらたに大いなる一連の七つの征服をなさねばならぬ——しかも今度はこの龍を相手に、というわけだ。こうして戦いはつづく。

龍は、宇宙的存在として、すでに天界から地《ち》に落《おと》される前に、コスモスの三分の一を毀つ、すなわちその尾《お》をもって星《ほし》の三分《さんぶん》の一《いち》を引《ひ》いて地《ち》に落《おと》すのである。女《おんな》は《鉄枷をもって人類を牧さんとする(12)》子を産《う》む。もしそれがメシヤたるイエスの統治を預言したものであるとするなら、悲しいかな、それはなんと真実であることか！　もろびとは今日鉄枷によって治められているではないか。この子供は神の許《もと》に挙《あ》げられる、が、吾々はいっそのこと、龍の手に落ちたらとさえおもうのだ。女《おんな》は荒野《あらの》に逃《に》げてゆく。というのは、この大いなるコスモスの母には、もはや人間のコスモスの中に己が位置すべき場所すら見出せないのである。死ぬことが出来ぬ以上、曠野に隠れねばならぬ。——こうしてここに、例の神秘的な単位による退屈な三年半という期間中、依然として身を隠しているのである。どうやらこの期間はいまだにつづいているらしい。

さて、ここにアポカリプスの第二部が始まる。吾々はいよいよ、クリストの教会とか、地上のもろもろの王国の倒潰とか、そういったダニエル書式な預言のうんざりするほどのごたごたにぶつかるのである。ローマ市やローマ帝国の崩潰の預言などに吾々は大した興味をもちうるはずがないではないか。

17

しかしこの後半に属する部分を眺める前に、黙示録全体において支配的に顕著な象徴、特に数のそれに眼をやってみようではないか。全構成はことごとく七の数、すなわち四と三とにもとづいている。したがって、これらの数が古代精神にとってなにを意味していたかを探ろうとするこころみもまた当然といわねばなるまい。

三は聖なる数であった。いや、いまもなおそうである。それは三位一体の数であり、神の性質を明かにする数なのである。こうした古代の信仰に関する最も明確な示唆は、かの科学者たち、すなわちごく初期の哲学者たちの思惟に俟つものが多いのである。初期の科学者たちは当時存在していた宗教的な象徴観念を採りあげて、それを真の《観念》にまで変形したのであった。元来、古代人は数を具体物として観じていたことは周知の事実である。――たとえば、点だとか小石の列だとかいったものによって数を意識していたのだ。三は小石三個を意味した。このようにして三という数は、ピュタゴラス学派の間にあってはその素朴な算術から割りだされたのであろうが、いわば完全性を示す数と考えられていたのである。というのは、三をきれいに割りきって中央に間溝を残すことは不可能であろう。このことは三つの小石について考えて見れば、文句の言いようのない真実である。何人も三の完全性を破壊しえないのだ。両端の小石のいずれの位置を動かしてみても、依然として中央に一つの石が残存し、二つの石の間に完全な平衡を保って、あたかも拡げられた両翼の間に身を浮かせた一羽の鳥のようなかたちを呈するのである。こうして前三世紀の終り頃まで、三は存在の完全、神聖な条件と思われていたのだ。

ついで前五世紀に溯ると、吾々はアナクシマンドロスが考えていた無限定者、[1]すなわち無辺際の実体なる観念に遭遇するのである。それは最初の原始創造に際して、二つの《要素》として己れの両側に、熱と冷、乾と湿、焔と闇という大いなる《対立物》を有しているとされた。この三つが万物の始まりであった。そもそも神という観念が抽出される以前にあって、この**生ける**コスモスを三に分割しようとする古代思想の背景には、かならずこうした観念が潜んでいたのである。

ついでながらここに、ごく古代の世界はまったく宗教的でありながら、しかも神をもっていなかったという事実に留意してみようではないか。人間がいまだ相互に緊密な肉体的連帯感のうちに生きていたころ、あたかも空とぶ鳥のむれのように堅い肉体的一体感に結ばれ、個人としてはほとんど分離しがたいようなあの古代の部族連帯意識をもっていた時代にあっては、部族はコスモスと、いわば胸と胸を相触れ、裸のままにコスモスと抱擁しあっていた。コスモス全体は生々と脈うち、人間の肉と肌を触れあって、両者の間には神というような観念の介在する余地は全然なかったのである。が、しかし、ようやくにして個人はみずから分離を感じ始め、自我意識に陥ちこみ、やがて乖離感に捉われるに至ったとき、これを神話的にいうなら、生命の樹(2)のかわりに智慧の実(2)を喰い自己の孤立と乖離を知ったとき、ここに始めて神の概念が生じ、それは人間とコスモスの間に介入せんとしたのであった。人間の懐いたもっとも劫初の観念は、いずれも純粋に宗教的なものではあったが、そこには、唯一神、多神のいずれを問わず、すくなくとも神の概念は全然求めうべくもなかったのである。これらの神は、人間が個別と寂寥の感に《陥った》とき始めてこの世に登場したものである。かの古の哲学者たちのうちアナクシマンドロス(3)はその神聖な無限定者と二つの要素なるものを提げ、またアナクシメネスはやはりその神聖なる《大気》を携げて、神のいまだ存在せぬ裸のままのコスモスという壮大な概念にかえって行こうとしたのだ、同時に、彼等は前六世紀の神々(4)についてもすべてを知りつくしていたはずである。が、それらにはさほど関心を払わなかった。最初のピュタゴラス学派(5)さえ、元来彼等はごく慣習的な意味で宗教的であったのだが、例の根原的な二様式、火と夜と、いいかえれば火と、闇、すなわち密度の濃い大気、または蒸気の王と考えられた闇、という概念において、より深く宗教的だったのである。これら二つのものは畢竟、限定者と未限定者であって、いまだ限定されざるものである夜は火においてその限定に遭うのだ。この根原的な二様式は、対立の緊張のうちにあって、ほかでもない、それぞれ自己の反対性によって両者の同一性を明かにしているのである。ヘラクレイトスは言った、万物は火の変態であり、また日輪は日に新たであると。《あかつきとたそがれの限定者は北斗星であり、北斗星と相対して烱々たるゼウスの境界がある。》烱々たるゼウスとはここでは輝かしい蒼空のことである。したがってその境界とは地平線であり、おそらくヘラクレイトスは、それが北斗星の反対側のはるか下のほう、ちょうどその対蹠点にあっては、時はつねに夜であり、そして昼が夜の死によって生きるのとおなじに夜は昼の死によって生きるものと考えていたのにちがいない。

これこそ、クリスト生誕前四、五世紀の偉大な精神の相貌を如実に物語るものである。まことに不可思議な、魅力に富んだ世界であり、象徴的にものを考える古代精神の著しい顕示というべきであろう。すでにして宗教は道徳臭を帯び、法悦を願おうとしている。オルフェウス教徒とともに、かの《生成の輪廻から逃れんとする》(6)退屈な思想が人間を生命から抽象せんとし始めたのであった。しかし、初期の科学はあくまでもっとも純粋にしてもっとも古い宗教の一源泉である。人間の精神は、ここイオニア(7)においてもっとも古い宗教的なコスモス概念に逆戻りしていき、そこから科学的コスモスを思念し構成し始めたのだ。そして最古の哲学者たちが嫌忌したものは、じつに新しい種類の宗教であった。その法悦と、その逃避と、その純粋に**個人的な**性格と、そしてそのコスモス喪失とであった。

そこで最初の哲学者たちは古代人特有の神聖なる三部よりなるコスモスを採りあげた。それは天と地と水への分割においてかの神の創造を説く創世記と類似している。が、最初に**創造された**この三つの要素はすでにしてそれを創造する神を予想しているのに反して、古代カルデア人たちの生ける天体の三分にあっては、天体それ自身が聖なるものであって、単に神の棲むところにとどまらないのである。人間が一神、多神のいずれを問わずいささかも神を必要としなかった時代、広漠たる天体がそれみずからによって生成し、人間と胸を相擁していたころ、カルデア人たちは宗教的な陶酔にひたりながら天上に見いったにちがいない。次に、彼等は一種の不可思議な直観をもって天体を三つの部分に分った。このようにして彼等は、爾来決して行われなかったようなやり方で、真に星辰を**知っていた**のである。

ずっと後期に至って、神とか、造物主とか、あるいは天空の支配者などというものが発明され引っぱり出されたとき、始めて天体は四方に分たれた。その後ながくつづいてきたおなじみの四分割である。それから、神やデミウルゴスの発明にともない、古代の星の知識や真の天体礼拝は徐々に衰微して、やがてバビロニア人に至って魔術と占星術に堕落してしまい、こうして全組織が《でっちあげられた》というわけである。しかし、古代カルデアの宇宙観は依然としてその底に根を張っており、たぶん、イオニア学派(7)はこれをふたたび拾いあげたにすぎないのだ。

四分をこととするようになった時代においても、なお三つの根原的な支配者として太陽と月と曙の明星(8)が天体に君臨していた。聖書はこれをただ日月星辰と呼んでいる。

曙の明星は、神々のこの世に誕生せる時からつねに一つの神であった。しかるにおよそ前六〇〇年頃(4)、瀕死の身ながら甦った神々への崇拝が旧世界全体を風靡した時代、この星は新しき神の象徴となった。なぜなら、それは昼と夜との間、たそがれどきに君臨するからである。その理由によってそれは昼夜両者の主と見なされ、片足を夜のあげ潮にかけ、片足を昼の世界にかけ、あるいは一方の足を海に、他を岸にかけて立ち、燦然ときらめくものと想われていた。夜が蒸気、あるいは潮の一様態であったことは周知のとおりである。

18

三は神聖なるものの数であり、四は創造の数である。世界は四、すなわち四方であって、四部に分たれ、四つの大いなる活物《いきもの》、オールマイティの御座《みくら》をとりかこむ翼《つばさ》ある四つの活《いき》物《もの》によって支配されている。これら四つの大いなる活物は昼夜を分たず壮大な空間の全体を満たし、その翼というのはこの空間のおののきを意味するものにほかならない。空間は創造者讃美に絶えず震え轟いているのだ。なぜなら、これらの活物は己が造物主を称える創造そのものであるからだ。創造は永遠にその造物主を謳歌しつづけるものなのである。その翼が（厳密にいうなら）前も後も数々《かずかず》の眼《め》に満《み》ちているというのは、単にそれらが永遠に変化し遊行し動悸しつづけてやまぬおののく天界の星辰であることを意味しているのだ。エゼキエル書においても、その本文はかなりの混乱と毀損のうきめを蒙ってはいるが、吾々はおなじ四つの大いなる活物が回転する天界の輪の——これはまさしく前五、六、七世紀に属する概念である——ただなかに坐し、その翼の尖端に御座なる最高の天、水晶《すいしょう》のごとき蒼穹《そら》をささえているのを見るのである。(1)

その起原からいえば、これらの活物は神そのものよりはるかに古いにちがいない。それはまことに壮大な想念というべく、多分に東方諸国の翼ある大いなる活物もまた、その背後に、これらの活物の面影を宿している。これらは生けるコスモスのおよそ最後の時代に属している。このコスモスは創造されたものではなく、それみずからにおいてすでに聖なるもの、原初的なるものであり、それゆえ、そこには神すらいささかも必要とせぬ存在であった。あらゆる天地創造の神話のかなた背後には、コスモスは時を絶して存在しているという壮大な観念が潜んでいた。それはつねにそこにあったのであり、またつねにそこにありつづけるであろうゆえに、開闢などというものがありえたはずはないのである。コスモスはじつにそれみずから神であり、聖であり、万物の始原であったから、それを起すに神を必要とするはずはなかったであろう。

　この生けるコスモスを、まず人間は三つの部分に分けたのである。やがて、いつか知らぬがある大きな転換期の一時点に至って、今度は四方に分った。このとき始めて、これら四方はおのおの一つの完全体を、いわば全体の概念を要求したのだ。そこに造物主、創造者なる理念が生じたわけである。したがって、大いなる四つの元素的な活物はいまや従属的位置に立ち、中央にある至高の単位をとりかこみ、その翼は全空間を蔽うものとされた。なおそののちに至って、これらは、まだしも広大にして生々たる元素的存在から、やがて獣、活物、ケラビム(2)へと転化せしめられ——これはまことに堕落の過程というほかはない——ついに人間、獅子、牡牛、鷲として元素的乃至は宇宙的な四つの性格を与えられたのである。エゼキエル書にあっては、これらの活物のおのおのが同時に四つの面《かお》をもって四方にその一つ一つを向《む》けていた。(3)が、アポカリプスでは、各自が一つの面をもっている。コスモスの観念が萎靡するに随って、吾々はこの四つの活物の宇宙的な四性格がまず最初に大いなるケラビムに、ついで擬人化された大天使ミカエル、ガブリエルなどに適用されるのをみるのであるが、ついにはそれらは四人の福音書作者マタイ、マルコ、ルカ、ヨハネにまで適用されるに至った。《福音書的性格としての四型態》というわけだ。これがかの偉大なる古代観念の堕落、擬人化の過程である。

コスモスの四分、すなわち四つの動的な《性質》への分割に応じて、また他の分割が、四大の分類が行われた。まず最初はただ三元素だけが意識されていたものらしい。天と、地と、海乃至は水、そして天はもともと光すなわち火であった。大気の意識はそののちにやってきた。しかし火と地と水の三をもってコスモスは完結して居り、大気は蒸気の一形として概念されていた、闇もまた同様であった。

そしてごく初期の科学者たち（哲学者たち）はコスモスの原動力として一つの元素を、できればせいぜい二つの元素を想定せんと願ったものらしい。アナクシメネスは万物は水だと言った。またクセノファネス[4]は万物は土と水だと言っている。水は湿気を発散せしめ、この湿気発散のうちに潜在的な火花が隠されていて、湿気の発散はやがて雲として高く吹きあがり、どこまでも遠く高く吹きまくって、そのあげく水にはならずにうちに潜む閃光を核として凝固する。こうしてここに星を生じ、日輪を産むとされた。太陽は水を含む大地の湿気発散から火花を集めてできあがった《雲》であった。科学の起原はおよそかくのごときものである。神話より遥かに空想に富み、しかもそこには推理の方法が採られている。

ついでヘラクレイトスが出で、かの万物は火なり、というよりは万物は火の変態なりという命題を掲げ、さらに闘争を強調した。いわば創造の**原理**として、もろもろの事物をばらばらに保ち、そうすることによって互を全体にとって不可欠の部分となし、それら事物の存在をば実に可能ならしめている闘争の強調である。その場合火こそ唯一の元素とされた。

これ以後、四大はほとんど欠くべからざる存在となってきた。前五世紀エムペドクレスと共に、土水火気(5)の四大は人間の想像のうちに牢固として抜くべからざる存在として、**生ける四元素**、コスモスの四元素、根原的な元素となったのである。それをエムペドクレスは四根と呼び、あらゆる存在の宇宙的四根となした。そしてこれらは愛と争闘との二原理によって左右される。――《火と水と土と、そして高大なる大気、かつこれらとは離れてその外部からおのおのに均しい重量をもって作用している激しい争闘と、またそれらのただなかにあって隅々に至るまで全体を均しく浸している愛》さらにエムペドクレスは《燦として輝くゼウス、生命をもたらすヘラ、それにエイドニウスとネスティス(6)》の四つを四者と呼んだ。ゆえに吾々はこの四者が神でもあったことを知るのである。これらこそ、幾多の時代を貫ぬく四大者にほかならぬ。四大のことを考える際、まず吾々はこの四つのものが現在も未来も永劫にわたって、吾々の経験の四要素を表すものであることに気づくであろう。科学が火について何と言おうと、火そのものは変りはせぬ。燃焼酸化などという過程は断じて火ではない、それは単なる思考型式にすぎぬのだ。H_2Oは水ではなく、水に関する実験から導かれた思考法である。思考法はついに思考法にとどまる。それは決して吾々の生命を造るものではない。生命は依然として元素的な火と水と土と空気から生ずる。これらのものによってのみ吾々は動き、生き、存在を保ちうるのだ。

つぎに、吾々はこの四大から人間自身の四性質を類推する。それは血と胆汁と淋巴液と粘液、この四つの概念と特性にもとづくものである。人間はいまもなお血によって考える動物である。《それぞれ反対の方向に流動する血の海のただなかにうかべる心臓、主としてここにこそ人の思想と呼ぶものが宿る。心臓のめぐりをとりまく血のながれ、これこそ人間の思想であるから。》——おそらくこれは真実であろう。おそらくあらゆる根原的な思想は心臓をとりまく血のうちに発し、それが脳に伝えられるだけにすぎないのであろう。また四つの金属たる金、銀、青銅、鉄にもとづく四時代(7)というものがある。すでに紀元前第六世紀に鉄時代は始っており、また早くも人はそれを歎いている。智慧の実を喰う前の黄金時代はとくに昔に過ぎ去っていた。

このように最初期の科学者たちは往昔の象徴主義者とははなはだ近似していたのである。

それゆえ吾々は、アポカリプスにおいて聖ヨハネが古代の原始的な、神聖なコスモスに言及しようとするとき、なにかにつけことごとに三分の一という言葉を口にするのに出遭う。古き神聖なるコスモスに属する龍《たつ》はその尾《お》に星《ほし》の三分の一を引《ひ》いて落《おと》し、聖なるラッパは万象の三分の一を撃《う》ち砕き、底《そこ》なき坑《あな》より出できたる騎兵《きへい》は聖なる悪霊として人《ひと》の三分の一を殺《ころ》しているではないか。だが、破壊が聖ならざるものの手によって行われるときは、たいがい対象の四分の一が砕かれる。[8]——いや、とにかくアポカリプスはあまりにも破壊に満ち満ちている。もはや笑いごとではすまされぬのだ。

19

四と三とは合して聖数七を造る。これは神をもつコスモスである。ピュタゴラス学派はこれを《正しい時を表す数》と称した。人間とコスモスはそれぞれ四つの造られた性質と聖なる三つの性質とをもっている。人間はその地上的な性質四つに、霊《れい》と霊魂《たましい》と永遠の自我とをあわせもち、万有は四方と四大、また天と陰府と空間全体の聖なる三領域、愛と闘争と統一性の聖なる三運動を担っている。——が、最古の宇宙には天もなければ陰府もなかったのだ。そして七なる数も当時その最古の人間意識のうちではかならずしも特に神聖な意味をもっていたというわけでもなかろう。

しかしながら、七は古代の七遊星の数として、やはり劫初からつねになかば聖なる数であったともいえる。七つの遊星とは日月を始めとし、五つの《さまよえる》大星辰たる木星《ジュピタ》、金星《ヴィーナス》、水星《マーキュリ》、火星《マース》、土星《サターン》をいうのである。遊行する星辰は人間にとってつねに大きな神秘であった。彼等がコスモスと胸を触れて生活し、今日の関心とはまるで異なった深刻な情熱的関心をもって運行する天体に見いった時代において殊にそうであった。

カルデア人はコスモスとの元素的な接触感をつねに幾分か保っていた。それはどうやらバビロニア時代の終りまでもつづいたのである。そののち、彼等はマルヅク神(1)、その他の神々の神話や、占星家やマグス輩(2)のありとあらゆるいかさまを背負わされるに至ったが、その間、実に最後まであの厳粛な星民話をば完全に追放することもなく、また星に見いるものと夜の天空とのあの肌と肌との接触を破ることもしなかったらしい。たしかにマグスたちはなお数世紀の間存続していたものの、神などというものの詰めこまれていない天体の神秘のみにひたすら意を払っていたのだ。天体説話がのちに卜筮《ぼくぜい》と妖術の忌むべき形式に堕落していったこと、考えてみればこれもまた人間の歴史の避くべからざる一頁にすぎない。上は宗教を始めとして、こと人間に関するかぎり万事は堕落する。ここに更新と復活とが要求されるのである。

その後、占星術への道を用意したものは、たしかにこの赤裸にして神をうちに含まぬ星民話がかすかに余喘を保って生きていたという事実にほかならない。それはちょうど地中海東岸において、水と火に関する多くの古代コスモス説話が消えなんとして消えず、永くその尾を引いてイオニア学派の哲学者や近代科学のために道を用意したのと酷似している。

脈々と生の鼓動を打ち、相互に絡みあって運行する天体によって、この地上の生命が統御されている大いなる想念は、到底現在の吾々の理解しえぬほど強く、かのクリスト教時代以前の人々のこころを捉えていたのである。あらゆる男女神への礼拝、またエホバや、死んでもろもろの国人の罪を贖う救世主への信仰にもかかわらず、その底にはやはり古代のコスモスの幻影が残っていた。そして人々はおそらくいかなる神にもまして星の支配を熱烈に信じたのである。人間の意識には多くの層があって、その最下層は、その国民の教化された意識がより高い段階に移行してしまったのちも、なお幾世紀もの永きにわたり、殊に一般庶民の間にあって粗々しい活動をつづけてやまないのだ。そして人間の意識はつねに原始の水準に戻ろうとする傾向をもっている。それには二つの形式がある。一つは堕落と頽廃によるものと、他の一つは新しい出発点を求めてふたたび根原にまで遡行せんとする慎重な回帰とである。

かつてローマ時代に、人間の意識が最古の水準へと大きな遡行をこころみたことがあった。が、ついにそれは一種の頽廃と迷信への復帰とに終ったのである。しかしクリスト出現ののちおよそ二百年間、天体の支配は、かつて見られなかったほどいかなる宗教的渇仰にもまして、強烈な迷信の力をもって、人間意識の上に逆流してきたのであった。占星術は当時の社会を風靡した。因果、運勢、宿命、性格、その他すべてが星の上に、七つの遊星の上にかかっていたのである。七遊星は天体における七つの支配者として、人間の運命を決定的に左右し、人はもはや取返しのすべもなく、逃れる力ももたぬものとされた。その支配はようやく一種の精神異常にまで昂まり、ついにクリスト教徒と新プラトン学派(3)とは起ってそれに背を向けたのであった。

さて、このように妖術と秘教主義とに境を接する迷信的要素は、このアポカリプスにおいても非常に強固な力をもっているのである。たしかにヨハネ黙示録は呪術をもって超自然を招致せんとするための書物だったといえよう。それは秘教的に利用されうるものだという暗示に満ちており、またじじつ、数世紀の間そのような神秘的な目的に、特に占卜と預言との目的に用いられてきたのである。それはみずからかかる目的に身を売ったのだ。いや、この書は、殊にその後半は、当時の秘教主義者たちの妖術的言辞と共通した無気味な預言の精神をもって書かれている。それはたしかに時代精神を反映している。これは、あたかも**黄金の驢馬**(4)が、当時とあまり異ならないおよそ百年足らずのちの時代精神を反映しているのと、はなはだ相似たものがある。

こうして七なる数はもはやほとんど《聖なる》数ではなくなり、アポカリプスにおいてはいわば妖術的な数と成り終っている。この書の後半を読み進めば読み進むほど、古代の神聖なる要素は次第に色褪せ、その代りに、《近代的な》第一世紀的色彩を帯びた妖術と預言と秘教の慣行とが力を得てくる。七という数はいまや現実的な幻覚を喚起する数というよりは、むしろ占卜の数となり、誣術の数と化したのである。

ここにあの有名な「一年《いちねん》、二年《にねん》、また半年《はんねん》のあひだ(5)」という一句が登場するわけだ。これは三年半を意味するのであるが、出典はダニエル書にあって(5)、すでにこの著者あたりに、あの帝国崩壊の預言という半神秘主義的な大仕掛が始っているのである。それは神聖なる一週の半分を——すなわち聖なる一週間のうち七日全部を与えられていない悪の諸王にわずかに許されていたすべてを——表すものと想像されよう。だが、パトモスのヨハネにとって、所詮それは魔術の数に過ぎなかった。

古代において、月が天界の一大勢力として人々の肉体を支配し、人体の新陳代謝を左右していたころ、七は月の四弦の一単位であった(6)。いや、いまもなお月は吾々の肉体の変化をつかさどり、七日が一週とされているのだ。エーゲ海のギリシア人は九日を周期としていた。それも遠い昔のことだ。

しかし七はもはや聖数ではない。が、ひょっとするといまもある程度まで魔術的な数字であるかも知れぬ。

20

十は一系列の自然数である。《ヘレネ人が十まで数えると、ふたたび出なおしたのは、まことに自然である》またそれは両手の指の数でもある。自然を一貫して見られる五のくりかえしは、ピュタゴラス学派をして《万物は数なり》と確信せしめる一つの原因となった。したがってアポカリプスにおいても、十はすべて一系列の《自然な》乃至は完全な数とされている。ピュタゴラス学派は小石をもって実験をかさね、十の石は《4＋3＋2＋1》の三角形[1]に並べうることを発見し、これが彼等のこころを想像へと駆りたてたのである。——しかしヨハネが描いた二つの邪悪な獣《けもの》における十の頭《かしら》、すなわち冠冕《かんむり》をいただいた十の角《つの》というのは、おそらく単に皇帝や王の完全な一系列を表しているにすぎない。この際、角は帝国やその支配者を表す月並な象徴だったのである。古代の象徴としての角はもちろん権力の象徴であり、さらにもと生けるコスモスから、乃至は燦星のごとく輝く生命の碧龍から、いや、殊に体内にあって脊椎の基底にとぐろを巻いてうずくまり、時をえれば脊椎の線に沿って身を躍らし、眉宇にさっと荘厳の気を漲らせる生気潑剌たる龍から、人間のもとに贈られた神聖なる力の象徴であった。それはまた権力の標としてモーゼの額に芽ぐむ金の角であり、エジプトの王者パロの眉間に舞い降って個人の龍となったかの金の蛇ウライウスでもあった。だが、この権力の角は一般庶民にとっては、イシファロス(2)として、またファロスとしてあるいはまたコーニュコーピア(2)として表れた。

21

さて最後に十二は、あの(古代ギリシア的な意味での)物理的なコスモスとして、つねに他の運動とは独立した運行を営んでいた七つのさすらえる遊星と対比されるところの、すでに確立され定著されたコスモスの数である。十二はまた十二宮の数であり、一年の歳月の数でもある。それは四の三倍、三の四倍として完全な対応をなしている。なおそれは天体の完全周期であり、同時に人間の完全周期でもある。なぜなら、人間は古代の図式に随えば七つの性質をもっている。すなわち6＋1として、その最後の一つは自己の完全性という性質であった。しかし、いまやこれら古きものと併せて、別のまったく新しい性質をもつこととなった。というのは、人間はあきらかにいまもなお古きアダム・**プラス**・新しきアダムとして成り立つからである。こうして人間の数はみずからの性質として6＋6の十二であり、他に自己の完全性として一を加える。だが、この完全性はいまやクリストのうちにあり、もはや人間の眉間に象徴されることはなくなった。このようにしてその数が十二である以上、人間は全き完結を成し、確立されてしまったのである。確立され一定不変に固定されてしまった。全きものであるからには変化の要もないわけである。その第十三の数（迷信では縁起の悪い数となっている）としての人間の完全性は、天国のクリストと共にあるからだ。かくのごときが《救われたる者》たちの、自分自身についての意見なのだ。クリストのうちに救われるものは完璧であり不変である。いや、変化の必要がないのだ、彼等は完璧に個人化されてしまったのである。

22

さて、新生の幼子は天に拉し去られ、女は荒野に追われてしまい、ここに黙示録も後半に入ると、全体の調子に突然の変化が起る。古代の背景はいまやまったく消滅し、吾々はそこに、ただユダヤ教的乃至ユダヤ＝クリスト教的なアポカリプスの存在を感ずるだけである。

「斯《かく》て天に戦争《いくさ》おこれり、ミカエル及びその使《つかひ》たち龍《たつ》とたたかふ。(1)」龍は天より地《ち》に落《おと》さ
れ、サタンとなり、ここにその興味深き性格をまったく失ってしまうのである。神話のう
ちの大物は、合理化されて単に道徳的な勢力と化するや、ことごとくその興味を失ってし
まうのがつねである。吾々はもっぱら道徳的な天使や道徳的な悪魔に倦き倦きするほど悩
まされねばならぬ。《合理化された》アフロディテ(2)にいやというほどうんざりさせられる
のだ。前一〇〇〇年(3)のあたりから、世界は道徳や《罪》についてやや錯乱状態に陥った感
がある。ユダヤの民はかねてよりつねにこの病毒に汚染していたのであった。
いままで吾々がアポカリプスのうちに探ってきたものは、倫理などという代物よりもも
っと古代的な、もっと壮大な何ものかであったはずだ。古代の燃えるような生命愛、見え
ざる死者の存在が喚び起す不思議な戦慄、こういうものが真に古代宗教のリズムを形づく
っていた。道徳臭を帯びた宗教などというものは、ユダヤ人にとってすら比較的近代のも
のにすぎない。
しかるにアポカリプスの後半たるや、まことに道徳臭芬々たるものがある。いわばこと
ごとくが罪であり救いである。ただほんの一瞬宇宙の驚異の片鱗が窺えるところがある。
龍はふたたび女のもとに来たり責《せ》める。女は鷲《わし》の翼《つばさ》を与《あた》えられ、荒野《あらの》に飛《と》ぶ。龍は女を追
い、その上に水《みず》を川《かわ》のごとく吐《は》きかけて、これを押し流《なが》さんとする。「地《ち》は女《をんな》を助《たす》け、そ

の口《くち》を開《ひら》きて川《かは》を呑《の》み尽《つく》せり。龍《たつ》は女《をんな》を怒《いか》りてその裔《すゑ》の残《のこ》れるもの、**即《すなは》ち神《かみ》の誡命《いましめ》を守《まも》り、イエスの証《あかし》を有《も》てる者《もの》**に戦闘《たたかひ》を挑《いど》まんとて出《い》でゆけり。(4)」

もちろん最後の言葉は、誰かあるユダヤ＝クリスト教的な学者によって、この断片的神話につけ加えられたものに相違ない。龍はこの場合では水棲の龍、すなわち混沌の龍であり、やはり悪性のものである。全力を挙げて新しきもの、新しき紀元の誕生に抗している。それはクリスト教徒に刃向うのである。彼等こそこの地上に残された唯一の《善き》ものであるからだ。

それゆえ、気の毒にもこの龍はこれ以後にはなはだ惨めな姿を呈している。彼は海《うみ》より上《のぼ》れる獣に己《おの》が能力《ちから》と己が座位《くらい》と大《おおい》なる権威《けんい》とを与《あた》える。この獣は「十《とを》の角《つの》と七《なな》つの頭《かしら》とあり、その角《つの》に十《とを》の冠冕《かんむり》あり、頭《かしら》の上《うへ》には神《かみ》を瀆《けが》す名《な》あり。わが見《み》し獣《けもの》は豹《へう》に似て、その足《あし》は熊《くま》のごとく、その口《くち》は獅子《しし》の口《くち》のごとし。(5)」とある。

吾々はすでにこの獣の正体を知っているのだ。その原型はダニエル書(5)にあり、そこでとくに**説明ずみ**なのである。それは地上最後の大帝国であり、十の角とはこの帝国の版図に同盟を結ぶ十の王国であった。もちろん帝国はローマを指すにほかならない。豹、熊、獅子のごときについては、これもまたダニエル書(5)のうちにローマに先行する三帝国として説明されており、豹のごとく敏捷なマケドニア人、熊のごとく頑強なペルシア人、獅子のごとく貪婪なバビロニア人を意味しているのだ。

こうしてふたたび、吾々は寓意の世界に戻るのである。そして自分にとってはここを最後、真の興味は索然として消えうせる。寓意はつねに説明しうるものであり、説明によってその力を失うものだ。真の象徴はあらゆる説明を拒否する。まことの神話も同様である。もちろんそのいずれにも意味を附会しえよう——だが、それで充分説明し尽せはしまい。象徴と神話とは吾々を単に理智の上で動かすのみではない。それはかならずや深く情感の中枢に迫ってくる。理智の大きな特長はその決著性にある。理智は《判断する。》それで万事は終ってしまうのだ。

しかし人間の情動的意識は理智的意識とはまったく異なった次元の生命と運動とをもっている。理智は単に部分において、一部分一部分、いわば各文章のあとに終止符をうって理解するにすぎない。これに反して情動的な魂は全体を一括して、川の流れのように理解する。たとえば龍の象徴である——支那の茶碗や古代の木彫にある龍をみるがよい。いや、お伽噺の龍を考えてみるがよい——さてその結果はどうか。もし諸君にして古代の情動的自我がめざめているなら、その龍を見つめ、それに想を馳せれば馳せるほど、諸君の情動的自覚はますます遠方へと閃き光り、その火花はあくまで無窮の過去に溯り、いよいよ深く魂の隠微な領域にまで浸透して行くであろう。だが、その反対に諸君にして感情をもって理解するあの古代の方法が死滅しているならば、それはほとんどすべての近代人の病弊であるが、そのときこそ龍はあれやこれやを《意味する》だけのものとなるのだ――フレイザの**黄金の枝**(6)では、龍はまさに、これらのあれやこれや、その他のあらゆるものを意味しているではないか。それは薬局の前に置いてある金箔をかぶせた乳棒と乳鉢のようなもので、一種の象形文字であり、符牒である。いや、女神が両手に摑んでいる**アンク**(7)と呼ばれるエヂプトの標識☥のことを考えてみれば、なお一層あきらかとなろう。これは生命の象徴であるとか言われている。どんな子供も《その意味を知っている。》だが、**真に**生きている人間ならば、この標識をただ一目見ただけで自分の魂が脈うち伸張するのを感ずるはずである。しかし近代の男のほとんどすべてはなかば死んでいる。女とておなじことだ。彼等はアンクを眺めるとき、それについて万事諒解はしている。が、それだけだ。彼等は自分たちの情動の不感症をむしろ誇っているのである。

当然のことだが、ここに、アポカリプスは数世紀を通じて《寓意的》作品として人々の心を惹きつけてきた。すべてはまさしく《なにごとかを意味し》しかも道徳的な意味をもっていたのである。諸君はその意味を明瞭に把握し得るだろう。

海より上る獣はローマ帝国を意味し、――そのあとでは獣の数字《すうじ》六六六(8)が皇帝ネロを指すものとなる。地より上る獣は異教僧職の権力を、すなわち皇帝を神聖な存在と認め、クリスト教徒たちをして彼を《礼拝》せしめる僧侶の権威を意味した。なぜなら地より上る獣は羔羊のごとく二つの角を有する。じじつそれは贋の羔羊であり、アンティクライストであり、その邪《よこしま》な信奉者たちにマグスのシモン(9)輩のごとく妖術の不思議と奇蹟とをすら行うことを教えるのである。

ここに吾々はクリストの——すなわちメシヤの教会が獣によって殉教に附されるのを見る。こうしてほとんど全部の善良なるクリスト教徒が殉教する。やがてついに、さほど長き歳月を経ずして——およそ四十年ののち——天よりメシヤが降り来たって、ローマ帝国たる獣、およびそれと共にある王たちに向って戦いを挑む(10)。たちまちにして、バビロンの名を被されたローマの覆滅(11)と、その滅亡の上に誇る勝利との大仕掛な場面が展開される——にもかかわらず、その詩のもっとも良き部分はつねにエレミア、エゼキエル、イザヤの諸篇から剽窃されたものであって、独自のものなど一つもないのである。聖徒たるクリスト教徒たちは倒潰のローマを、こころゆくばかり快心の笑みを含んで眺めやるのである。やがて勝ち誇れる騎士(12)の出現となるが、その衣は殺された王たちの鮮血にまみれている。このこのち新エルサレムはその騎士の新嫁《はなよめ》の備《そなえ》して天《てん》より降《くだ》り(13)、讃《ほ》むべき殉教者たちはおのおの座位《くらい》を与えられ(14)、一千年の間（ヨハネはエノク書などにある四十年ばかりのけちな期間で妥協させられようとはしなかった）すなわちミレニアム(15)の間、挙げられたる殉教者に援けられて羔羊がこの世を統治する。そして、もしこのミレニアムの間に殉教者たちが、アポカリプスにおける聖者ヨハネ(16)に倣って、おぞましくも血に渇し残忍無比の所業に耽るようなことが起れば、——テモテは復讐を叫んでいるではないか！——そのとき吾々のうちの誰かは、聖徒支配の千年期中に、こっぴどく痛めつけられることになるのだ。

しかしこれだけではまだ充分ではない。千年ののち万有は、大地も海も、日月星辰もことごとく掃蕩されねばならないのだ。初期クリスト教徒が世界の終末をこいねがっていたことは、もはや疑いえぬ事実である。彼等はいよいよ自分等の番としてまず手始めに壮大なる荒療治を望んだのであった。——テモテは復讐を叫んでいるではないか！——が、そのあとで、万有が、日輪も星辰もことごとくが払拭しつくされんことを求めて止まなかったのだ——そこでふたたび新しきまことの新エルサレムが前とおなじ相も変らぬ栄光の聖徒と殉教者をともなって出現し、その他のあらゆるものがこの世から消えうせねばならぬというわけだ。しかもそのうちに炎々と燃えさかる硫黄《いおう》の池《いけ》だけが残され、悪魔、悪霊、獣、悪人の群はそのただなかに投げこまれて、じりじりと炙られ未来永劫にわたって苦しみ悶えつづけるのである、心願如是《アアメン》！

こうして、この栄光に満ちた作品は、いや、正直のところ嘔吐を催させるようなこの作品は、ここについに終りを告げるのである。復讐とはエルサレムのユダヤ人にとって実に神聖なる義務であった。が、実際に吾々をうんざりさせるのはこの復讐よりも、むしろ彼等聖徒・殉教者のあくことなき自尊とそのあくことなき厚顔無恥であろう。「新しき白衣(17)」をまとえる彼等のなんと厭うべき姿であることか、そのしかつめらしい独善の支配たるやなんと胸くそ悪きものであることか！ またこの世のものは、鳥であれ花であれ、星であれ川であれ、いや**自分たち**とその讃むべき《救われたる》兄弟ども以外ことごとくの人をも抹殺して顧みず、事実ただそのことをのみ主張してやまぬ彼等の心事たるや、なんともかとも陋劣きわまるものではないか！ 花のついに萎むことなく、とわにおなじさまに咲きつづけるという(18)、その新エルサレムとはなんと気味のわるい世界であろうか！ 萎まぬ花なぞとは、何とおぞましくもブルジョア趣味的であろうか！

世界を打ち毀たんとするこの《不敬きわまる》クリスト教徒たちの欲望を眺めて、いかに異教徒たちが慄えあがったかは想像するに難くない。旧約の古代ユダヤの民とても、これを知ったらどんなに戦慄したことであろう。なぜなら、彼等にとってすら、大地や日輪や星の群は、オールマイティなる神の偉大なる創造になった永遠の存在であったのだ。しかるにそれどころか、彼等厚顔無恥なる殉教者たちは、それらことごとくが煙となって焰上し尽きるのを見物せねば胸がおさまらないというのである。

ああ、これこそは、このアポカリプスのクリスト教こそは、所詮、大衆中産階級のクリスト教にすぎぬ。正直にいって、嫌厭ただならぬものを感ずるのだ。みずから正しとする独善、自惚、自尊、秘められたる**羨望嫉視**、これらがこの書の底流をなしているものである。

イエスのころになると、最下層の連中も中流の俗人も、将来自分たちが王となることなど**決して**ありえぬことを、また戦車に乗って駆けまわったり、黄金の杯から葡萄酒を酌むことなど**決して**ありえぬことを、どうやら悟り始めたのであった。それならそれでよろしい――それらすべてを**打ち毀して**復讐を果そうではないか。そこで、「大《おほい》なるバビロンは倒《たふ》れたり、倒《たふ》れたり、かつ悪魔《あくま》の住家《すみか》となれり(19)」、というわけである。かくして、金、銀、真珠、宝石、細布、紫袍、絹、緋衣――また肉桂、乳香、小麦、獣、羊、馬、戦車を駆る奴隷、人の魂――これらことごとくが大《おおい》なるバビロンの街上に押し潰され、破壊され、剿滅されるのだ――この勝利の歌を縫って羨望が、はてしない嫉妬の声が小止みなく甲高いひびきを伝えるのが聴えてくるではないか!

いや、東方教会の神父たちがこのアポカリプスを新約のうちに入れたがらなかったことを、吾々は充分諒解しうるのである。が、使徒にユダがいたのとおなじ意味で、これが新約に編入されることもまた必然であったのだ。アポカリプスは、かの壮大なクリスト教的聖像にとっては、まさに粘土の脚――アキレス腱――である。そしてこの脚の脆弱の上にかの壮大な聖像は崩れ落ちる。

イエスが存在する——しかも一方にまた聖者ヨハネが存在する。クリスト教的愛が——そしてまたクリスト教的嫉視羨望が。前者はこの世を《救う》はずのものであった——が、後者はこの世界を破摧しつくさずば満足しないのだ。この二つは一つメダルの両面のごときものである。

23

実際の話、諸君が大衆に向っていかに個人の自我実現を教えようとこころみたところで、彼等は万事が語られ行われたのちにも、所詮は断片的な存在にすぎず、到底全き個人たることはできぬのであるから、畢竟、諸君のなしうることは、彼等を実に嫉妬深い、恨みがましい、妄執の鬼と化するに終るのである。由来、人間に対して優しいこころねを失わぬものは、かえってそのゆえに大多数の人々の断片性をおもい知らされる。そして、彼等が個人の全体性をついに獲得しえない以上、そこにあっては集団的な全体性の中へと自然にはまりこんでゆくような権力社会を整備しようと欲求するのがつねである。この集団的全体性のうちにおいてこそ多くの人々は生を全うしうるのだ。しかし、何人にせよ、もしその個人性実現をこころみようと努めるなら、きっとそこに躓きをみるにちがいない。いうまでもなく、彼等は性来ことごとく断片的な存在にすぎぬからである。それゆえ失敗者と化した彼等は、全体性をいずこに求めるすべもなく、嫉妬と妄執の鬼と化すのだ。すべて有《も》てる人《ひと》は、与《あた》えられて云々(1)、と言ったイエスは、この間の事情を充分知悉していたにちがいない。が、彼は凡俗の群を考慮に入れるのを忘れていはしなかったか、彼等の標語は、自分たちはなにももっていない、それゆえ誰ものをもってはならぬ、というのだ。

しかしイエスはクリスト教徒としての個人には理想を与えていた。にもかかわらず、国家になんらかの理想を与えることは故意に避けたのであった。「カイザルのものはカイザルに(2)」と叫んだとき、イエスは、その腹の底はどうともあれ、やむをえず人間の肉体の支配をカイザルの手に委ねた。だが、このことがやがて人間の精神と魂に危険を招いた。すでに紀元六〇年ごろには、クリスト教徒たちは呪われたる宗団を形づくっていたのである。そして他のすべての人たちとおなじように、彼等もまた犠牲を捧げることを、すなわち生けるカイザルに礼拝を致すことを強いられていた。いわば、イエスは、人間の肉体に対する権力をカイザルに許すことによって、同時に人々をして礼拝の行為を彼に捧げしめる強制力をも許したわけである。いま私は大いに疑問におもうのだが(3)、はたしてイエス自身がもし生きていたなら、かかる礼拝をネロやドミティアヌスに向って能くなしえたものであろうかどうか。いや、彼はむしろ死を選んだに相違ない。それこそまさに初期クリスト教殉教者の進んで求めた運命であった。それ、見たまえ、まず発端から巨怪なるディレンマが潜んでいるではないか。ローマの国家の支配下にあって、しかもクリスト教徒であることは実に死を意味した。皇帝崇拝に屈し、聖なる人カイザルを礼拝することは、クリスト教徒にとって不可能なことである。してみれば、パトモスのヨハネが、**あらゆる**クリスト者の殉教に遭う日を遠からぬ先に見たのになにも不思議はないのである。皇帝崇拝が国民の上に絶対の強制力として臨むときがあるとすれば、そんな日もかならず到来せずにはおかなかったであろう。そしてまた、**あらゆる**クリスト者が殉教に遭うとすれば、彼等にとってセカンド・アドヴェント以外に、復活以外に、いや、あの徹底的な復讐をほかにして、一体なにが期待できたというのか！　ちょうど救世主死後六十年、クリスト教社会の到来しうる条件が整備したわけである。

このことを不可避にしたものは、金銭はカイザルに属すると言ったイエスにほかならない。あきらかに過誤であった。銭はパンを意味する。人間のパンは誰のものでもない。銭はまた権力を意味する。それを事実上の敵に譲り渡すなどとは、途方もない怪事である。晩かれ早かれ、カイザルがクリスト教徒の魂に暴力を加えるべきは**必然**であった。だが、イエスの眼にはただ個人のみがあったのである。それ以外を彼は考慮に入れていなかった。

いきおい、それはパトモスのヨハネに委され、ここにヨハネはローマの国家に抗して起ち、クリスト教国というクリスト者的幻影を図式化したのである。それはアポカリプスにおいてなされた。それは、全世界の倒潰と、肉体なき究極の栄光につつまれた聖徒の統治とを必至のものとする。いやいや、あらゆる地上的権力の打倒と殉教者の寡頭政治（ミレニアム）とをこそ不可避の運命としたのであった。

この全地上的権力打倒に向って、いまや吾々は漸進しつつあるのだ。殉教者の寡頭政治はレニンに始った。そしてムッソリーニのごときは、明かにその殉教者である。またあきらかにほかにも不可思議きわまる殉教者の群がいる、彼等は気味の悪い冷酷な倫理に身をかためている。あらゆる国家にして、レニン、あるいはムッソリーニのごとき殉教者流の頭領に乗っとられたとき、なんと想像もできない不可思議きわまる世界が現出することであろうか！　だが、いまやそれが実現されようとしているのだ。アポカリプスは依然として誣術の書たる面目を失わぬ。

クリスト教の教義と思想とはいくつかの非常に重大な点を看過してきた。ただクリスト教的な夢のみがそれらを把持してきたのだ。

（1）この世に純粋な個人というものはなく、また何人といえども純粋に個人たりえない。大部分の人間は、もしありとしても、ごくかすかな個人性を所有しているにすぎぬ。彼等は単に集団的に生活行動し、集団的に思考感情を働かせているだけで、実際にはなんら個人的な情動も、感情も、思想ももちあわせていないのである。彼等は集団的乃至は社会的な意識の断片にほかならない。つねにそうであったし、また、今後もそれは変ることはないであろう。

(2)国家、もしくは一つの集団的完全体として社会と呼ばれているところのもの、これらはついに個人の心理をもちえない。したがってまた、国家が個人によって形成されると断ずるのはあきらかな誤謬である。決してそんなことはない。それは断片的存在の集合からなる。かくして、いかなる集団的行為も、それがたとえ投票のごとき私的な行為であるとしても、決して個人的自我から発せられはしないのだ。それは集団的自我からなされ、まったく別の、非個人的な心理的背景を担っているのである。

(3)国家は絶対にクリスト教的ではありえない。あらゆる国家はそれぞれ一つの権力である。それ以外ではありえないのだ。あらゆる国家はその国境を守り、その繁栄を保たねばならぬ。その点に欠くところがあるならば、それは国内の公民を一人一人裏切ることになるのだ。

(4)あらゆる公民は世上権力の一単位である。なるほど人は一個の人間として純粋なクリスト教徒たり、かつまた純粋な個人たることを冀求して一向さしつかえない。が、自分がいずれかの政治的国家の一員であらねばならぬ以上、やはり世上権力の一単位たる運命を免れえないのである。

(5) 公民として、集団的存在としては、人は己が権力意識を満足させることにおいて自己を充足させる。もし彼がいわゆる《支配的な国家》の一つに属しているならば、その魂は己が国の力、すなわち国力を意識することにおいて充たされる。ゆえに、自分の国が一種の教門政治(4)を成して、いわば貴族主義的に栄光と権力の頂点に登りゆくなら、彼もまたその組織のうちに、それに応じて己れの地位を保持して、それだけにますます自己充足を得るであろう。だが、これに反して、その国が強力ではあるが、民主主義的国家であるという場合、人は、他人がその欲することを行うのを不断に干渉し妨害することによって、自己の力を主張しようという妄念に憑かれ引きずり廻されざるをえない。そこにおいては何人も他の人以上にことをなすのを禁じられているからだ。かかる状態こそ、いわば不断の弱いものいじめが、近代民主主義国の実情なのである。

民主主義においては、弱いものいじめが権力にとってかわることはまさに必然なのだ。弱いものいじめとは権力の陰性的形式である。したがって、近代のクリスト教国こそは実に魂を腐蝕させる勢力といってさしつかえない。なぜならば、それは単に集団的全体として、なんら有機的な全体をなさぬ断片によって成立しているのだ。教門政治にあっては、この指が私にとって有機的生命的な部分をなしているように、各部門がやはり有機的であり、生命力をもっている。しかし民主主義国は最後には猥雑な存在と堕する運命を免れえない。それは相互になんの結合もない無数の断片から構成されていて、それらの断片はおのおの虚偽の全体性、虚偽の個人性を仮装しているのである。畢竟、近代の民主主義は、各自がそれぞれの全体性を主張してやまぬ無限の摩擦し合う部分からなっているのだ。

(6) ただ己れの個人的自我にのみ意を払い、その集団的自我を蔑視するところの個人のための理想をもつことは、永きにわたればかならず破綻を惹起する。また教門政治の現実性を否定する個性信仰を固執するならば、ついには世界は今以上の無政府状態に導かれるであろう。民主主義国の人間は結合と抵抗とに拠って、いいかえれば《愛情》の結合力と個人的《自由》の抵抗力によって生きているのである。愛情にまったく身を委ねきるならば、底の底まで絞りとられ、ついには個人の死を招来する。本来、個人はなんとしても己れの立場を堅持していかねばならないものだからだ。さもなければ《自由》も、独自性も失ってしまうであろう。かくして、吾々の時代はみずからなした証明に驚愕呆然たるものがあったが、とにかく吾々は知ったのだ、個人はついに愛することができぬという事実を。個人は愛することができない。これを現代の公理とするがいい。近代の男女は個人として以外に自分自身のことを考ええないのだ。ゆえに、彼等のうちにある個性は、ついにおなじく自分たちのうちの愛し手を殺さねばやまぬ宿命にある。というのは、自分の愛する対象を殺すというのではない。おのおのが自己の個性を主張することによって、自己のうちなる愛し手を殺すということなのだ。男も女もおなじである。クリスト教徒はついに愛しえない。愛はクリスト者的なもの、民主主義者、近代的なものを、要するに個人を殺してしまう。個人は愛することができない。個人がひとたび愛するならば、もはや彼は純粋な個人ではなくなってしまう。そこで彼はふたたび自己をとりもどし、かくして愛することをやめねばならないのだ。これこそ現代の教えるもっとも驚愕すべき教訓でなくしてなんであろう。個人、クリスト教徒、民主主義者は愛しえぬというのだ。いや、愛してみるがいい、そのとき人は一度さしだしたものをとりもどさねばならぬ、撤回せねばならぬのだ。

個人的な、身のまわりの愛情については、それくらいにしておく。次に、あの、己《おの》れのごとく汝《なんじ》の隣《となり》を愛《あい》せよ(5)という《カリタス》(6)式な愛はどうであろうか。

それもまた同じことである。諸君は諸君の隣人を愛する。が、たちまちにして相手に己れを絞りとられる危険に遭う。諸君は退いて、自己の拠点を死守せねばならない。愛は抵抗となる。やがて最後にはただ抵抗のみが残り、愛情は消滅する。これが民主主義の歴史である。

諸君にして個人の自我実現の側に賛成するならば、仏陀のように塵網を去って孤独になり、何人をも顧慮せぬがよい、そこで始めてニルヴァナ[7]に達しうるであろう。諸君の隣人を愛するというクリスト的方法は、最後には、あくまで諸君の隣人にあらがって生きねばならぬ忌わしい変則に諸君を導くのだ。

　奇妙な書たるアポカリプスはこのことをあきらかにしている。それはクリスト教徒と国家との関係を教えてくれるのだ。福音書や使徒書[8]のよくなしえなかったところである。クリスト教徒対国家、対世界、対コスモスの諸相が歴然と吾々の前に現れる。これらのものに対して狂気のような敵意を懐き、とどのつまりはそれらすべての破壊を意図せねばやまぬクリスト者の姿を彷彿させてあまりあるものがある。

　それはクリスト教、個人主義、民主主義の暗面であり、現在の世界が到るところ吾々の眼前に曝露している面である。しかもこれは結局、自殺にすぎないのだ。個人の自殺であり、また集団的な自殺でもある。もしもお望みなら、それはまたコスモスの自殺ともなろう。だが、コスモスは人間の勝手にはならぬ。太陽は吾々に義理立てして消滅したりはしないのだ。

　また吾々としても滅びたくはない。それなら、この虚偽の立場を放擲しなければならぬ。クリスト教徒、個人、民主主義者としての虚偽の立場をかなぐりすてようではないか。そして、現在のような苦悶と不幸のかわりに、平静と幸福を与えてくれるような自己の概念を見いだそうではないか。

アポカリプスは、吾々が不当にもあらがっているもののなんであるかを、明かにしてくれた。吾々は不自然にも已だコスモスとの結びつきに、いや世界、人類、国家、家族との結びつきに抵抗しているのである。これらとの結合が、このアポカリプスにあっては、ことごとくアナテマとなっている。それはまた吾々にもアナテマなのだ。吾々は総じて結びつきというものに堪えられないのだ。これこそ吾々の病弊でなくしてなんであろう。吾々は羈絆を絶ち切り、孤立しなければならぬ羽目にある。そういうことを吾々は自由と称し、独自性と呼んできた。だが、それは、ある点を越えれば——その一点に吾々はすでに達しているのだ——ついに自殺となる。ひょっとしたら吾々は自殺の道を選んでしまったのかもしれぬ。それもよかろう。アポカリプスもまた自殺を選んだ、そしてそれにひきつづく自尊の歌を。

だが一面、アポカリプスはほかならぬその抵抗の姿勢において、人間のこころがひそかに憧憬してやまぬものをも露呈している。日や星、世界、王、統治者、あるいは緋衣、紫袍、肉桂、はては《印《いん》せ》られざる人ことごとくを打摧くあの狂熱を見れば、アポカリプティストが心中いかに深く、日、星、地、地の水を欲していたか、また高貴と主権と力を、緋色と金色の光輝を憧れていたか、そして印するのなんのという煩事から離れて、情熱的な愛と、他人との正しい結合とを慕い求めていたか、すべては明瞭であろう。人間が最も激しく冀求するものは、その生ける完全性であり、生ける連帯性であって、己が《魂》の孤立した救いというがごときものでは決してない。人間はまず第一に他のなにごとよりも己れの肉体的充足を求める。すくなくとも、このいまは、一回、たった一回かぎり、彼は肉の衣をまとい、生殖力をもつことを許されているのではないか。人間にとって大いなる驚異は生きているということである。花や獣や鳥と同様、人間にとっても至高の誇りはもっとも生々として、もっとも完全に生きているということである。生れざるもの、死せるものがなにを知っていようと、肉のうちに生きていることの美しさ、及びその驚異だけは知る由もないのだ。死者は後生を司ることはできよう。が、只今この世に肉のうちなる生命の壮大を享楽することは吾々のもの、ついに吾々ひとりのものであり、しかもそれとて、しばしがときのまゆるされているのである。吾々は生きて肉のうちにあり、また生々たる実体をもったコスモスの一部であるという歓喜に陶酔すべきではなかろうか。眼が私の体の一部であるように、私もまた日輪の一部である。私が大地の一部であることは、私の脚がよく知っている。そして私の血はまた海の一部である。私の魂は私が全人類の一部であることを知っている。また私の魂も大いなる全人類の魂の有機的な一部であり、おなじように私の精神は私の国民の一部なのだ。私そのものとしては、私は私の家族の一部である。

私のうちにあって、理智以外に孤立自存せるものはなにもないのだ。そして、この理智なるものも、それ自身によって存在するものではなく、まさに水のうえの陽光のきらめきにほかならぬことを、やがて人はおもい知るであろう。

このようにして、私の個人主義とは所詮一場の迷夢に終る。私は大いなる全体の一部であって、そこから逃れることなど絶対にできないのだ。だが、その結合を否定し、断ち切り、そして断片となることはできる。が、そのとき私の存在はまったく惨めなものと化し去るのだ。

吾々の欲することは、虚偽の非有機的な結合を、殊に金銭と相つらなる結合を打毀し、コスモス、日輪、大地との結合、人類、国民、家族との生きた有機的な結合をふたたびこの世に打樹てることにある。まず日輪と共に始めよ、そうすればほかのことは徐々に、徐々に継起してくるであろう。

附録　ヨハネ黙示録

第一章

一これイエス・キリストの黙示《もくし》なり。即ち、かならず速かに起るべき事を、その僕《しもべ》どもに
顕させんとて、神の彼に与へしものなるを、彼その使を僕ヨハネに遣して示し給へるなり。
二ヨハネは神の言《ことば》とイエス・キリストの証《あかし》とに就きて、その見しところを悉《ことご》とく証《あかし》せり。三此
の預言の言を読む者と之を聴きて其の中《なか》に録《しる》されたることを守る者等《ものども》とは幸福《さいはひ》なり、時近
ければなり。
四ヨハネ書《ふみ》をアジヤに在る七つの教会に贈る。願くは今在《いまいま》し、昔在《むかしいま》し、後《のち》来りたまふ者お
よび其の御座《みくら》の前にある七つの霊、五また忠実なる証人、死人の中《うち》より最先《いやさき》に生れ給ひしも
の、地の諸王の君なるイエス・キリストより賜ふ恩恵《めぐみ》と平安と汝らに在らんことを。願く
は我らを愛し、その血をもて我らを罪より解放《ときはな》ち、六われらを其の父なる神のために国民と
なし祭司となし給へる者に、世々限りなく栄光と権力《ちから》とあらんことを、アァメン。七視よ、
彼は雲の中《うち》にありて来りたまふ。諸衆《もろもろ》の目、殊に彼を刺したる者これを見ん、かつ地上の
諸族みな彼の故に歎かん、然り、アァメン。

八 今いまし、昔いまし、後きたり給ふ主《しゅ》なる全能の神いひ給ふ『我はアルパなり、オメガ
なり』
九 汝らの兄弟にして汝らと共にイエスの艱難《なやみ》と国と忍耐とに与《あづか》る我ヨハネ、神の言《ことば》とイエ
一〇 スの証《あかし》との為にパトモスといふ島に在りき。われ主日《しゅじつ》に御霊《みたま》に感じゐたるに、我が後《うしろ》にラ
一一 ッパのごとき大《おほい》なる声を聞けり。曰く『なんぢの見る所のことを書《ふみ》に録《しる》して、エペソ、ス
ミルナ、ペルガモ、テアテラ、サルデス、ヒラデルヒヤ、ラオデキヤに在る七つの教会に
一二 一三 贈れ』われ振反《ふりかへ》りて我に語る声を見んとし、振反り見れば七つの金の燈台あり。また燈台
一四 の間に人の子のごとき者ありて、足まで垂る衣を著《き》、胸に金の帯を束《つか》ね、その頭《かしら》と頭髪《かみのけ》
一五 とは白き毛のごとく雪のごとく白く、その目は焔《ほのほ》のごとく、その足は炉にて焼きたる輝け
一六 る真鍮のごとく、その声は衆《おほく》の水の声のごとし。その右の手に七つの星を持ち、その口よ
一七 り両刃《もろは》の利《と》き剣《つるぎ》いで、その顔は烈しく照る日のごとし。我これを見しとき其の足下《あしもと》に倒れ
て死にたる者の如くなれり。彼その右の手を我に按《お》きて言ひたまふ『懼《おそ》るな、我は最先《いやさき》な
一八 り、最後《いやはて》なり、活ける者なり、われ曾て死にたりしが、視よ、世々限りなく生く。また死
一九 と陰府《よみ》との鍵を有《も》てり。されば汝が見しことと、今あることと、後に成らんとする事とを
二〇 録せ、即ち汝が見しところの我が右の手にある七つの星と七つの金の燈台との奥義なり。
七つの星は七つの教会の使にして、七つの燈台は七つの教会なり。

第二章

一エペソに在る教会の使に書きおくれ。
「右の手に七つの星を持つ者、七つの金の燈台の間に歩むもの斯く言ふ、二われ汝の行為《おこなひ》と
労と忍耐とを知る。また汝が悪しき者を忍び得ざることと、自ら使徒と称《とな》へて使徒にあら
ぬ者どもを試みて、その虚偽《いつはり》なるを見あらはししことを知る。三なんぢは忍耐を保ち、我
が名のために忍びて倦《う》まざりき。四然《さ》れど我なんぢに責むべき所あり、なんぢは初《はじめ》の愛を離
れたり。五然れば、なんぢ何処《いづこ》より堕《お》ちしかを思へ、悔改めて初の行為《おこなひ》をなせ、然らずして
若し悔改めずば、我なんぢに到り、汝の燈台をその処より取除かん。六然れど汝に取るべき
所あり、汝はニコライ宗の行為《おこなひ》を憎む、我も之を憎むなり。七耳ある者は御霊の諸教会に言
ひ給ふことを聴くべし、勝《かち》を得る者には、われ神のパラダイスに在る生命《いのち》の樹《き》の実を食《くら》ふ
ことを許さん」
八スミルナに在る教会の使に書きおくれ。
「最先《いやさき》にして最後《いやはて》なる者、死人となりて復《また》生きし者、かく言ふ、九われ汝の艱難《なやみ》と貧窮《まづしき》とを
知る――されど汝は富める者なり。我また自らユダヤ人《びと》と称へてユダヤ人にあらず、サタ
ンの会に属《つ》く者より汝が譏《そしり》を受くるを知る。一〇なんぢ受けんとする苦難《くるしみ》を懼るな、視よ、悪

魔なんぢらを試みんとて、汝らの中《うち》の或者を獄《ひとや》に入れんとす。汝ら十日のあひだ患難《なやみ》を受
けん、なんぢ死に至るまで忠実なれ、然《さ》らば我なんぢに生命《いのち》の冠冕《かんむり》を与へん。
一一耳ある者は
御霊の諸教会に言ひ給ふことを聴くべし。勝を得るものは第二の死に害はるることなし」
一二ペルガモに在る教会の使に書きおくれ。
「両刃の利き剣を持つもの斯く言ふ、
一三われ汝の住むところを知る、彼処《かしこ》にはサタンの座位《くらゐ》
あり、汝わが名を保ち、わが忠実なる証人アンテパスが、汝等のうち即ちサタンの住む所
にて殺されし時も、なほ我を信ずる信仰を棄てざりき。
一四然れど我なんぢに責むべき一二の
事あり、汝の中にバラムの教を保つ者どももあり、バラムはバラクに教へ、彼をしてイス
ラエルの子孫の前に躓物《つまづき》を置かしめ、偶像に献げし物を食《くら》はせ、かつ淫行をなさしめた
り。
一五斯《かく》のごとく汝らの中にもニコライ宗の教を保つ者あり。
一六されば悔改めよ、然らずば我
すみやかに汝に到り、わが口の剣にて彼らと戦はん。
一七耳ある者は御霊の諸教会に言ひ給ふ
ことを聴くべし、勝を得る者には我かくれたるマナを与へん、また受くる者の外《ほか》、たれも
知らざる新しき名を録《しる》したる白き石を与へん」
一八テアテラに在る教会の使に書きおくれ。
「目は焔《ほのほ》のごとく、足は輝ける真鍮の如くなる神の子、かく言ふ、
一九われ汝の行為《おこなひ》および汝
の愛と信仰と職《つとめ》と忍耐とを知る、又なんぢの初の行為《おこなひ》よりは後の行為《おこなひ》の多きことを知る。

二〇 されど我なんぢに責むべき所あり、汝はかの自ら預言者と称へて我が僕を教へ惑《まどは》し、淫行
をなさしめ、偶像に献げし物を食はしむる女イゼベルを容れおけり。二一 我かれに悔改むる機《をり》
を与ふれど、その淫行を悔改むることを欲せず。二二 視よ、我かれを牀《とこ》に投げ入れん、又かれ
と共に姦淫を行ふ者も、その行為《おこなひ》を悔改めずば、大《おほい》なる患難《なやみ》に投げ入れん。二三 又かれの子供
を打ち殺さん、斯てもろもろの教会は、わが人の腎《むらと》と心とを究むる者なるを知るべし、我
は汝等おのおのの行為《おこなひ》に随ひて報いん。二四 我この他《ほか》のテアテラの人にして未だかの教を受け
ず、所謂サタンの深きところを知らぬ汝らに斯くいふ、我ほかの重《おもき》を汝らに負はせじ。
二五 ただ汝等はその有つところを我が到らん時まで保て。二六 勝を得て終《をはり》に至るまで我が命ぜしこ
とを守る者には、諸国の民を治むる権威を与へん。二七 彼は鉄の杖をもて之を治め、土の器を
砕くが如くならん、我が父より我が受けたる権威のごとし。二八 我また彼に曙《あけ》の明星を与へん。
二九 耳ある者は御霊の諸教会に言ひ給ふことを聴くべし」

第三章

一 サルデスに在る教会の使に書きおくれ。
「神の七つの霊と七つの星とを持つ者かく言ふ、われ汝の行為《おこなひ》を知る、汝は生くる名あれ
ど死にたる者なり。二 なんぢ目を覚《さま》し、殆んど死なんとする残《のこり》のものを堅うせよ、我なんぢ

の行為《おこなひ》のわが神の前に全からぬを見とめたり。三然れば汝の如何に受けしか、如何に聴きし
かを思ひいで、之を守りて悔改めよ、もし目を覚さずば盗人のごとく我きたらん、汝わが
何《いつ》れの時きたるかを知らざるべし。四然れどサルデスにて衣を汚《けが》さぬもの数名《すめい》あり、彼らは
白き衣を著て我とともに歩まん、斯くするに相応《ふさは》しき者なればなり。五勝を得る者は斯のご
とく白き衣を著せられん、我その名を生命《いのち》の書《ふみ》より消し落さず、我が父のまへと御使の前
とにてその名を言ひあらはさん。六耳ある者は御霊の諸教会に言ひ給ふことを聴くべし」
七ヒラデルヒヤにある教会の使に書きおくれ。
「聖なるもの真《まこと》なる者、ダビデの鍵を持ちて、開けば閉づる者なく、閉づれば開く者なき
者かく言ふ、八われ汝の行為《おこなひ》を知る、視よ、我なんぢの前に開けたる門を置く、これを閉ぢ
得る者なし。汝すこしの力ありて我が言《ことば》を守り、我が名を否《いな》まざりき。九視よ、我サタンの
会、すなはち自らユダヤ人と称へてユダヤ人にあらず、ただ虚偽《いつはり》をいふ者の中《うち》より、或者
をして汝の足下《あしもと》に来り拝せしめ、わが汝を愛せしことを知らしめん。一〇汝わが忍耐の言を守
りし故に、我なんぢを守りて、地に住む者どもを試むるために全世界に来らんとする試錬《こころみ》
のときに免れしめん。一一われ速かに来らん、汝の有つものを守りて、汝の冠冕《かんむり》を人に奪はれ
ざれ。一二われ勝を得る者を我が神の聖所の柱とせん、彼は再び外に出でざるべし、又かれの
上に、わが神の名および我が神の都、すなはち天より我が神より降《くだ》る新しきエルサレムの

名と、我が新しき名とを書き記さん。一三 耳ある者は御霊の諸教会に言ひ給ふことを聴くべ
し」
一四 ラオデキヤに在る教会の使に書きおくれ。
「アアメンたる者、忠実《まこと》なる真なる証人、神の造り給ふものの本源たる者かく言ふ、一五 われ
汝の行為《おこなひ》を知る、なんぢは冷かにもあらず熱きにもあらず、我は寧《むし》ろ汝が冷かならんか、
熱からんかを願ふ。一六 かく熱きにもあらず、冷かにもあらず、ただ微温《ぬるき》が故に、我なんぢを
我が口より吐出《はきいだ》さん。一七 なんぢ、我は富めり、豊なり、乏《とも》しき所なしと言ひて、己が悩める
者・憐むべき者・貧しき者・盲目《めしひ》なる者・裸なる者たるを知らざれば、一八 我なんぢに勧む、
なんぢ我より火にて煉りたる金を買ひて富め、白き衣を買ひて身に纏《まと》ひ、なんぢの裸体《はだか》の
恥を露《あらは》さざれ、眼薬を買ひて汝の目に塗り、見ることを得よ。一九 凡てわが愛する者は、我こ
れを戒め、之を懲す。この故に、なんぢ励みて悔改めよ。二〇 視よ、われ戸の外に立ちて叩く、
人もし我が声を聞きて戸を開かば、我その内に入《い》りて彼とともに食し、彼もまた我ととも
に食せん。二一 勝を得る者には我とともに我が座位《くらゐ》に坐することを許さん、我の勝を得しとき、
我が父とともに其の御座《みくら》に坐したるが如し。二二 耳ある者は御霊の諸教会に言ひ給ふことを聴
くべし』

第四章

一この後われ見しに、視よ、天に開けたる門あり。初に我に語るを聞きしラッパのごとき
声いふ『ここに登れ、我この後おこるべき事を汝に示さん』二直ちに、われ御霊に感ぜしが、
視よ、天に御座《みくら》設けあり。三その御座に坐したまふ者あり、その坐し給ふものの状《さま》は碧玉・
赤瑪瑙のごとく、かつ御座の周囲《まはり》には緑玉のごとき虹ありき。四また御座のまはりに二十四
の座位《くらゐ》ありて、二十四人の長老、白き衣を纏ひ、首《かうべ》に金の冠冕《かんむり》を戴きて、その座位に坐せ
り。五御座より数多《あまた》の電光《いなづま》と声と雷霆《いかづち》と出づ。また御座の前に燃えたる七つの燈火《ともしび》あり、こ
れ神の七つの霊なり。六御座のまへに水晶に似たる玻璃《はり》の海あり。御座の中央と御座の周囲
とに四《よ》つの活物《いきもの》ありて、前も後も数々の目にて満ちたり。七第一の活物は獅子のごとく、第
二の活物は牛のごとく、第三の活物は面《かほ》のかたち人のごとく、第四の活物は飛ぶ鷲のごと
し。八この四つの活物おのおの六つの翼あり、翼の内も外も数々の目にて満ちたり、日《ひる》も夜
も絶間なく言ふ『聖なるかな、聖なるかな、聖なるかな、昔在《いま》し、今在し、後来りたまふ
主たる全能の神』九この活物ら御座に坐し、世々限りなく活きたまふ者に栄光と尊崇《たふとき》とを帰
し、感謝する時、一〇二十四人の長老、御座に坐したまふ者のまへに伏し、世々限りなく活き
たまふ者を拝し、おのれの冠冕《かんむり》を御座のまへに投出《なげいだ》して言ふ、一一『我らの主なる神よ、栄光
と尊崇《たふとき》と能力《ちから》とを受け給ふは宜《うべ》なり。汝は万物《ばんもつ》を造りたまひ、万物は御意《みこゝろ》によりて存し、

かつ造られたり』

第五章

一我また御座《みくら》に坐し給ふ者の右の手に、巻物のあるを見たり。その裏表《うらおもて》に文字あり、七つ
の印《いん》をもて封ぜらる。
二また大声に『巻物を開きてその封印を解くに相応しき者は誰《たれ》ぞ』と
呼はる強き御使を見たり。
三然るに天にも地にも、地の下にも、巻物を開きて之を見得る者
なかりき。
四巻物を開き、これを見るに相応しき者の見えざりしに因りて、我いたく泣きゐ
たりしに、
五長老の一人われに言ふ『泣くな、視よ、ユダの族《やから》の獅子・ダビデの萌蘖《ひこばえ》、すで
に勝を得て巻物とその七つの封印とを開き得るなり』
六我また御座および四つの活物と長老
たちとの間に、屠《ほふ》られたるが如き羔羊《こひつじ》の立てるを見たり、之に七つの角と七つの目とあり、
この目は全世界に遣されたる神の七つの霊なり。
七かれ来りて御座に坐したまふ者の右の手
より巻物を受けたり。
八巻物を受けたるとき、四つの活物および二十四人の長老、おのおの
立琴と香の満ちたる金の鉢とをもちて、羔羊《こひつじ》の前に平伏《ひれふ》せり、此の香は聖徒の祈禱《いのり》なり。
九斯て新しき歌を謳ひて言ふ『なんぢは巻物を受け、その封印を解くに相応しきなり、
一〇汝は
屠られ、その血をもて諸種《もろもろ》の族《やから》・国語《くにことば》・民・国の中《うち》より人々を神のために買ひ、之を我ら
の神のために国民となし、祭司となし給へばなり。彼らは地の上に王となるべし』

一一我また見しに、御座と活物と長老たちとの周囲《まはり》にをる多くの御使の声を聞けり。その数
千々万々にして、一二大声にいふ『屠られ給ひし羔羊こそ、能力《ちから》と富と智慧と勢威《いきほひ》と尊崇《たふとき》と栄
光と讃美とを受くるに相応しけれ』一三我また天に、地に、地の下に、海にある万《よろづ》の造られた
る物、また凡てその中《うち》にある物の云へるを聞けり。曰く『願くは御座に坐し給ふものと羔
羊とに、讃美と尊崇《たふとき》と栄光と権力《ちから》と世々限りなくあらん事を』一四四つの活物はアァメンと言
ひ、長老たちは平伏《ひれふ》して拝せり。

第六章

一羔羊《こひつじ》その七つの封印の一つを解き給ひし時、われ見しに、四つの活物の一つが雷霆《いかづち》のご
とき声して『来れ』と言ふを聞けり。二また見しに、視よ、白き馬あり、之に乗るもの弓を
持ち、かつ冠冕《かんむり》を与へられ、勝《か》ちて復勝《またか》たんとて出でゆけり。
三第二の封印を解き給ひたれば、第二の活物の『来れ』と言ふを聞けり。四斯て赤き馬いで
来り、これに乗るもの、地より平和を奪ひ取ることと、人をして互に殺さしむる事とを許
され、また大《おほい》なる剣を与へられたり。
五第三の封印を解き給ひたれば、第三の活物の『来れ』と言ふを聞けり。われ見しに、視
よ、黒き馬あり、之に乗るもの手に権衡《はかり》を持てり。六斯て、われ四つの活物の間より出づる

ごとき声を聞けり。曰く『小麦五合は一デナリ、大麦一升五合は一デナリなり、油と葡萄
酒とを害ふな』
七第四の封印を解き給ひたれば、第四の活物の『来れ』と言ふを聞けり。八われ見しに、視
よ、青ざめたる馬あり、之に乗る者の名を死といひ、陰府《よみ》これに随ふ、かれらは地の四分
の一を支配し、剣と饑饉と死と地の獣《けもの》とをもて、人を殺すことを許されたり。
九第五の封印を解き給ひたれば、曾つて神の言《ことば》のため、又その立てし証《あかし》のために殺されし
者の霊魂《たましひ》の祭壇の下《もと》に在るを見たり。一〇彼ら大声に呼はりて言ふ『聖にして真《まこと》なる主よ、何《い》
時《つ》まで審《さば》かずして地に住む者に我らの血の復讐をなし給はぬか』一一爰におのおの白き衣を与
へられ、かつ己等《おのれら》のごとく殺されんとする同じ僕《しもべ》たる者と兄弟との数の満つるまで、なほ
暫く安んじて待つべきを言聞《いひき》けられたり。
一二第六の封印を解き給ひし時、われ見しに、大《おほい》なる地震ありて、日は荒き毛布《けぬの》のごとく黒
く、月は全面血の如くなり、一三天の星は無花果の樹の大風に揺られて生後《なりおくれ》の果《み》の落つるごと
く地におち、一四天は巻物を捲くごとく去りゆき、山と島とは悉《ことご》くその処を移されたり。
一五地の王たち・大臣・将校・富める者・強き者・奴隷・自主《じしゅ》の人みな洞《ほら》と山の巌間《いはま》に匿《かく》れ、
一六山と巌とに対《むか》ひて言ふ『請ふ我らの上に墜ちて、御座《みくら》に坐したまふ者の御顔より、羔羊《こひつじ》の
怒より、我らを隠せ。一七そは御怒《みいかり》の大《おほい》なる日既に来ればなり。誰か立つことを得ん』

第七章

一 この後、われ四人の御使の地の四隅《よすみ》に立つを見たり、彼らは地の四方の風を引止めて、
地にも海にも諸種《もろもろ》の樹にも風を吹かせざりき。二 また他《ほか》の一人の御使の、いける神の印《いん》を持
ちて日の出づる方《かた》より登るを見たり、かれ地と海とを害ふ権を与へられたる四人の御使に
むかひ、大声に呼はりて言ふ 三『われらが我らの神の僕の額に印《いん》するまでは、地をも海をも
樹をも害ふな』四 われ印せられたる者の数を聴きしに、イスラエルの子等のもろもろの族《やから》の
中《うち》にて、印せられたるもの合せて十四《じふし》万四《し》千あり。五 ユダの族の中にて一万二千印せられ、
ルベンの族の中にて一万二千、ガドの族の中にて一万二千、六 アセルの族の中にて一万二千、
ナフタリの族の中にて一万二千、マナセの族の中にて一万二千、七 シメオンの族の中にて一
万二千、レビの族の中にて一万二千、イサカルの族の中にて一万二千、八 ゼブルンの族の中
にて一万二千、ヨセフの族の中にて一万二千、ベニヤミンの族の中にて一万二千印せられ
たり。九 この後われ見しに、視よ、もろもろの国・族・民・国語《くにことば》の中より、誰も数へつくす
こと能はぬ大《おほい》なる群衆《ぐんじゆう》、しろき衣を纏ひて手に棕梠《しゆろ》の葉をもち、御座《みくら》と羔羊《こひつじ》との前に立ち、
一〇 大声に呼はりて言ふ『救は御座に坐したまふ我らの神と羔羊とにこそ在れ』一一 御使みな御座
および長老たちと四つの活物との周囲《まはり》に立ちて、御座の前に平伏《ひれふ》し神を拝して言ふ、

一二『アアメン、讃美・栄光・智慧・感謝・尊貴《たふとき》・能力《ちから》・勢威《いきほひ》、世々限りなく我らの神にあれ、
アアメン』一三長老たちの一人われに向ひて言ふ『この白き衣を著たるは如何なる者にして何
処より来りしか』一四我いふ『わが主よ、なんぢ知れり』かれ言ふ『かれらは大なる患難《なやみ》より
出できたり、羔羊の血に己が衣を洗ひて白くしたる者なり。一五この故に神の御座の前にあり
て昼も夜もその聖所にて神に事《つか》ふ。御座に坐したまふ者は彼らの上に幕屋《まくや》を張り給ふべし。
一六彼らは重ねて飢ゑず、重ねて渇かず、日も熱も彼らを侵すことなし。一七御座の前にいます羔
羊は、彼らを牧して生命《いのち》の水の泉にみちびき、神は彼らの目より凡ての涙を拭ひ給ふべけ
ればなり』

第八章

一第七の封印を解き給ひたれば、凡《おほよ》そ半時のあひだ天静かなりき。二われ神の前に立てる七
人の御使を見たり、彼らは七つのラッパを与へられたり。
三また他《ほか》の一人の御使、金の香炉を持ちきたりて祭壇の前に立ち、多くの香を与へられた
り。これは凡ての聖徒の祈に加へて御座《みくら》の前なる金の香壇の上に献げんためなり。四而して
香の煙、御使の手より聖徒たちの祈とともに神の前に上《のぼ》れり。五御使その香炉をとり之に祭
壇の火を盛りて地に投げたれば、数多《あまた》の雷霆《いかづち》と声と電光《いなづま》と、また地震おこれり。

六 ここに七つのラッパをもてる七人の御使これを吹く備《そなへ》をなせり。
七 第一の御使ラッパを吹きしに、血の混りたる雹《へう》と火とありて、地にふりくだり、地の三
分の一焼け失せ、樹の三分の一焼け失せ、もろもろの青草焼け失せたり。
八 第二の御使ラッパを吹きしに、火にて燃ゆる大《おほい》なる山の如きもの海に投げ入れられ、海
の三分の一血に変じ、九 海の中の造られたる生命《いのち》あるものの三分の一死に、船の三分の一滅
びたり。
一〇 第三の御使ラッパを吹きしに、燈火《ともしび》のごとく燃ゆる大なる星天より隕《お》ちきたり、川の三
分の一と水の源泉《みなもと》との上におちたり。一一 この星の名は苦艾《にがよもぎ》といふ。水の三分の一は苦艾とな
り、水の苦くなりしに因りて多くの人死にたり。
一二 第四の御使ラッパを吹きしに、日の三分の一と月の三分の一と星の三分の一と撃たれて、
その三分の一は暗くなり、昼も三分の一は光なく、夜も亦おなじ。
一三 また見しに、一つの鷲の中空《なかぞら》を飛び、大なる声して言ふを聞けり。曰く『地に住める者
どもは禍害《わざはひ》なるかな、禍害なるかな、禍害なるかな、尚ほかに三人の御使の吹かんとする
ラッパの声あるに因りてなり』

第九章

一第五の御使ラッパを吹きしに、われ一つの星の天より地に隕ちたるを見たり。この星は
底なき坑《あな》の鍵を与へられたり。二斯て底なき坑を開きたれば、大《おほい》なる炉の煙のごとき煙、坑
より立ちのぼり、日も空も坑の煙にて暗くなれり。三煙の中《うち》より蝗《いなご》地上に出でて、地の蝎《さそり》の
もてる力のごとき力を与へられ、四地の草、すべての青きもの又すべての樹を害ふことなく、
ただ額に神の印《いん》なき人をのみ害ふことを命ぜられたり。五然れど彼らを殺すことを許されず、
五月《いつつき》のあひだ苦しむることを許さる、その苦痛《くるしみ》は蝎に刺されたる苦痛のごとし。六このとき
人々、死を求むとも見出さず、死なんと欲すとも死は逃げ去るべし。七かの蝗の形は戦争《いくさ》の
為に具へたる馬のごとく、頭《かしら》には金に似たる冠冕《かんむり》の如きものあり、顔は人の顔のごとく、
八之に女の頭髪《かみのけ》のごとき頭髪あり、歯は獅子の歯のごとし。九また鉄の胸当《むねあて》のごとき胸当あり、
一〇その翼の音は軍車《いくさぐるま》の轟くごとく、多くの馬の戦闘《たゝかひ》に馳せゆくが如し。また蝎のごとき尾あ
りて之に刺《はり》あり、この尾に五月《いつつき》のあひだ人を害ふ力あり。一一この蝗に王あり。底なき所の使
にして名をヘブル語にてアバドンと云ひ、ギリシヤ語にてアポルオンと云ふ。
一二第一の禍害《わざはひ》すぎ去れり、視よ、此の後なほ二つの禍害きたらん。
一三第六の御使ラッパを吹きしに、神の前なる金の香壇の四つの角《つの》より声ありて、一四ラッパを
持てる第六の御使に『大なるユウフラテ川の辺《ほとり》に繋《つな》がれをる四人の御使を解き放て』と言
ふを聞けり。一五斯てその時、その日、その月、その年に至りて、人の三分の一を殺さん為に

備へられたる四人の御使は、解き放たれたり。一六騎兵の数は二億なり、我その数を聞けり。
一七われ幻影《まぼろし》にてその馬と之に乗る者とを見しに、彼らは火・煙・硫黄《いわう》の色したる胸当を著く。
馬の頭は獅子の頭のごとくにて、その口よりは火と煙と硫黄と出づ。一八この三つの苦痛《くるしみ》、す
なはち其の口より出づる火と煙と硫黄とに因りて人の三分の一殺されたり。一九馬の力はその
口とその尾とにあり、その尾は蛇の如くにして頭あり、之をもて人を害ふなり。二〇これらの
苦痛にて殺されざりし残の人々は、おのが手の業《わざ》を悔改めずして、なほ悪鬼を拝し、見る
こと、聞くこと、歩むこと能はぬ金・銀・銅・石・木の偶像を拝せり。二一又その殺人《ひとごろし》・呪《まじ》
術《わざ》・淫行・窃盗《ぬすみ》を悔改めざりき。

第十章

一我また一人の強き御使の雲を著《き》て天より降るを見たり。その頭《かしら》の上に虹あり、その顔は
日の如く、その足は火の柱のごとし。二その手には展《ひら》きたる小《ちひさ》き巻物をもち、右の足を海の
上におき、左の足を地の上におき、三獅子の吼ゆる如く大声に呼はれり、呼はりたるとき七
つの雷霆《いかづち》おのおの声を出《いだ》せり。四七つの雷霆《いかづち》の語りし時、われ書き記さんとせしに、天より
声ありて『七つの雷霆《いかづち》の語りしことは封じて書き記すな』といふを聞けり。五斯て我が見し
ところの海と地とに跨り立てる御使は、天にむかひて右の手を挙げ、六天および其の中《なか》に在

るもの、地および其の中にあるもの、海および其の中にある物を造り給ひし世々限りなく
生きたまふ者を指し、誓ひて言ふ『この後、時は延ぶることなし。七第七の御使の吹かんと
するラッパの声の出づる時に至りて、神の僕《しもべ》なる預言者たちに示し給ひし如く、その奥義《おくぎ》
は成就せらるべし』八斯て我が前《さき》に天より聞きし声のまた我に語りて『なんぢ往きて海と地
とに跨り立てる御使の手にある展きたる巻物を取れ』と言ふを聞けり。九われ御使のもとに
往きて小き巻物を我に与へんことを請ひたれば、彼いふ『これを取りて食《くら》ひ尽せ、さらば
汝の腹苦くならん、然《さ》れど其の口には蜜のごとく甘からん』一〇われ御使の手より小き巻物を
とりて食ひ尽したれば、口には蜜のごとく甘かりしが、食ひし後わが腹は苦くなれり。
一一また或者われに言ふ『なんぢ再び多くの民・国・国語《くにことば》・王たちに就きて預言すべし』

第十一章

一爰に、われ杖のごとき間竿《けんざを》を与へられたり、斯て或者いふ『立ちて神の聖所と香壇と其
処に拝する者どもを度《はか》れ、二聖所の外の庭は差措《さしお》きて度るな、これは異邦人に委ねられた
り、彼らは四十二个《か》月のあひだ聖なる都を蹂躪《ふみにじ》らん。三我わが二人の証人に権を与へん、彼
らは荒布《あらぬの》を著て千二百六十日のあひだ預言すべし。四彼らは地の主《しゅ》の御前《みまへ》に立てる二つのオ
リブの樹、二つの燈台なり。五もし彼らを害はんとする者あらば、火その口より出でてその

敵を焚《や》き尽さん。もし彼らを害はんとする者あらば、必ず斯のごとく殺さるべし。六彼らは
預言するあひだ雨を降らせぬやうに天を閉づる権力《ちから》あり、また水を血に変らせ、思ふまま
に幾度《いくたび》にても諸種《もろもろ》の苦難《くるしみ》をもて地を撃つ権力《ちから》あり。七彼等がその証《あかし》を終へんとき底なき所よ
り上《のぼ》る獣ありて之と戦闘《たゝかひ》をなし、勝ちて之を殺さん。八その屍体《しかばね》は大《おほい》なる都の衢《ちまた》に遺《のこ》らん。
この都を譬へてソドムと云ひ、エジプトと云ふ、即ち彼らの主もまた十字架に釘《つ》けられ給
ひし所なり。九もろもろの民・族《やから》・国語《くにことば》・国のもの、三日半の間その屍体《しかばね》を見、かつ其の屍
体を墓に葬ることを許さざるべし。一〇地に住む者どもは彼らに就きて喜び楽しみ互に礼物《れいもつ》を
贈らん、此の二人の預言者は地に住む者を苦しめたればなり』一一三日半ののち生命《いのち》の息、神
より出でて彼らに入《い》り、かれら足にて起ちたれば、之を見るもの大に懼れたり。一二天より大
なる声して『ここに昇れ』と言ふを彼ら聞きたれば、雲に乗りて天に昇れり、その敵も之
を見たり。一三このとき大なる地震ありて都の十分の一は倒れ、地震のために死にしもの七千
人にして、遺れる者は懼をいだき、天の神に栄光を帰したり。
一四第二の禍害《わざはひ》すぎ去れり、視よ、第三の禍害すみやかに来《きた》るなり。
一五第七の御使ラッパを吹きしに、天に数多《あまた》の大なる声ありて『この世の国は我らの主およ
び其のキリストの国となれり。彼は世々限りなく王たらん』と言ふ。一六かくて神の前にて
座位《くらゐ》に坐する二十四人の長老ひれふし神を拝して言ふ、一七『今いまし昔います主たる全能の

神よ、なんぢの大なる能力《ちから》を執りて王と成り給ひしことを感謝す。一八諸国の民、怒《いかり》を懐けり、
なんぢの怒も亦いたれり、死にたる者を審き、なんぢの僕なる預言者および聖徒、また小
なるも大《だい》なるも汝の名を畏るる者に報賞《むくい》をあたへ、地を亡《ほろぼ》す者を亡したまふ時いたれり』
一九斯て天にある神の聖所ひらけ、聖所のうちに契約《けいやく》の櫃《ひつ》見え、数多の電光《いなづま》と声と雷霆《いかづち》と、ま
た地震と大なる雹《へう》とありき。

第十二章

一また天に大《おほい》なる徴《しるし》見えたり。日を著《き》たる女ありて其の足の下に月あり、其の頭《かしら》に十二の
星の冠冕《かんむり》あり。二かれは孕《みごも》りをりしが、子を産まんとして産《うみ》の苦痛《くるしみ》と悩《なやみ》とのために叫べり。
三また天に他《ほか》の徴見えたり。視よ、大なる赤き龍《たつ》あり、これに七つの頭と十《とを》の角とありて頭
には七つの冠冕《かんむり》あり。四その尾は天の星の三分の一を引きて之を地に落せり。龍は子を産ま
んとする女の前に立ち、産むを待ちて其の子を食ひ尽さんと構へたり。五女は男子《なんし》を産めり、
この子は鉄の杖もて諸種《もろもろ》の国人《くにびと》を治めん。かれは神の許《もと》に、その御座《みくら》の下《もと》に挙げられたり。
六女は荒野《あらの》に逃げゆけり、彼処に千二百六十日の間かれが養はるる為に神の備へ給へる所あ
り。
七斯て天に戦争《いくさ》おこれり、ミカエル及びその使たち龍《たつ》とたたかふ。龍もその使たちも之と

戦ひしが、八勝つこと能はず、天には、はや其の居《を》る所なかりき。九かの大なる龍、すなはち
悪魔と呼ばれ、サタンと呼ばれたる全世界をまどはす古き蛇は落され、地に落され、その
使たちも共に落されたり。一〇我また天に大なる声ありて『われらの神の救と能力《ちから》と国と神の
キリストの権威とは、今すでに来れり。我らの兄弟を訴へ、夜昼われらの神の前に訴ふる
もの落されたり。一一而して兄弟たちは羔羊《こひつじ》の血と己が証《あかし》の言《ことば》とによりて勝ち、死に至るまで
己が生命《いのち》を惜まざりき。一二この故に天および天に住める者よ、よろこべ、地と海とは禍害《わざはひ》な
るかな、悪魔おのが時の暫時《しばし》なるを知り、大なる憤恚《いきどほり》を懐きて汝等のもとに下《くだ》りたればな
り』と云ふを聞けり。
一三斯て龍はおのが地に落されしを見て男子《なんし》を生みし女を責めたりしが、一四女は荒野なる己が
処に飛ぶために大なる鷲の両《ふたつ》の翼を与へられたれば、其処にいたり、一年、二年、また半《はん》
年《ねん》のあひだ蛇のまへを離れて養はれたり。一五蛇はその口より水を川のごとく、女の背後《うしろ》に吐
きて之を流さんとしたれど、一六地は女を助け、その口を開きて龍の口より吐きたる川を呑み
尽せり。一七龍は女を怒りてその裔《すゑ》の残れるもの、即ち神の誡命《いましめ》を守り、イエスの証《あかし》を有てる
者に戦闘《たゝかひ》を挑まんとて出でゆき、一八海辺《うみべ》の砂の上に立てり。

第十三章

一 我また一つの獣の海より上《のぼ》るを見たり。之に十《とを》の角と七つの頭《かしら》とあり、その角に十の冠《かん》
冕《むり》あり、頭の上には神を瀆《けが》す名あり。
二 わが見し獣は豹に似て、その足は熊のごとく、その
口は獅子の口のごとし。龍《たつ》は、これに己が能力《ちから》と己が座位《くらゐ》と大《おほい》なる権威とを与へたり。
三 我
その頭の一つ傷つけられて死ぬばかりなるを見しが、その死ぬべき傷いやされたれば、全
地の者これを怪しみて獣に従へり。
四 また龍おのが権威を獣に与へしによりて彼ら龍を拝し、
且その獣を拝して言ふ『たれか此の獣に等しき者あらん、誰か之と戦ふことを得ん』
五 獣ま
た大言と瀆言《けがしごと》とを語る口を与へられ、四十二个月のあひだ働く権威を与へらる、
六 彼は口を
ひらきて神を瀆し、又その御名《みな》とその幕屋《まくや》すなはち天に住む者どもとを瀆し、
七 また聖徒に
戦闘《たゝかひ》を挑みて、之に勝つことを許され、且もろもろの族《やから》・民・国語《くにことば》・国を掌《つかさ》どる権威を与
へらる。
八 凡て地に住む者にて其の名を、屠《ほふ》られ給ひし羔羊《こひつじ》の生命《いのち》の書《ふみ》に、世の創《はじめ》より記さ
れざる者は、これを拝せん。
九 人もし耳あらば聴くべし。
一〇 虜《とりこ》にせらるべき者は虜にせられん、
剣《つるぎ》にて殺す者は、おのれも剣にて殺さるべし、聖徒たちの忍耐と信仰とは茲《こゝ》にあり。
一一 我また他の獣の地より上《のぼ》るを見たり。これに羔羊《こひつじ》のごとき角二つありて龍のごとくに語
り、
一二 先の獣の凡ての権威を彼の前にて行ひ、地と地に住む者とをして死ぬべき傷の医《いや》され
たる先の獣を拝せしむ。
一三 また大なる徴《しるし》をおこなひ、人々の前にて火を天より地に降らせ、
一四 かの獣の前にて行ふことを許されし徴をもて地に住む者どもを惑し、剣にうたれてなほ生

ける獣の像を造ることを地に住む者どもに命じたり。一五而してその獣の像に息を与へて物言
はしめ、且その獣の像を拝せぬ者をことごとく殺さしむる事を許され、一六また凡ての人をし
て、大小・貧富・自主・奴隷の別《わかち》なく、或はその右の手、あるひは其の額に徽章《しるし》を受けし
む。一七この徽章を有たぬ凡ての者に売買《うりかひ》することを得ざらしめたり。その徽章は獣の名、も
しくは其の名の数字なり。一八智慧は玆にあり、心ある者は獣の数字を算へよ。獣の数字は人
の数字にして、その数字は六百六十六なり。

第十四章

一われ見しに、視よ、羔羊《こひつじ》シオンの山に立ちたまふ。十四《じふし》万四《し》千の人これと偕《とも》に居り、そ
の額には羔羊の名および羔羊の父の名、記しあり。二われ天よりの声を聞けり、多くの水の
音のごとく、大《おほい》なる雷霆《いかづち》の声のごとし。わが聞きし此の声は弾琴者《ことひき》の立琴を弾く音のごと
し。三かれら新しき歌を御座《みくら》の前および四つの活物と長老等《たち》との前にて歌ふ。この歌は地よ
り贖《あがな》はれたる十四万四千人の他は誰も学びうる者なかりき。四彼らは女に汚されぬ者なり、
潔《きよ》き者なり、何処にまれ羔羊の往き給ふところに随ふ。彼らは人の中《うち》より贖はれて神と羔
羊とのために初穂《はつほ》となれり。五その口に虚偽《いつはり》なし、彼らは瑕《きず》なき者なり。
六我また他の御使の中空《なかぞら》を飛ぶを見たり。かれは地に住むもの、即ちもろもろの国・族《やから》・

国語《くにことば》・民に宣伝《のべつた》へんとて永遠《とこしへ》の福音を携へ、七大声にて言ふ『なんぢら神を畏れ、神に栄光
を帰せよ。その審判《さばき》のとき既に至りたればなり。汝ら天と地と海と水の源泉《みなもと》とを造り給ひ
し者を拝せよ』
八ほかの第二の御使かれに随ひて言ふ『倒れたり、倒れたり。大《おほい》なるバビロン、己が淫行
より出づる憤恚《いきどほり》の葡萄酒をもろもろの国人《くにびと》に飲ませし者』
九ほかの第三の御使かれらに随ひ大声にて言ふ『もし獣とその像とを拝し、且その額ある
ひは手に徽章《しるし》を受くる者あらば、一〇必ず神の怒の酒杯《さかづき》に盛りたる混りなき憤恚《いきどほり》の葡萄酒を飲
み、かつ聖なる御使たち及び羔羊の前にて火と硫黄とにて苦しめらる可し。一一その苦痛《くるしみ》の煙
は世々限りなく立ち昇りて、獣とその像とを拝する者また其の名の徽章を受けし者は、夜
も昼も休息《やすみ》を得ざらん。一二神の誡命《いましめ》とイエスを信ずる信仰とを守る聖徒の忍耐は玆にあり』
一三我また天より声ありて『書き記せ「今よりのち主にありて死ぬる死人は幸福《さいはひ》なり」御霊
も言ひたまふ「然り、彼等はその労役《はたらき》を止《や》めて息《やす》まん。その業《わざ》これに随ふなり」』と言ふ
を聞けり。
一四また見しに、視よ、白き雲あり、その雲の上に人の子の如きもの坐して、首《かうべ》には金の冠《かん》
冕《むり》をいただき、手には利き鎌を持ちたまふ。一五又ほかの御使、聖所より出で雲のうへに坐し
たまふ者にむかひ、大声に呼はりて『なんぢの鎌を入れて刈れ、地の穀物は全く熟し、既

に刈り取るべき時至ればなり』と言ふ。一六かくて雲の上に坐したまふ者、その鎌を地に入れたれば、地の穀物は刈り取られたり。

一七又ほかの御使、天の聖所より出で同じく利き鎌を持てり。一八又ほかの火を掌《つかさ》どる御使、祭壇より出で、利き鎌をもつ者にむかひ大声に呼はりて『なんぢの利き鎌を入れて地の葡萄の樹の房を刈り収めよ、葡萄は既に熟したり』と言ふ。一九御使その鎌を地に入れて地の葡萄を刈りをさめ、神の憤恚《いきどほり》の大なる酒槽《さかぶね》に投入れたり。二〇かくて都の外にて酒槽を践《ふ》みしに、血酒槽より流れ出でて馬の轡《くつわ》に達《とど》くほどになり、一千六百町に広がれり。

第十五章

一我また天に他《ほか》の大《おほい》なる怪しむべき徴《しるし》を見たり。即ち七人の御使ありて最後《いやはて》の七つの苦難《くるしみ》を持てり、神の憤恚《いきどほり》は之にて全うせらるるなり。

二我また火の混りたる玻璃《はり》の海を見しに、獣とその像とその名の数字とに勝ちたる者ども、神の立琴を持ちて玻璃の海の辺《ほとり》に立てり。三彼ら神の僕モーセの歌と羔羊《こひつじ》の歌とを歌ひて言ふ『主なる全能の神よ、なんぢの御業《みわざ》は大なるかな、妙《たへ》なるかな、万国の王よ、なんぢの道は義《ぎ》なるかな、真《まこと》なるかな。四主よ、たれか汝を畏れざる、誰か御名《みな》を尊ばざる、汝のみ聖なり、諸種《もろもろ》の国人《くにびと》きたりて御前《みまへ》に拝せん。なんぢの審判《さばき》は既に現れたればなり』

五 この後われ見しに、天にある証《あかし》の幕屋の聖所ひらけて、六 かの七つの苦難《くるしみ》を持てる七人の
御使、きよき輝ける亜麻布《あまぬの》を著《き》、金の帯を胸に束《つか》ねて聖所より出づ。七 四つの活物の一つ、
その七人の御使に世々限りなく生きたまふ神の憤恚《いきどほり》の満ちたる七つの金の鉢を与へしかば、
八 聖所は神の栄光とその権力《ちから》とより出づる煙にて満ち、七人の御使の七つの苦難《くるしみ》の終るまで
は誰も聖所に入ること能はざりき。

第十六章

一 我また聖所より大《おほい》なる声ありて七人の御使に『往きて神の憤恚《いきどほり》の鉢を地の上に傾けよ』
と言ふを聞けり。
二 斯て第一の者ゆきて其の鉢を地の上に傾けたれば、獣《けもの》の徽章《しるし》を有てる人々とその像を拝
する人々との身に悪しき苦しき腫物《しゅもつ》生じたり。
三 第二の者その鉢を海の上に傾けたれば、海は死人の血の如くなりて海にある生物《いきもの》ことご
とく死にたり。
四 第三の者その鉢をもろもろの河と、もろもろの水の源泉《みなもと》との上に傾けたれば、みな血と
なれり。五 われ水を掌《つかさ》どる御使の『いま在《いま》し昔います聖なる者よ、なんぢの斯く定め給ひし
は正しき事なり。六 彼らは聖徒と預言者との血を流したれば、之に血を飲ませ給ひしは相応《ふさは》

しきなり』と云へるを聞けり。七我また祭壇の物言ふを聞けり『然り、主なる全能の神よ、
なんぢの審判《さばき》は真《まこと》なるかな、義《ぎ》なるかな』と。
八第四の者その鉢を太陽の上に傾けたれば、太陽は火をもて人を焼くことを許さる。九斯て
人々烈しき熱に焼かれて、此等の苦難《くるしみ》を掌《つかさ》どる権威を有ちたまふ神の名を瀆し、かつ悔改
めずして神に栄光を帰せざりき。
一〇第五の者その鉢を獣の座位《くらゐ》の上に傾けたれば、獣の国暗くなり、その国人《くにびと》痛《いたみ》によりて己
の舌を嚙《か》み、一一その痛と腫物とによりて天の神を瀆し、かつ己が行為《おこなひ》を悔改めざりき。
一二第六の者その鉢を大なる河ユウフラテの上に傾けたれば、河の水涸《か》れたり。これ日の出
づる方《かた》より来る王たちの途《みち》を備へん為なり。一三我また龍の口より、獣の口より、偽預言者の
口より、蛙《かはづ》のごとき三つの穢《けが》れし霊の出づるを見たり。一四これは徴《しるし》をおこなふ悪鬼の霊にし
て、全能の神の大なる日の戦闘《たゝかひ》のために全世界の王等《たち》を集めんとて、その許《もと》に出でゆくな
り。一五(視よ、われ盗人のごとく来らん、裸にて歩み羞所《はぢどころ》を見らるること莫《な》からん為に、目
を覚《さま》してその衣を守る者は幸福《さいはひ》なり)一六かの三つの霊、王たちをヘブル語にてハルマゲドン
と称ふる処に集めたり。
一七第七の者その鉢を空中に傾けたれば、聖所より、御座《みくら》より大なる声いでて『事すでに成
れり』と言ふ。一八斯て数多《あまた》の電光《いなづま》と声と雷霆《いかづち》とあり、また大なる地震おこれり、人の地の上

に在りし以来《このかた》かかる大なる地震なかりき。一九大なる都は三つに裂かれ、諸国の町々は倒れ、
大なるバビロンは神の前におもひ出《いだ》されて、劇《はげ》しき御怒《みいかり》の葡萄酒を盛りたる酒杯《さかづき》を与へら
れたり。二〇凡ての島は逃げさり、山は見えずなれり。二一また天より百斤ほどの大なる雹《へう》、人々
の上に降りしかば、人々雹の苦難《くるしみ》によりて神を瀆せり。是その苦難《くるしみ》甚だしく大なればなり。

第十七章

一七つの鉢を持てる七人の御使の一人きたり我に語りて言ふ『来れ、われ多くの水の上に
坐する大淫婦《だいいんぷ》の審判《さばき》を汝に示さん。二地の王等《たち》は之と淫をおこなひ、地に住む者らは其の淫
行の葡萄酒に酔ひたり』三斯て、われ御霊に感じ、御使に携へられて荒野《あらの》にゆき、緋色の獣
に乗れる女を見たり、この獣の体は神を瀆す名にて覆はれ、また七つの頭《かしら》と十《とを》の角とあり。
四女は紫色《むらさき》と緋とを著、金・宝石・真珠にて身を飾り、手には憎むべきものと己が淫行の汚《けがれ》
とにて満ちたる金の酒杯《さかづき》を持ち、五額には記《しる》されたる名あり。曰く『奥義《おほい》大なるバビロン、
地の淫婦らと憎むべき者との母』六我この女を見るに、聖徒の血とイエスの証人の血とに酔
ひたり。我これを見て大に怪しみたれば、七御使われに言ふ『なにゆゑ怪しむか、我この女
と之を乗せたる七つの頭、十の角ある獣との奥義を汝に告げん。八なんぢの見し獣は前《さき》に有
りしも今あらず、後に底なき所より上《のぼ》りて滅亡《ほろび》に往かん、地に住む者にて世の創《はじめ》より其の

名を生命《いのち》の書《ふみ》に記されざる者は、獣の前《さき》にありて今あらず、後に来るを見て怪しまん。九智
慧の心は玆にあり、七つの頭《かしら》は女の坐する七つの山なり、また七人の王なり。一〇五人は既に
倒れて一人は今あり、他の一人は未だ来らず、来らば暫時《しばし》のほど止《とど》まるべきなり。一一前《さき》にあ
りて今あらぬ獣は第八なり、前の七人より出でたる者にして滅亡《ほろび》に往くなり。一二汝の見し十
の角は十人の王にして未だ国を受けざれども、一時《ひととき》のあひだ獣と共に王のごとき権威を受
くべし。一三彼らは心を一つにして己が能力《ちから》と権威とを獣にあたふ。一四彼らは羔羊《こひつじ》と戦はん。而
して羔羊かれらに勝ち給ふべし、彼は主の主、王の王なればなり。これと偕《とも》なる召された
るもの、選ばれたるもの、忠実なる者も勝を得べし』一五御使また我に言ふ『なんぢの見し水、
すなはち淫婦の坐する処は、もろもろの民・群衆・国・国語《くにことば》なり。一六なんぢの見し十の角と
獣とは、かの淫婦を憎み、之をして荒涼《あれすさ》ばしめ、裸ならしめ、且その肉を喰《くら》ひ、火をもて
之を焼き尽さん。一七神は彼らに御旨《みむね》を行ふことと、心を一つにすることと、神の御言《みことば》の成就
するまで国を獣に与ふることとを思はしめ給ひたればなり。一八なんぢの見し女は地の王たち
を宰《つかさ》どる大なる都なり』

第十八章

一この後また他の一人の御使の大《おほい》なる権威を有ちて天より降るを見しに、地はその栄光に

よりて照されたり。二かれ強き声にて呼はりて言ふ『大なるバビロンは倒れたり、倒れたり、
かつ悪魔の住家、もろもろの穢れたる霊の檻《をり》、もろもろの穢れたる憎むべき鳥の檻となれ
り。三もろもろの国人《くにびと》はその淫行の憤恚《いきどほり》の葡萄酒を飲み、地の王たちは彼と淫をおこなひ、
地の商人《あきうど》らは彼の奢《おごり》の勢力《ちから》によりて富みたればなり』
四また天より他の声あるを聞けり。曰く『わが民よ、かれの罪に干《あづか》らず、彼の苦難《くるしみ》を共に
受けざらんため、その中《うち》を出でよ。五かれの罪は積りて天にいたり、神その不義を憶《おぼ》え給ひ
たればなり。六彼が為し如く彼に為し、その行為《おこなひ》に応じ、倍して之に報い、かれが酌み与
へし酒杯《さかづき》に倍して之に酌《く》み与へよ。七かれが自ら尊び、みづから奢りしと同じほどの苦難《くるしみ》と悲《かな》
歎《しみ》とを之に与へよ。彼は心のうちに「われは女王《にょわう》の位に坐する者にして寡婦《やもめ》にあらず、決
して悲歎《かなしみ》を見ざるべし」と言ふ。八この故に、さまざまの苦難《くるしみ》一日のうちに彼の身にきたら
ん、即ち死と悲歎《かなしみ》と饑饉となり。彼また火にて焼き尽されん、彼を審きたまふ主たる神は
強ければなり。九彼と淫をおこなひ、彼とともに奢りたる地の王たちは、其の焼かるる烟を
見て泣きかつ歎き、一〇その苦難《くるしみ》を懼れ、遥《はるか》に立ちて「禍害《わざはひ》なるかな、禍害なるかな、大なる
都、堅固なる都バビロンよ、汝の審判《さばき》は時の間に来れり」と言はん。一一地の商人《あきうど》かれが為に
泣き悲しまん、今より後その商品を買ふ者なければなり。一二その商品は金・銀・宝石・真
珠・細布《ほそぬの》・紫色《むらさき》・絹・緋色および各様《さまざま》の香木《かうぼく》、また象牙のさまざまの器、価貴《あたひたか》き木、真

鍮・鉄・蠟石などの各様《さまざま》の器、一三また肉桂・香料・香・香油《にほひあぶら》・乳香《にうかう》・葡萄酒・オリブ油・麦
粉・麦・牛・羊・馬・車・奴隷および人の霊魂《たましひ》なり。一四なんぢの霊魂の嗜《たし》みたる果物は汝を
去り、すべての美味、華美《はなやか》なる物は亡びて汝を離れん、今より後これを見ること無かるべ
し。一五これらの物を商ひ、バビロンに由りて富を得たる商人《あきうど》らは其の苦難《くるしみ》を懼れて遥に立ち、
泣き悲しみて言はん、一六「禍害《わざはひ》なるかな、禍害なるかな、細布《ほそぬの》と紫色《むらさき》と緋とを著、金・宝
石・真珠をもて身を飾りたる大なる都、一七斯ばかり大なる富の時の間に荒涼《あれすさ》ばんとは」而し
て凡ての船長《ふなをさ》、すべての海をわたる人々、舟子《かこ》および海によりて生活《すぎはひ》を為すもの遥に立ち、
一八バビロンの焼かるる煙を見て叫び「いづれの都《みやこ》か、この大なる都に比ぶべき」と言はん。
一九彼等また塵《ちり》をおのが首《かうべ》に被《かぶ》りて泣き悲しみ叫びて「禍害《わざはひ》なるかな、禍害なるかな、此の大
なる都、その奢《おごり》によりて海に船を有てる人々の富を得たる都、かく時の間に荒涼《あれすさ》ばんと
は」と言はん。二〇天よ、聖徒・使徒・預言者よ、この都につきて喜べ、神なんぢらの為に之
を審き給ひたればなり』
二一爰に一人の強き御使《みつかひ》、大なる碾臼《ひきうす》のごとき石を擡《もた》げ海に投げて言ふ『おほいなる都バビ
ロンは斯のごとく烈しく撃ち倒されて、今より後、見えざるべし。二二今よりのち立琴を弾く
もの、楽を奏するもの、笛を吹く者、ラッパを鳴《なら》す者の声なんぢの中《うち》に聞えず、今より後
さまざまの細工をなす細工人なんぢの中に見えず、碾臼《ひきうす》の音なんぢの中に聞えず、二三今より

のち燈火《ともしび》の光なんぢの中に輝かず、今よりのち新郎《はなむこ》・新婦《はなよめ》の声なんぢの中に聞えざるべし。
そは汝の商人《あきうど》は地の大臣となり、諸種《もろもろ》の国人は、なんぢの咒術《まじわざ》に惑《まどは》され、二四また預言者・聖
徒および凡て地の上に殺されし者の血は、この都の中に見出されたればなり』

第十九章

一この後われ天に大《おほい》なる群衆の大声のごとき者ありて、斯く言ふを聞けり。曰く『ハレル
ヤ、救と栄光と権力《ちから》とは、我らの神のものなり。二その御審《みさばき》は真《まこと》にして義《ぎ》なるなり、己が淫
行をもて地を汚したる大淫婦を審き、神の僕《しもべ》らの血の復讐を彼になし給ひしなり』
三また再び言ふ『ハレルヤ、彼の焼かるる煙は世々限りなく立ち昇るなり』四爰に二十四人
の長老と四つの活物と平伏《ひれふ》して御座《みくら》に坐したまふ神を拝し『アァメン、ハレルヤ』と言へ
り。五また御座より声出でて言ふ『すべて神の僕たるもの、神を畏るる者よ、小なるも大《だい》な
るも、我らの神を讃《ほ》め奉《まつ》れ』六われ大なる群衆の声おほくの水の音のごとく、烈しき雷霆《いかづち》の
声の如きものを聞けり。曰く『ハレルヤ、全能の主、われらの神は統治《すべしら》すなり、七われら喜
び楽しみて之に栄光を帰し奉《まつ》らん。そは羔羊《こひつじ》の婚姻《こんいん》の期《とき》いたり、既にその新婦《はなよめ》みづから
準備《そなへ》したればなり。八彼は輝ける潔《きよ》き細布《ほそぬの》を著ることを許されたり、此の細布は聖徒たちの
正しき行為《おこなひ》なり』

九御使また我に言ふ『なんぢ書き記せ、羔羊の婚姻の宴席《ふるまひ》に招かれたる者は幸福《さいはひ》なり』と。
また我に言ふ『これ神の真《まこと》の言《ことば》なり』一〇我その足下《あしもと》に平伏《ひれふ》して拝せんとしたれば、彼われに
言ふ『慎みて然《しか》すな、我は汝およびイエスの証《あかし》を保つ汝の兄弟とともに僕たるなり。なん
ぢ神を拝せよ、イエスの証は即ち預言の霊なり』
一一我また天の開けたるを見しに、視よ、白き馬あり、之に乗りたまふ者は「忠実また真《まこと》」
と称《とな》へられ、義をもて審き、かつ戦ひたまふ。一二彼の目は焰《ほのほ》のごとく、その頭《かうべ》には多くの冠《かん》
冕《むり》あり、また記せる名あり、之を知る者は彼の他になし。一三彼は血に染みたる衣を纏《まと》へり、
その名は「神の言《ことば》」と称ふ。一四天に在る軍勢《ぐんぜい》は白く潔き細布を著、馬に乗りて彼にしたがふ。
一五彼の口より利《と》き剣《つるぎ》いづ、之をもて諸国の民をうち、鉄の杖をもて之を治め給はん。また自
ら全能の神の烈しき怒の酒槽《さかぶね》を践《ふ》みたまふ。一六その衣と股《もゝ》とに『王の王、主の主』と記せる
名あり。
一七我また一人の御使の太陽のなかに立てるを見たり。大声に呼はりて、中空《なかぞら》を飛ぶ凡ての
鳥に言ふ『いざ神の大なる宴席《ふるまひ》に集《つど》ひきたりて、一八王たちの肉、将校の肉、強き者の肉、馬
と之に乗る者との肉、すべての自主および奴隷、小なるもの大《だい》なる者の肉を食《くら》へ』
一九我また獣と地の王たちと彼らの軍勢とが相集りて、馬に乗りたまふ者および其の軍勢に
対《むか》ひて戦鬪《たゝかひ》を挑むを見たり。二〇かくて獣は捕へられ、又その前《まへ》に不思議を行ひて獣の徽章《しるし》を

受けたる者と、その像を拝する者とを惑《まどは》したる偽預言者も、之とともに捕へられ、二つな
がら生きたるまま硫黄の燃ゆる火の池に投げ入れられたり。二一その他の者は馬に乗りたまふ
者の口より出づる剣にて殺され、凡ての鳥その肉を食ひて飽きたり。

第二十章

一我また一人の御使の底なき所の鍵と大《おほい》なる鎖《くさり》とを手に持ちて、天より降るを見たり。二彼
は龍《たつ》、すなはち悪魔たりサタンたる古き蛇を捕へて、之を千年のあひだ繋《つな》ぎおき、三底なき
所に投げ入れ閉ぢ込めて、その上に封印し、千年の終るまでは諸国の民を惑すこと勿らし
む。その後、暫時《しばし》のあひだ解き放さるべし。
四我また多くの座位《くらゐ》を見しに、之に坐する者あり、審判《さばき》する権威を与へられたり。我また
イエスの証《あかし》および神の御言《みことば》のために馘《くびき》られし者の霊魂《たましひ》、また獣をもその像をも拝せず己が
額あるひは手にその徽章《しるし》を受けざりし者どもを見たり。彼らは生きかへりて千年の間キリ
ストと共に王となれり。五（その他の死人は千年の終るまで生きかへらざりき）これは第一
の復活《よみがへり》なり。六幸福《さいはひ》なるかな、聖なるかな、第一の復活《よみがへり》に干《あづか》る人。この人々に対して第二の
死は権威を有たず、彼らは神とキリストとの祭司となり、キリストと共に千年のあひだ王
たるべし。

七 八 千年終りて後サタンは其の檻より解き放たれ、出でて地の四方の国の民、ゴグとマゴグ
九 とを惑し戦闘《たゝかひ》のために之を集めん、その数は海の砂のごとし。斯て彼らは地の全面に上《あが》り
一〇 て聖徒たちの陣営と愛せられたる都とを囲みしが、天より火くだりて彼等を焼き尽し、
彼らを惑したる悪魔は、火と硫黄との池に投げ入れられたり。ここは獣も偽預言者もまた
居《を》る所にして、彼らは世々限りなく昼も夜も苦しめらるべし。
一一 我また大《おほい》なる白き御座《みくら》および之に坐し給ふものを見たり。天も地も、その御顔の前を遁《のが》
一二 れて跡だに見えずなりき。我また死にたる者の大《だい》なるも小なるも御座の前に立てるを見た
り。而して数々の書展《ふみひら》かれ、他にまた一つの書《ふみ》ありて展かる、即ち生命《いのち》の書なり、死人は
一三 此等の書に記されたる所の、その行為《おこなひ》に随ひて審かれたり。海はその中《なか》にある死人を出《いだ》し、
一四 死も陰府《よみ》もその中にある死人を出したれば、各自《おのおの》その行為《おこなひ》に随ひて審かれたり。斯て死も
一五 陰府も火の池に投げ入れられたり、此の火の池は第二の死なり。すべて生命《いのち》の書に記され
ぬ者は、みな火の池に投げ入れられたり。

第二十一章

一 我また新しき天と新しき地とを見たり。これ前《さき》の天と前《さき》の地とは過ぎ去り、海も亦なき
二 なり。我また聖なる都、新しきエルサレムの、夫《をつと》のために飾りたる新婦《はなよめ》のごとく準備《そなへ》して、

神の許《もと》をいで、天より降《くだ》るを見たり。三また大《おほい》なる声の御座《みくら》より出づるを聞けり。曰く『視
よ、神の幕屋、人と偕《とも》にあり、神、人と偕に住み、人、神の民となり、神みづから人と偕
に在《いま》して、四かれらの目の涙をことごとく拭ひ去り給はん。今よりのち死もなく、悲歎《かなしみ》も、
号叫《さけび》も、苦痛《くるしみ》もなかるべし。前《さき》のもの既に過ぎ去りたればなり』五斯て御座に坐し給ふもの
言ひたまふ『視よ、われ一切《すべて》のものを新《あらた》にするなり』また言ひたまふ『書き記せ、これら
の言《ことば》は信ずべきなり、真《まこと》なり』六また我に言ひたまふ『事すでに成れり、我はアルパなり、
オメガなり、始《はじめ》なり、終《をはり》なり、渇く者には価《あたひ》なくして生命《いのち》の水の泉より飲むことを許さん。
七勝を得る者は此等のものを嗣《つ》がん、我はその神となり、彼は我が子とならん。八されど臆《おく》す
るもの、信ぜぬもの、憎むべきもの、人を殺すもの、淫行のもの、咒術《まじわざ》をなすもの、偶像
を拝する者および凡て偽《いつは》る者は、火と硫黄との燃ゆる池にて其の報《むくい》を受くべし、これ第二
の死なり』
九最後《いやはて》の七つの苦難《くるしみ》の満ちたる七つの鉢を持てる七人の御使の一人きたり、我に語りて言
ふ『来れ、われ羔羊《こひつじ》の妻なる新婦《はなよめ》を汝に見せん』一〇御使、御霊に感じたる我を携へて大なる
高き山にゆき、聖なる都エルサレムの、神の栄光をもて神の許を出でて天より降るを見せ
たり。一一その都の光輝《かゞやき》はいと貴き玉のごとく、透徹《すきとほ》る碧玉のごとし。一二此処に大なる高き石垣
ありて十二の門あり、門の側《かたは》らに一人づつ十二の御使あり、門の上に一つづつイスラエル

の子孫の十二の族《やから》の名を記せり。[一三]東に三つの門、北に三つの門、南に三つの門、西に三つの門あり。都の[一四]石垣には十二の基《もとゐ》あり、これに羔羊の十二の使徒の十二の名を記せり。[一五]我と語る者は都と門と石垣とを測《はか》らん為に金の間竿《けんざを》を持てり、[一六]都は方形にして、その長さ広さ相均《あひひと》し。彼は間竿にて都を測りしに一千二百町あり、長さ広さ高さみな相均し。[一七]また石垣を測りしに人の度《はかり》、すなはち御使の度に拠れば百四十四尺あり。[一八]石垣は碧玉にて築き、都は清らかなる玻璃《はり》のごとき純金にて造れり。[一九]都の石垣の基は、さまざまの宝石にて飾れり。第一の基は碧玉、第二は瑠璃《るり》、第三は玉髄《ぎよくずゐ》、第四は緑玉、[二〇]第五は紅縞瑪《あかじまめ》瑙《なう》、第六は赤瑪瑙、第七は貴橄欖石《きかんらんせき》、第八は緑柱石、第九は黄玉石《くわうぎよくせき》、第十は緑玉髄、第十一は青玉《せいぎよく》、第十二は紫水晶なり。[二一]十二の門は十二の真珠なり、おのおのの門は一つの真珠より成り、都の大路《おほぢ》は透徹《すきとほ》る玻璃《はり》のごとき純金なり。[二二]われ都の内にて宮を見ざりき、主なる全能の神および羔羊はその宮なり。[二三]都は日月《じつげつ》の照すを要せず、神の栄光これを照し、羔羊はその燈火《あかり》なり。[二四]諸国の民は都の光のなかを歩み、地の王たちは己が光栄を此処に携へきたる。[二五]都の門は終日《ひねもす》閉ぢず（此処に夜《よ》あることなし）[二六]人々は諸国の民の光栄と尊貴《たふとき》とを此処にたづさへ来らん。[二七]凡て穢れたる者、また憎むべき事と虚偽《いつはり》とを行ふ者は、此処に入らず、羔羊の生命の書《ふみ》に記されたる者のみ此処に入《い》るなり。

第二十二章

一御使また水晶のごとく透徹《すきとほ》れる生命《いのち》の水の河を我に見せたり。この河は神と羔羊《こひつじ》との御《み》
座《くら》より出でて都の大路の真中《まなか》を流る。二河の左右に生命の樹ありて十二種の実を結び、その
実は月毎に生じ、その樹の葉は諸国の民を医《いや》すなり。三今よりのち詛《のろ》はるべき者は一つもな
かるべし。神と羔羊との御座は都の中《うち》にあり。その僕《しもべ》らは之に事《つか》へ、四且その御顔を見ん、
その御名《みな》は彼らの額にあるべし。五今よりのち夜《よ》ある事なし、燈火《ともしび》の光をも日の光をも要せ
ず、主なる神かれらを照し給へばなり。彼らは世々限りなく王たるべし。
六彼また我に言ふ『これらの言《ことば》は信ずべきなり、真《まこと》なり、預言者たちの霊魂《たましひ》の神たる主は、
速かに起るべき事をその僕どもに示さんとて御使を遣し給へるなり。七視よ、われ速かに到
らん、この書《ふみ》の預言の言を守る者は幸福《さいはひ》なり』
八これらの事を聞き、かつ見し者は我ヨハネなり。斯て見聞《みきゝ》せしとき我これらの事を示し
たる御使の足下《あしもと》に平伏《ひれふ》して拝せんと為《せ》しに、九かれ言ふ『つつしみて然《し》か為《す》な、われは汝お
よび汝の兄弟たる預言者、また此の書の言を守る者と等しく僕たるなり、なんぢ神を拝せ
よ』
一〇また我に言ふ『この書の預言の言を封ずな、時近ければなり。一一不義をなす者はいよいよ
不義をなし、不浄なる者はいよいよ不浄をなし、義なる者はいよいよ義をおこなひ、清き

者はいよいよ清くすべし。一二視よ、われ報《むくい》をもて速かに到らん、各人《おのおの》の行為《おこなひ》に随ひて之を与
ふべし。一三我はアルパなり、オメガなり、最先《いやさき》なり、最後《いやはて》なり、始《はじめ》なり、終《をはり》なり。一四おのが衣
を洗ふ者は幸福《さいはひ》なり、彼らは生命の樹にゆく権威を与へられ、門を通りて都に入ることを
得るなり。一五犬および咒術《まじわざ》をなすもの、淫行のもの、人を殺すもの、偶像を拝する者、また
凡て虚偽《いつはり》を愛して之を行ふ者は外《そと》にあり。
一六われイエスは我が使を遣して諸教会のために此等のことを汝らに証《あかし》せり。我はダビデの
萌蘖《ひこばえ》また其の裔《すゑ》なり、輝ける曙《あけ》の明星なり』
一七御霊も新婦《はなよめ》もいふ『来りたまへ』聞く者も言へ『きたり給へ』と、渇く者はきたれ、望
む者は価《あたひ》なくして生命の水を受けよ。
一八われ凡てこの書の預言の言を聞く者に証《あかし》す。もし之に加ふる者あらば、神はこの書に記
されたる苦難《くるしみ》を彼に加へ給はん。一九若しこの預言の書の言を省く者あらば、神はこの書に記
されたる生命の樹、また聖なる都より彼の受くべき分を省き給はん。
二〇これらの事を証《あかし》する者いひ給ふ『然り、われ速かに到らん』アァメン、主イエスよ、来
りたまへ。
二一願くは主イエスの恩恵《めぐみ》、なんぢら凡ての者と偕《とも》に在らんことを。

訳註

1

29頁（1）非国教徒（Nonconformist）とは、歴史的にいえば、すでに十六世紀の中葉、教職の服装や聖餐等について英国教会に随うことを拒絶せる人々の群を指すものであったが、当時はカトリック主義のメリー女王の治下でさほど表面的勢力をもつには至らなかった。その後、新教主義のエリザベス女王即位するや一五五九年統一令（Act of Uniformity）を発し旧教徒の圧迫を行ったのであるが、この女王の新教主義の性格が問題であった。エリザベスはただ宗教を通して英国の近代国家的独立を企図していただけなのである。なんらの宗教的情熱もなく、なお人間的誠実においてすらこの女王に信頼しうるものがなかったかにみえる。当然、統一令は英国教会のうちに清新な宗教意識をもたらしうべくもなかった。結果はむしろ以前よりも悪かった。新教の名のもとに法王の権力を遮蔽すると同時に強固敬虔なカトリック精神をも排除してしまったのである。それに取って代った新教主義が単なる名目にすぎぬ以上、あとに残ったものは一体なんであったか。その精神においては世俗的妥協的な新教主義、そしてその形式においては相も変らぬ儀式ばったカトリックの階級的な教職であった。反英国教会派の人々はここに自分たちの態度を鮮明にする必要に迫られたのである。かれらはそれぞれ明確な宗教意識のもとに、腐敗した儀式主義から教会を浄めようという運動を開始したのであった。考えてみれば、エリザベスの新教主義は反英国教会派の人々に親近を見せたようでその実はかえって遠ざかり、また反対派の側からいえば、メリー治下の旧教主義にあっては手も足も出せなかったものが、なまなか自分たちの地盤に歩みよってきたエリザベスの政策ゆえに、むしろその点に反抗の火の手をあげる契機と必要とを見出だしたようなものである。政治と文化との交錯の微妙な陰翳というべきである。ひるがえってまた、地上の王国と天界の神との間を一見巧みに妥協せしめたかにみえて、ついに取り返しえぬ失敗をしている欧洲近代国家の政治的悲劇性を、当時の英国がもっとも典型的に代表していたという意味において、非国教派という英国特有の存在を考えてみる必要があろう。なお当時のNonconformists の結んだ団体につぎのごときものがある。――分離派（Separatist）、会衆派（Congregationalist）、独立派（Independent）、清教派（Puritan）、バプテスト派（Baptist）。

33頁（2）《教会》とここに訳した原語は'Chapel'であって、国教以外の諸教派の礼拝堂、乃至は教会自体を意味している。これに対して国教派では普通'Church'という語が用いられている。

34頁（3）黙示録第一九章一一。

同頁（4）『天路歴程』（Pilgrim's Progress from this world to that which is to come：1678-84）――英国の宗教詩人バンヤン（John Bunyan 1628-88）の作。かれは独学にして聖書を熟読、バプテスト派に属し説教を始めたが、クロムウェルの革命やぶれチャールズ二世即位するや、新王は王権の教会服属を嫌って旧教を保護したため、バンヤンもその信仰の故に投獄されて、十二年幽囚の憂目をみた。『天路歴程』は聖書についで多く読まれたといわれる。クリスト者が滅びの町より脱して、数々の障碍にあいながらも、次々にそれにうち克ち、多くの徳に導かれてシオンの山に到る行程を擬人的譬喩をもって描いたもの。たとえばその間、「落胆の泥沼」「屈辱の谷」「虚栄の市」などにふみ迷い、「猜疑の城」では「絶望の巨人」に殺されそうになるというようなできごとにみちているのである。

同頁（5）エウクレイデス（Eucleides）――前三〇〇年ころのギリシアの数学者。いわゆる『ユークリッドの幾何学』の創始者として知られる。

35頁（6）『フェアリ・クイーン』（Faerie Queene）――「詩人中の詩人」と称せられる英国のスペンサー（Edmund Spenser 1552-99）の叙事詩。かれはケンブリッヂ卒業後北部に行ったが、ここでは別に大した記録を残していない。ロンドンに戻って、詩人にして武門の生れであったサー・フィリップ・シドニーとその伯父レスタ伯の知遇をえた。その後、アイルランド副知事グレー卿の秘書として赴任、そこではケルトの詩などを研究し、その論文を発表した。フェアリ・クイーンはその赴任以前から書きはじめていたが、この地にて鏤骨推敲の末十年を閲して、第一部（一―三）がサー・ウォター・ラレイに認められて一五九〇年上梓の運びとなり、第二部（四―六）は一五九四年脱稿、一五九六年出版された。合せて六巻であるが、実際は十二巻をもって完結するつもりだった。すなわち、十二の徳を代表する十二人の騎士を描き、クリスト教的理想に適合した教養人をつくるという、いわば教化の目的をもって著作を思いたったといわれる。が、スペンサーのうちなる詩人はときにクリスト教的譬喩を忘れ、ことに第六巻においては完全な牧歌の爆発に終始したのである。文学史もかれの譬喩を丁重に扱ってきたし、事実、全篇の筋もこの譬喩を軸として展開されているのであるから、これを抜き去って考えることは筋や想像に不自然な歪みを与えるであろうが、部分的には、その豊かで健康な想像力と詩の形式美とは否定しえぬところであろう。

35頁（7）　黙示録第四章六――なおエゼキエル書第一章五、第一〇章一二参照。

同頁（8）　黙示録第四章七――なおエゼキエル書第一章一〇、第一〇章一四参照。

同頁（9）　黙示録第四章八――なおイザヤ書第六章二・三参照。

36頁（10）　血のにおいは黙示録全篇に立ち罩めているが、特に地上権力バビロン覆滅を述べる第一六章三、第一七章六、第一八章二四、第一九章二に至っては惨酷のかぎりをつくしている。

同頁（11）　黙示録第一九章一三――イザヤ書第九章五参照。

同頁（12）　黙示録第一章五、第五章九、第一二章一一。

同頁（13）　黙示録第六章一六・一七。

同頁（14）　ベセル（Bethel）――非国教派の教会を指し、大体においてやや軽蔑的に用いられる。

同頁（15）　救世軍（Salvation Army）――英国は産業革命以来、大都市の膨張とブルジョワジーの勃興のため、労働階級、貧民階級に対するクリスト教の運動はおのずと軽視される傾きにあった。メソディスト派（本文第二章註1参照）はこの方面にかなり力を入れていたが、それでもなお不充分であった。このとき同派の一教職にあったウィリアム・ブースが立って、民衆の最下層に対しもっとも直接具体的な伝道法をもって布教にあたり、メソディスト派から離れて軍隊的組織による救世軍を編成した。なお、この団体は洗礼、聖餐まで無視している。

37頁（16）　ペンティコスト教会（Penticost Chapel）――わが国ではギリシア読みに随い、ペンテコステ教会と称されたもので、非国教派の流れを汲む会衆独立主義の教派。一九〇六年北米南カリフォルニア州ロサンゼルスに起った信仰復興運動。日本へは一九一一年伝道、昭和二年（一九二七年）日本聖書教会と改名された。因にペンテコステは原語で第五十を意味し、ユダヤ教の五旬節（踰越節後五十日目に行う）であるが、クリスト教では聖霊が五旬節に使徒の上に降臨したのを記念し、聖霊降臨節を意味する。
37頁（17） 黙示録第一七章一・五・一五・一六、第一九章二——「淫婦」とはサタンの姿であり、バビロン、ローマ等あらゆる地上的権力、文明、奢侈、享楽の中心を指し、「水」とは第一七章一五により明かであるが、「もろもろの民・群衆・国・国語」を意味する。
同頁（18） 黙示録第一七章五——この名札は淫婦の額に貼りつけられているとあるが、セネカによれば、ローマの妓女は己が名、あるいは所属を表す呼称を記した帯を額に巻いて装飾としたとのことである。ここでは第一九章一一の「忠実また真」と称えられるクリストの名と対照的に用いられている。
同頁（19） 黙示録第一八章二。
同頁（20） 宗教改革に際してカトリック教会はその世俗的、政治的権力を失墜すると同時に、一方ロヨラのジェスイット教団組織（一五四〇年）のこともあり、法王至上主義が唱えられ、ヴァティカン総会議（一八六九—七〇年）において法王無謬説にまで偏狭化したが、近代国家の完全な独立にともなって、カトリック教会もようやく過去の独善主義を棄てて世俗的関心を示すようになった。法王庁は各国家に己が主権を強いようとして、いわゆる山南主義（ultra-montanism）の名で知られる法王至上主義の運動を起したが、一八六一年イタリー建国と共に法王直轄領を失い、爾来イタリー王国と法王庁との対立となった。法王はみずからその就任を幽閉と称し、ヴァティカン宮殿に閉じこもって、ここにふたたび世俗的関心を放擲したかにみえた。しかるに一九二九年イタリー政府は法王庁に対しヴァティカンとサン・アンゼローの両宮殿を含む約三マイル平方の地域と住民とを法王庁所有と認め、同庁所領に対しては十億リラの賠償金を交附し、ようやくここに両者の和解が成立した。爾来、法王は欧米の諸国に法王使節を交換駐在せしめ、一つの政治団体を形成しつつある。これを新教派は宗教の俗権化となし、法王に政治的野心ありと見なすのである。

38頁（21）「淫行」とはすでに明かなるごとく、単なる性的放逸を意味せず、富による地上的文明の享楽的頽廃の姿を指すのである。

同頁（22）パリサイの徒（Pharisees）——新約全体を通じてこの語はイエスの口からいかに憤懣と軽侮のひびきをもってほとばしり出たことか。愚かなるもの、罪あるものにはやさしかったかれが、このパリサイの徒に対してはまことに峻烈苛酷をきわめていた。——神の意志は「律法」にあるとされたが、この典拠たるモーゼ五書（旧約最初の五篇）はもちろんヘブライ語によって記されてあって、当時の一般人にはついに読みえぬものとなっていた。なぜならユダヤ人たちは父祖伝来の国語を失い、わずかに当時東洋の共通用語たるアラマイ語＝シリア語を国語としていたのである。伝承によっていよいよ煩瑣を加えてきた律法と、その典拠たるヘブライ語の聖書と、この間の関係をただし、演繹帰納をなすためには、特殊の学識を必要とした。この研究解釈にあたるものを「学者」（scribes）と称し、これらの指示のもとに宗教の儀式技芸に専心した人々を'Pharisees'と呼んだのである。かならずしも新宗派の開祖たらんとの自覚をもっていたのではなかったイエスは、ときに罪人を罪より救わんよりは、罪なき庶民をこれら俗悪固陋な知識階級の手から救わんとしているかにみえるのである。

38頁（23）　黙示録第八章一三。

同頁（24）　黙示録第一六章において、天の御使より七つの金の鉢がつぎつぎに地上へ傾けられ、そのたびに地・海・川・天体・サタンが、そして最後に大バビロンが根こそぎに覆滅されるのである。

同頁（25）　黙示録第二一章二三。第二一章以下は、新天新地の出現、甦れる聖徒の統治、新エルサレムの美々しき装いが述べられている。

39頁（26）《選民》（Elect）の思想は元来、唯一神教か拝一神教かの神観の問題と聯関を有する。ユダヤ民族は国家の理想的完成と独立とをひたすら将来にのみ賭けていた。イスラエルの神ヤーヴェ（エホバ）がかれらの敵を打破って民族の平和を導いてくれるときにすべては完成される。だが、ユダヤ民族は多くの神々のうちの一としてヤーヴェを己が神に祀り上げるのであって、他の民族はまたそれぞれの神を有するものとされていた。いわばヤーヴェは宗教的党派の首領であった。もともとその起りにおいてあくまで宗教的であり、民族の平和の神であり、またかれらの罪に対してきびしき裁き手であった人格神ヤーヴェは、ユダヤ人の歪曲された政治的野心の増大に伴って、いまや排他的、党派的な神と堕し、他の民族に先だってユダヤ人のみを愛し、異邦人を亡してユダヤ人の世界を招来せんとする偏狭な意図を仮想されるに至った。かくして拝一神観は、ただ神の罰をのがれ自分たちだけがその恩寵に与ろうとする特権意識と、他を貶めようとする傲慢のこころとを育て、ここに「選民」の思想を胚胎せしめたのである。これはまた当時の貴族階級、特権階級たるパリサイ人の間にことに根強く染みこんでいた観念であった。こうした拝一神観乃至は選民思想にはエゼキエルがその責を負わねばなるまい。これに反し、ヤーヴェは全世界のあらゆる民族あらゆる人々にとって平等の神であり、これ以外に神なしという唯一神観の母胎をなしたものは、あのバビロン俘囚時代の苦悩を深刻に嘗めた預言者エレミアであった。かれにあって「選民」とは民族的なそれではなく、精神的な意味で正しきものを指すのである。イエスの神観は、いわば当時の拝一神観を打破して、かえって遠くユダヤ教の発想に立ちかえらんとするものである。――このイエスの宗教たる新約のうちに、黙示録を通してふたたびユダヤ的排他思想として選民の観念が忍びこんでくる。

2

40頁（1）　守旧派メソディスト教会（Primitive Methodist Chapel）――もともと英国教会を母胎としたわりあい穏健な宗派。元来、プロテスタントは大別して独立会衆主義、長老主義、監督主義（ここでは広義にルーテル派も含める）の三になるが、英国教会はこの監督主義に立つものであって、カトリシズムとプロテスタンティズムの中間を振子のように左右していた（本文第一章註1参照）。このように教会を国家の一機関とする俗権思想に真向から反対したのが独立会衆主義であり、一方この間監督主義の外にあって、教会を中世の桎梏から脱せしめ、原始教会の状態に還元することによって（教会の俗権的傾向は否定しても、教会内部及び相互関係の制度・組織はそのまま尊重しようというのである）、従来の国教主義に修正を加えようとしたのが、ツウィングリ、カルヴィン等の長老主義であった。だが、メソディスト派の起りはその性格においてやや明確を欠いている。それはあくまで監督主義を母胎としていただけに、独立会衆派的な自由と反抗の精神をもっていなかった。いや、むしろ、プロテスタンティズムの極端な自由主義的傾向に対する反動としての敬虔主義的信仰復興運動の一つである。プロテスタント教会は時代と共にようやくスコラ学的硬化を示し、聖書は信仰の法律書と堕し、儀式は固定し、祈禱と敬虔の生活は無視されるに至ってきたが、この傾向に反対して立ち、神と魂との直接の交りを問題とし、神学、制度、儀式等は第二義的なものと見なして、聖書の研究、祈禱の修業などを高唱したのが、十八世紀初頭のいわゆる敬虔主義（Pietism）運動であった。メソディスト派創始者ウェスリ兄弟（兄ジョン 1703–91 弟チャールズ 1707–88）はすでに学生時代「聖なる小団」（Holy Club）を起し、同志と共に毎日、時を定めて組織的に聖書研究、祈禱、信仰の証などを行った。メソディストの名はここから起った。しかしウェスリ自身は生涯英国国教会の長老の地位にとどまっていたのであって、階級的教職観こそないが、教会の制度・組織はそのまま国教を踏襲していた。したがってその内容はむしろ長老主義的である。それゆえ、その後メソディスト内部に種々の改革運動が起ることとなり、しかもそれらすべては、創始当初の情熱を失ってもっぱら自己整備に忙しかった従来のメソディスト派への反抗であった。Bible Christian Chapel と Independent Methodist Chapel そしてこの Primitive Methodist Chapel の三つはこうした革新運動であった。創設者 Hugh Bourne（1772-1852）はもとメソディスト派の伝道師であったが、ハリスヘッド、キッヅグローヴの炭坑地方を受け持って、坑夫たちの生活の無智と汚穢にこころをうたれ、かれらのための革新に専心し、のち William Clowes（1780-1851）の協力をえて、これら下層階級にその勢力を得て行った。

41頁（2） 会衆教会員（Congregationalist）——第一章註1、並に前註参照。

同頁（3） ロレンスの父——「父親は炭坑夫だった。まったくただの坑夫で、なにひとつとして取柄のない人間であった。世間の体面など一向におかまいなく、始終酒にひたりきりで、もとより教会のそばには近よらず、炭坑では下っ端の監督たちにつっかかるような態度を示していた。」（「ロレンス『自伝的スケッチ』」）

ロレンスの母——「母親は父よりも上等な人種に属していたといえよう。彼女は町から嫁入ってきたのであったが、事実、下層中産階級に属する身分であった。いわゆる歴とした

〈王様英語《キングズ・イングリッシュ》〉をいささかの訛もなく喋り、父のつかう方言、これは実のところ私たち子供らも家庭の外では口にしていたのであったが、母はそのような方言の一句も真似すらできぬという有様だった。（中略）母は父親が人から尊敬されぬのと同程度に非常な尊敬をうけていた。その性質は敏感で感じやすく、おそらく真に上等な人間だったのだ。」（ロレンス『自伝的スケッチ』）「母は本を読むことが大好きだった。毎週、地方の図書館から山のように書物を借り出してきては、私たち子供がみんな床に入ったあとで、それらをたのしみに読むのだった。」（エイダ・ロレンス、スチュアート・ゲルダー共著『ロレンスの少年時代』）

なお、両親の性格、関係、家庭の事情、およびロレンスと母親との特殊な愛情は小説『息子と恋人たち』に詳しい。

ロレンスはボウヴェイル教会にも少年時代に時々出席していた。

42頁（4）パウロ（Paul）――クリスト教原始時代の伝道者。聖書中すくなくとも第一テサロニケ書、ガラテア書、第一コリント書、第二コリント書、ロマ書、ピレモン書、エペソ書の七つはかれの著作と断定されている。青年時代のかれは厳格なパリサイ的教育を受けたが、のちにイエスの死後その霊に遭い、回心した（使徒行伝第二三章参照）。かれは当時いまだユダヤ教の貴族的特権意識から解放されきっていなかったイエスの真意を、外的、民族的、階級的差別なしに伝えられるべき福音として世界的地位に高め、ユダヤ人よりはむしろ異邦の徒に伝道し、小アジア、マケドニア、ギリシア等の大都市を歴訪して「異邦人の使徒」と称されたほどの大伝道家である。またすぐれた教会組織家であり、パリサイ的訓練をうけた理論家でもあったので、ペテロに築かれた教会の基礎を固め、一方、最初はペテロさえ否んだクリストの復活を信じ、その理論化と普遍化を全うした。後世のクリスト教神学の源はことごとくかれに発している。

ペテロ(Peter)――十二使徒の一人。ケファ(Kepha)と呼ばれ、それは「岩」の意でペテロはそのギリシア訳。イエスの死後エルサレム教会の中心人物。穏和な人であったらしく、ローマ教会の伝説は、かれの上に教会を立つべしとイエスが語ったことを伝えている。

ヨハネ(John)――十二使徒の一人で、イエスにもっとも愛せられたといわれる。福音書中形而上学的な智慧に満ちた第四福音書ヨハネ伝、およびヨハネ第一書の著者として知られて居り、なお黙示録の作者との異同に関聯して問題がいろいろあるが、それは本文第三章註5を参照されたい。

43頁(5) ミレニアム(Millenium)――「至福千年」の意であるが、千年とは聖書中この黙示録にのみ見出だされる思想である。第二〇章四―六まで参照。元来ユダヤ族においてはメシヤの国は未来永劫に続くものと信じられていたが、相つぐ民族の苦悩は、かれらをしてこうした夢の実現を容易に期待せしめなくさせていた。したがって当時の外典たる黙示文学の第二エズラ書、バルク書、エノク書などは永遠のメシヤ王国出現の前に一時的なメシヤ統治の世界を慰藉として夢みるようになった。その期間については四十年、百年、六百年、千年、二千年、七千年等種々まちまちである。いわゆる最後の審判を行う前、クリスト再臨と共に、かれら信徒たちもまたメシヤの栄光のうちにあらわれて統治しようというのである。極言すれば永遠の理想王国、そこには神に対して悪魔、正善に対して邪悪、こうした反対勢力の絶えて無き新天地が出現する前、一度かれら聖徒たちは悪の支配する現世とは逆に、自分たちが悪を抑え、勝利のうちに王となって世を統べ、おもう存分復讐の快感を味いたいというのであろう。つまり天界の希望の地上的飜訳である。それゆえこの間サタンは第二〇章一―三までにあきらかなるがごとく、絶対的な死ではなく、一時的に「底なきところに」閉じこめられ、千年の間封印されたまま、聖徒の復讐を堪え忍ばねばならぬのである。

3

44頁（1）黙示録の著作年代については種々の説がある。初代教会における伝説はローマ皇帝クラウディウス（四一―五四年）、皇帝ネロ（五四―六八年）、皇帝トラヤヌス（九八―一一七年）、皇帝ドミティアヌス（八一―九六年）の四つを伝えている。「内証」とは、他の外的証拠によらず純粋に黙示録の記述にのみ随える類推のことであり、この場合つぎの三項を算ええよう。

（一）書中スミルナ教会にあてた書簡があるが、この教会はパウロ（？―六七年）の時代にはいまだ存在せず、なお第二章八—一一によれば該教会は誕生まもないころであったらしい。

(二) 七教会への書簡にはいまだ皇帝礼拝教の明記がなく、その他の部分にあるこの思想はドミティアヌス以後の特徴をもっているようにおもわれる。

(三) 第一三章一一—一八に出てくる獣は地上権力としての皇帝を表していること明かであるが、その獣は数字の徽章を有して居り、それが六六六とある。由来、ギリシア文字、ヘブル文字はそれぞれ数字に相当する価値をもっていたが、この獣の名を表す六六六は、ヘブル文字の「カイゼル・ネロ」(NRON・KSR ＝ 50＋200＋6＋50・100＋60＋200 ＝ 666) にあたる。しかも、前註のサタン幽閉と呼応するような伝説が当時のネロにはあったのである。かれの死のあまりに唐突であったために、ネロは死んだのではなく、叛乱の収拾つかずして一時姿を隠したのであり、やがてパルティア軍を率いてローマに攻め上るという噂がこれである。サタン幽閉はこれを暗示したものと考えられる。

かくして、この伝説と関係あるとすれば、それはチャールズ(本文第六章註23参照)の解釈によるとドミティアヌス時代以前ではなく、また第一七章一〇の「五人は既に倒れて一人は今あり」の一人はドミティアヌスで、一一の「前《さき》にありて今あらぬ」はネロであるらしく、したがって黙示録の著作年代はドミティアヌス治世の終九五、六年ころと推定されるのである。

44頁（2）バプテスマのヨハネ（John the Baptist）――かれはたしかに偉大な存在であり、イエスも己れの先駆者として、かれには尊敬の念を懐いて居ったらしい。おそらくみずから預言者としての自覚をもち、メシヤの到来と神の国の近づきしことを荒野に叫び、ヨルダン河のほとりにおいて民衆に道徳的悔改めの説教をして罪の浄めの洗礼を施していたが、ついにユダヤ王ヘロデの私行を非難攻撃してその怒にふれ、死刑に処せられた。死後もその党派はしばらく残存していた。ヨハネとイエス、ヨハネの弟子たちとイエス、これらの関係はイエスの教義理解の上にも看過しえぬ問題であり、近代多くの神学者、あるいはイエス文学作者によって種々の解釈が行われてきた。ヨハネの峻厳な懺悔の宗教の上にイエスはその完成として愛の宗教を説いたとする見解多く、ミドルトン・マリもそれを主張している。とにかく「主の道を備へ、その路すぢを直くせよ」とイザヤ書（第四〇章三参照）に記されたるかれは、みずからも「我《われ》よりも力《ちから》ある者、わが後《のち》に来《きた》る、我は屈《かが》みて、その鞋《くつ》の紐《ひも》をとくにも足らず、」と己が使命を充分に自覚していたかにみえる。

同頁（3）エペソ（Ephesus）――小アジアの西端、海をへだててアテネの東にあたる古都。当時はこの地方に於けるギリシア文化の中心地であり、また、偶像崇拝、カイザル礼拝もさかんであった。

同頁（4）パトモス島（Patomos）――エペソの西南五十マイル余のところにある小さな島。

45頁（5）黙示録作者についてはいまだ諸説紛々で、しかもいずれも大した確証をもっていない。書中、著者みずから「僕《しもべ》ヨハネ」、「ヨハネ」、あるいは「兄弟《きやうだい》……ヨハネ」、「見し者《みもの》」と称しているのが唯一の拠点である。ロレンスは三人のヨハネがあったと言っているが、事実は四人を想定するのが妥当らしい。内証によると、ヨハネ第二、第三の両書は、ヨハネ伝にその筆致、思想においてははなはだ酷似している。しかるにヨハネ第二、第三書の著者はイエスに愛せられた使徒ヨハネではなく、長老として知られているまた別のヨハネの作と信じられている。通説では、この長老ヨハネがヨハネ第二、第三書、およびここに問題の黙示録を、使徒ヨハネがヨハネ伝とヨハネ第一書とを書いたと言われてきた。内証を重視する立場からすると、ヨハネ第二、第三書はその第一書よりもヨハネ伝に近いので、第二、第三書の著者が長老ヨハネであるという通説に信を置くならば、ヨハネ伝、ヨハネ第一、第二、第三の四書ことごとくを長老ヨハネに帰し、この問題から使徒ヨハネは除外され、黙示録の作者には、当然第四のヨハネを想定するのが妥当となってくる。内証のみならず、種々の歴史的な理由から、使徒ヨハネの除外は正しいと考えられるのだが、一方、ヨハネ伝とヨハネ第一書をかれに帰する通説も、またあながちに否定すべきでもなかろう。しかし黙示録だけは、ロレンスも指摘しているように、他のヨハネ文書と同一作者と考ええぬ節があまりに多いのである。黙示録の作者はギリシア語に不充分であり、文法、語法がヘブル的であるのみならず、その思想がクリスト教的であるよりは、むしろユダヤ教的であるとの理由からそう推定されている。またユダヤ教の黙示文学はすべて偽名であり、一方、すくなくともこの時代のクリスト教の黙示文学にはその要なく、もし必要あるならば、はっきりと使徒ヨハネの名を冠したはずである。ともあれ、ここに、パトモスのヨハネなるものの泛びあがってくる余地があったのである。かれは長老ヨハネ、使徒ヨハネとほぼ同時代に生き、おなじ小アジア、ことにエペソを中心とする教会にあり、この地方に相当な勢力をもっていて、そのうちの七教会にこの書簡、すなわち黙示録を送ったものであろう。

46頁（6） エルサレムの神殿は初めソロモン治世（紀元前九七〇―九三〇）の時に建てられ、ネブカドネザルの遠征により前五八六年に破壊された。民は東の方バビロンにひかれ、ここに俘囚時代が始ったが、釈放後ハガイ、ゼカリアの預言者たちはエルサレム神殿再建のときをもって、メシヤ出現の機となし、民衆を督励して前五二〇年に、ようやく完成せしめた。その後ネヘミヤの時代にエルサレムの都市復興も企てられ、前四四五年にはその完成もみ、前三三二年アレクサンドロス大王のエルサレム無血入城後十二年、エヂプトのトレミー一世によってふたたび、この都市は部分的破壊の災厄を蒙った。が、このときは神殿は禍害を免れ、破壊された部分もシモン二世（前二一九―一九九年）によって修復された。しかし、シリアの著名王（エピファネス）アンティオコス四世はギリシアのヘレニズムに心酔し、ユダヤ教を圧迫し、前一六七年再度エルサレム俘囚を断行し、神殿の一部を毀ち、祭事を禁じてヤーヴェの祭壇をゼウスに捧げようとした。このときユダヤの志士は立って反抗の火の手をあげ、力に訴えてシリア人をエルサレムの外に放逐し、こののちしばらく、ローマに併呑されるまで、ハスモン王家のもとに国家的独立を保ちえたのである。ロレンスが前二〇〇年と言いているのは、おそらくこのアンティオコスのことを指しているのであろう。

同頁（7） メシヤ（Messiah）ヘブル語にて「王」「膏《あぶら》注がれたるもの」の意。古代イスラエルで、王の即位式に頭上に油を注ぐことから生じた名称。ギリシア語では訳してクリスト。

同頁（8） セカンド・アドヴェント（Second Advent）——本文第二章註5にあきらかなるごとく、「メシヤの再臨」を意味し、このときよりいわゆるクリスト者の世界統治が始るとされているのである。なおコロサイ書第三章四、第一テサロニケ書第三章一三等参照。

47頁（9） おなじく本文第二章註5参照。

同頁（10） イスカリオテのユダ（Judas Iscariot）——「Karioth の人」の意。十二使徒の一人で、イエスを裏切り祭司等の手に売り渡したが、のちに己が罪を悔いて縊死（マタイ伝第二七章三—五）する。しかし福音書や使徒行伝の伝えているユダの性格や裏切りの動機はやや明確を欠く。ルナンの言うように、弟子たち相互間における内輪もめ、あるいはイエスの会計係というかれの職務と小心のため、とみることも出来よう。バルビュスもそれに近い解釈を与えている。モウリヤックは、イエスから他の弟子たちほどに愛されぬユダの不満をあげ、「たえずクリストを裏切っている吾々のパトロンとして、かれは聖者の地位にのぼれたかも知れぬ。やはり神は罪の贖いのため、謀叛人を持ち出す必要も感じたもうたのであろう。」と言っている。パピニもまた、近代のあらゆる合理主義的解釈を卻け、裏切るものと裏切られるものというイエスとの相関的宿命において、ユダの姿を浮きあがらせ、「その人《ひと》は生れざりし方《かた》よかりしものを。」というイエスのユダに対する言葉に、人間の宿命に対する憐憫を読んでいる。ロレンスの解釈もまた、すぐれたものとしてその独自性を失わぬ。

49頁（11）アッシジの聖フランチェスコ（San Francesco d'Assisi 1181, 2–1226）——イタリーの人、フランスとの交渉によりその名を呼ばれた。癩病患者を途上に見てその友たることを決意し、すべての所有と家族とを捨て、まったき貧窮のうちに自己犠牲と謙譲と愛とのみによる伝道を行い、他の戒律を説かなかった。

同頁（12）シェレー（Percy Bysshe Shelley 1792–1822）——イギリス浪漫派の驍将。十八世紀革命思想の影響を受け、その性格や思想はバイロニックであり、夢みる浪漫派というよりは、革新と権力を求める近代個人主義の萌芽をうちにひそめる詩人であり、またギリシア思想への烈しい憧憬に燃えていた。それらは『プロメテウス解縛』（Prometheus Unbound 1818–20）、『ヘラス』（Hellas）、『生の勝利』（The Triumph of Life）、あるいはプラトン、エウリピデスの飜訳にうかがえる。

同頁（13）レニン（Nikolai Lenin 1870–1924）——ソヴィエト・ロシアの建設者。ロレンスがここにかれを引きあいに出したのは、レニンがプロレタリアートの使徒として、多数者と集団的全体の名において権力打倒の夢を、また謙遜と質素と犠牲の名の蔭に支配欲の満足を隠しもっていたというロレンス一流の考え方からである。

同頁（14）　マタイ伝第一八章二〇。

51頁（15）　リンカーン（Abraham Lincoln 1809-65）――アメリカ合衆国第十六代の大統領。人道上から奴隷廃止の当然を極言し、ために南北戦争（一八六一―五）が起ったが、最後に反対派たる南部出身の俳優ブースに観劇中狙撃されて倒れた。やはりこの場合もかれの博愛思想がロレンスに糾弾されたのである。

同頁（16）　ウィルソン（Thomas Woodrow Wilson 1856-1924）――アメリカ合衆国第二十八代の大統領（任期一九一三―二一）。世界大戦に際して、始め中立を守ったが、参戦列国の疲弊に応じてついに参戦し、米国未曾有の繁栄の基礎を築いた。またヴェルサイユ平和会議にはみずから出馬し、民族自決主義を始め、いわばカイゼル的権力の打倒を標榜したが、充分な成果をあげえず、その提唱にかかる国際聯盟規約はようやく採択されたものの、本国ではかえって否決され、ついに心身ともに困憊の極に達して病死した。かれの民主主義的、国際主義的な脆弱な思想にロレンスは皮肉をむくいているのである。

52頁（17）　革命時のニコライ二世（一八六八―一九一八）。一九一七年の二月革命の後、廃位され、翌一八年七月に銃殺された。

同頁（18）　尾に白毛のあるのは純粋な闘鶏ではないという俗言から、白毛の鳥とは臆病者を指す。

53頁（19）　マタイ伝第二六章四八―九、マルコ伝第一四章四四―五、ルカ伝第二二章四七―

九参照。

4

54頁（1）ロレンスによれば、中世カトリック教会の俗権への堕落は、畢竟、コスモスから切り離された卑小な自我意識の満足にすぎず、またその反面には各個人とコスモスとの自由な直接融合を教門政治によって遮断し、《地上権力打倒と殉教者の寡頭政治》を現出せしめたのであり、その反動たる宗教改革もかえって人々をこの方面へ激しく駆りたてただけであったが、この時代にプロテスタンティズムとは別に、カトリック教会そのもののうちに、個人とコスモス（自然）との合一をめざし、この原始の感情への復帰をこころみようとする運動があったというのである。ロレンスがどの運動を指して言っているかあきらかでないが、おそらく、ロヨラのジェスイット教団やコンクリーニ、カラッファ（法王パウロ四世）の革正などを指すのではなかろうか。

55頁（2）「ひわどり」とは生命の美しさをあらわす。清教徒たちが人間的な快楽や生の横溢の美を否定したことをいう。

同頁（3）黙示録第一三章一―七、一一―一八。

5

60頁（1）黙示録第一章四―七。

同頁（2）モファト（James Moffat 1870-1944）――スコットランドの神学者。始めは牧師をしていた。一九一六年新約聖書の近代語訳を完成し、つづいて一九二四年旧約聖書のそれを完成した。ロレンスは註1・4・5の引用句をモファト訳によっているが、ここでは強いて近代日本語訳をこころみず、他のすべての引用句と同様に大正七年改訳日本語聖書に拠った。

それは欽定訳によるものだが、欽定訳はエリザベス一世の次のジェイムズ一世の命により出来たもので、未だにこれを越える名訳は英国でも日本でも出ていない。

同頁（3）マタイ伝第四章一八以下、マルコ伝第七章三一以下。

61頁（4）黙示録第一章一〇―第二章一。

同頁（5）マタイ伝第二六章三八、マルコ伝第一四章三四。――ここにこころみに欽定訳とモファト訳との相違をあげてみよう。

〔欽定訳〕My soul is exceeding sorrowful unto death : tarry ye here and watch.

〔モファト訳〕My heart is sad, sad even unto death : stay here and watch.

61頁（6）　エゼキエル（Ezekiel）――前六世紀初ヘブライの預言者。バビロン俘囚の際、バビロンに移され、異郷にあって故国の偶像礼拝を慨き、エルサレム滅亡を預言した。旧約エゼキエル書はかれの作とされている。

ダニエル（Daniel）――エゼキエルとほぼ同時代の預言者。ユダヤの貴族であったが、俘囚中その識見を認められてネブカドネザルに重用された。旧約中のダニエル書はかれに帰せられているが、かならずしも信を置くに足りない。シリアによる第二回エルサレム破壊当時のものらしく、当時のヘレニズム運動に対抗してヘブライ的信仰を高揚せんとしたもので表象的辞句多く、黙示文学的傾向を示している。

右の両書ともにユダヤ的色彩に満ち溢れ、独自豊富な想像に特徴がある。が、ある意味でそれは一つの頽廃の過程を示すものであった。預言から黙示へ、すなわちエゼキエル↓ダニエル↓アポカリプスの道程は、また旧約から新約への橋渡しであり、たしかに進歩発展であると同時に精神史上の頽廃過程でもあった。モーゼ五書の素朴な想像とエゼキエル、ダニエル両書のややこけおどしな表象と比較してみるならば、このことは一目瞭然であろう。一民族の人格神ヤーヴェが全宇宙神オールマイティ（万能者）へと移行して行くのである。この世界化、普遍化は、いつの場合にも進歩と頽廃とを同時に宿命づけられているものであるが、エゼキエル、ダニエルにあっては（ことにエゼキエルでは）、この相反する二傾向がようやく飽和の状態を保ち、そこに古代人の一種の健全さが保持されていた。人格神ヤーヴェはまったくの抽象化、非人格化、質化をまぬかれ、ロレンスによれば、単なる物理的宇宙の支配者でなく、吾々人間と血の通ったコスモスの運行者として立っている。それゆえロレンスはこのオールマイティに、かえって人格祖などという小さな存在よりもっと健全な、旧約以前、ヘブライ以前のエヂプト、カルデアの古代意識を見ているのである。かならずしもエゼキエル、ダニエルの二書にそのような生々たる想像を見うるかいなかは別問題として、ここではもっぱらロレンスに信をおくとすれば、いまやそのようなオールマイティ的色彩をも失いかけ、ただこの二書に模倣して、そのこけおどし的な部分をのみついでいるアポカリプスは、頽廃の典型的な一様相として、宇宙神の壮大な権力の蔭にふたたびユダヤ的な人格神が、いや悪しき意味における卑小な人格神が忍びこんだものと解釈しうるであろう。ヤーヴェはもとの地方色を脱して世界的、宇宙的な舞台に立たせられ、始めてその昔の弱さを露呈するのである。進歩がつねに頽廃に通ずる秘密がこの辺に存する。

同頁（7）原語はユニヴァーサルだが、ロレンスはコスモス（cosmos）とユニヴァース（universe）とを異なった意味に用いている。前者は主動的な生々たる吾々の宇宙であり、後者は機械的、科学的対象としてのそれである。訳す場合、cosmos はつねにコスモスとし、形容詞のときには「宇宙的」と訳したところもある。universe は大抵そのままユニヴァースとしたが、ときに応じ天体、万有、万象、世界等適宜に訳出しておいた。

62頁（8）コスモクラトール（Kosmokrator）——宇宙支配者（= cosmocrat）。

コスモディナモス（Kosmodynamos）――宇宙推進者。

63頁（9）ヘルメス神（Hermes）――ギリシア神話における牧畜、商業の神（ローマに入ってはマーキュリ神）。また神々の使者であり、眠り、夢を司り、死霊を冥府に導く役をする。

全燔祭（holocaust）――ギリシアでは厳密には「全体を焼尽したる犠牲」の意。ユダヤでもそうであったが、現在では火、その他なんらかの手段による惨害、大虐殺の比喩に用いられる。

同頁（10）クソニオイ（Chthonioi）――ギリシアの神、または半神。地下に棲み、オリンパスの神々と対立する。豊穣と死者に関係がある。

65頁（11）ヘリオス（Helios）――ギリシアの太陽神、というよりも日輪そのままの神格化で、朝に雪白の四頭の馬に車をひかせて、宇宙の東涯の宮殿を出で、蒼空をわたって夕には西涯の宮殿に入る。

同頁（12）カルデア人（Chaldeans）――旧約に出てくるカルデア、カルデア人は古バビロニアを含めてバビロニア、バビロニア人と同義に誤用される。古代チグリス、エウフラテス河の流域を占めていたセム族の一つらしい。アッシリア王アダド・ニラリ三世（前八一一―七八二年）のころになると全バビロニアを含んで matkaldū と呼ばれていたらしいが、当時はまだカルデア人と、固有のバビロニア人との差別は除かれていなかった。その後アッシリア滅亡と新バビロニア勃興の交、matkaldū は全バビロニアのみならず、エゼキエル書にカルデア人と呼ばれる異邦人たちの土地をも含むようになった。要するにカルデア人はセム族の母拾たるアラビアから来て、ペルシア湾沿岸をつたい、ウルのあたりに居を卜し、その後は戦争と移住によって拡がったものであろう。新バビロニアを起したナボポラッサルはカルデア人だとも言われるが、その子ネブカドネザル二世のとき新バビロニア国が確立して、もとはセム血縁の二族たるこのカルデア人、バビロニア人の血液融合をもたらし、両者の間に相違がみられなくなった。かくしてカルデア人はバビロニア人の種族名となったのであるが、（新バビロニアの国号を別名カルデア王国ともいう）国語からいえば、カルデア語はバビロニア語と同系、バビロニア語はアッシリアとおなじで、結局本文中ロレンスのカルデア、バビロニア、アッシリアというもセム族であり、したがってエヂプトと相並んで古代二大文明の担い手なのである。（ただしダニエル書ではカルデア人とは天文学者、占星学者を意味している。）

67頁（13）アルテミス（Artemis）——ギリシア十二神の一、ディアナはそのローマ名。月、狩、出産の神で、また女性の保護者。女人の急死はこの女神の矢に射られたものと信じられていた。

68頁（14）シビリ（Cybele）——古代アナトリア人の女神。ギリシア神話のオプス（ローマ名レアにして、ゼウス、ポセイドン、ディスの母）に当り大母性を表す。

同頁（15）アスタルテ（Astarte）——古代セム族に崇拝された大女神。バビロニア人、アッシリア人にはイシュタルとして知られ、フェニキア人にはアスタルテとして知られていた。月の神、母性神であり、慈悲神である一方、勇猛な軍神でもあり、また性愛、生産豊饒を掌る神でもあった。

69頁（16）アルデバラン（Aldebaran）——牡牛座最大の星で、星座中、牡牛の目のところに当る。ハイアデス星団に見えるが、それには属さず、全然運動を異にしている。標準的な一等星で支那では畢宿の一。占星学上からは大吉の星とされ、富と名誉を約束する。

同頁（17）マタイ伝第一二章三〇。

70頁（18）黙示録第六章一二。

6

73頁（1）エノク（Enoch）——旧約に出てくるエノクとは異なり、族長エノクであり、エノク黙示録の著者とされているが、おそらくこの書は族長エノクの名を借りただけのものであろう。正典中のダニエル書（前一六五）とほぼ同時代で、ほとんど黙示文学のさきがけをなすものであるが、その後バルク、第四エズラ書など相ついであらわれた。これらは聖書のうちにはいれられず、ついに外典としてその位置を保った。

同頁（2）紀元前一七五年以来のシリア王アンティオコス四世のそれをさす。本文第三章註

6参照。

74頁（3）　もちろん原典が二部に分たれているのでなく、ロレンスは黙示録第一二章（幼子誕生）までと、その後の部分との間に内面的矛盾を指摘しているのである。これは単なる偶発的な対立ではなく、ロレンスの論旨において主題的な位置を占めるものであるが、なお後章におけるかれの分析にまつべきである。

75頁（4）　黙示録第一九章二〇。

76頁（5）　本文第一四章註1参照。

同頁（6）　イスラエルの神ヤーヴェは人格神としての有限性を脱するに随って、次第に非人格的な抽象化を避けえられなかったが、それと共に固有の名称を失い、「万能なるもの」、「天の主」というがごとき抽象的名称を冠せられてきた。これは一神教のうちに内在する必然的傾向でもあったが、またユダヤ民族の権力意識が古代民族の表象を借りてあらわれきたったものともみられる。黙示録第一九章一六。

同頁（7）　黙示録第一四章一九—二〇。

同頁（8）　キルス（Cyrus）——ポンペイウス、アレクサンドロスとともに地上権力、征服者の同義語として並べられている。ここではキルス二世のこと。古ペルシアの建設者、在位前五五八—五三〇。メヂア王に仕えたが、のち独立し旧主を破りメヂアを亡す。しかし旧主はこれを厚く遇し、なおイラン諸族を征服し、アルメニア、カッパドキアを従え、リヂアを屠り、小アジア沿岸を平定し、裏海、インダス河からトルキスタンまで親征、バビロニア、キリキア、フェニキアを陥れた。王は被征服民族には寛大、おのおのそのところを得せしめ、バビロンを破ったときには、俘囚ユダヤ民族を解放し、宗教風俗すべてに強制をしなかった。なおポンペイウス（前一〇六―四八）はローマ共和制末期の政治家、将軍。末はケーザルと戦端を開きギリシアに逃れたが、終生、権力を憧れる野心家であった。アレクサンドロス大王は有名なマケドニア王、古代東方諸国の大征服者（前三五六―三二三）。

76頁（9） 黙示録第四章一一、第五章一二。

同頁（10） パロ（Pharaoh）――古代エヂプトの君主の称。ただし創世記第一二章一五以下、および第四〇章二以下のパロは固有名詞。

77頁（11） エーゲ海文明――クレタ、キプロス及びキレネ、ギリシアを、時には小アジア、シリアを含む同質文化圏を言う。その宗教の特徴は豊穣と死の女神の崇拝にある。なお本文第六章註35「クレタ人・ミノア人・エトルリア人」の項参照。

78頁（12） 黙示録第二二章二〇。

同頁（13） ダビデ（David）――ユダ族の出。イスラエルの聖王。ソロモンの父。幼時牧童であったが、イスラエル初代の王サウルに認められ、重用されてその女を賜わる。一時王の嫉妬をうけて国外に逃れていたが、サウル敗死を聞くや、故国に戻り、南のかたユダヤを併合して全イスラエルを平定した（前一〇一〇年ころ）。その後諸国を併せて、北はダマスコ、南は紅海に及び、イスラエル最盛時を現出した。旧約詩篇中のあるものはかれの作とされている。旧約ルツ記第四章二二、サムエル前書第一六・一七章参照。

79頁（14）アッシリア人（Assyrians）——元来古バビロニアの配下にあり、ニヌアを本拠としていたセム族の一分派であるが、前一三〇〇年ころバビロニアを亡し、以来勢さかんにしてメソポタミア全土、メヂアの大半を領し、フェニキア、イスラエルを亡し、ユダヤを朝貢せしめ、フィリスチン、エヂプトを亡し（前六七〇）当時空前の大帝国を建てた。そのままバビロニアの文化を襲用し、古代文化の華を咲かせたが、アシュルバニパル王（前六六九—六二六）の治世の失敗から内憂外患こもごも至り、リヂア、メヂアの国王、バビロンの大守ナボポラッサルと協力して立つにおよび、ついに前六一二年アッシリアは亡びた。

同頁（15）エゼキエルの見た幻覚はユダヤの神秘主義の本となり、この黙示録や、その他の黙示録的書物に大きな影響を与えている。

同頁（16）「学者」（scribes）は本文第一章註22参照。

同頁（17）アナクシマンドロスの輪——アナクシマンドロス（前六一〇—五四七）はギリシアの哲学者、小アジアのミレトス生れ。タレスの門下といわれイオニア学派に属す。万物は性質未定、延長無限にして不可知不変の元素アペイロン（「限界なきもの」の意）からなり、この元素の運動から温と冷とが生じ、この温より、土と空気と、それらを包む火の圏とが生ずると説いた。ここにいう「輪」とはその火の圏であり、世に言う火とは異なる。

79頁（18）　エゼキエル書第一章四・五、および一五―二一参照。

81頁（19）　四つの活物――元はアッシリアかアルカディアの四人の天童。それが多くの近東諸国において、神殿などの守護神となったのは自然であり、創世記、その他の旧約の叙述に影響を与えたのである。

同頁（20）　ユダヤの幕屋（tabernacle）――幕屋は神の住み給うところ、または神の民の住むところである。黙示録第一三章六に「幕屋《まくや》すなはち天《てん》に住む者《もの》ども」とあり、第一五章五にも「証《あかし》の幕屋」とある（「証の幕屋」は沙漠における神の幕屋の別名）。

同頁（21）　ミカエル（Michael）――後期ユダヤ教にて三大天使の一。イスラエルの守護天使として重んぜらる。（ダニエル書第一二章参照）のち天使長とされ、教会、騎士団の守護者とされた。

ガブリエル（Gabriel）――ミカエルに次ぐ大天使の一。ダニエル書によれば（第八章一六）ガブリエルがダニエルにメシヤ来臨を黙示したことになっている。（のちクリスト教では四大天使を数える。）とにかく、さきに人格神が抽象化されてその固有名を失うに至ったことを記したが、このように神人の間隔が大きくなるにつれて、その中間的媒介者として、天使が特殊の名称を得てそれぞれ神の一属性を担い、その代理をはたすようになったのである。

同頁（22）　デミウルゴス（Demiourgos）――プラトン学派で言う造物主、世界創造者。

82頁（23）チャールズ（Robert Henry Charles 1855-1931）――イギリスの神学者。一九一九年ウェストミンスタ副監督に就任、経典外旧約聖書に関する最高権威にして、それら諸書のギリシア語原本研究校訂、エチオピア語、シリア語等よりの訳など多くある。主著は『アポカリプス研究』（一九一三）、『旧約から新約への宗教的発展』（一九一四）、『原典附アポカリプス、その飜訳と註釈』（一九二〇）、『アポカリプス講義』（一九二二）等。

同頁（24）ヘブライ人（Hebrews）――セム系諸民族の一。セム族は古代、アラビア半島、および地中海沿岸からイランとアルメニアの山岳地帯の裾までのシリア、メソポタミア、イラクの諸住民、またアラビア、ヘブライ、フェニキア、アラメア、バビロニア、アッシリアの民族を含む一大血縁種族である。ヘブライ人は他のセム族の多神教のうちに、ひとり一神教を奉じていた。前十一世紀ころダビデに至って、イスラエルを建国し、エルサレムに都して、ここにヤーヴェの櫃をむかえた。その子ソロモンの死後南北に分裂したが、のちアッシリアにその北朝イスラエルを亡され、南朝ユダヤは政治国家としては俘囚の身となって気息奄々たるうちにも、ユダヤ教を発展せしめ、ついにクリスト教の基礎を築いた。通念では、ヘブライ人といえばこのユダヤ民族を指す。だが、事実はヘブライ人の思想風習といえども、セム血縁民族としての他の諸民族から決して独立無縁のものではなく、俘囚以前から、むしろそういう環境に吸いこまれるのを警戒しながら、独自の宗教を発展せしめたのであったらしい。それゆえ、倫理的傾向は、この独自の宗教を形成する原動力でもあり、また同時にその偏狭の結果でもあったろう。

84頁（25）Good heavens!――'good'は神、あるいはそれと関聯する感歎と共に用いらる、'heavens'は神の住むところとして神と同意義。恐怖、驚愕の折この'good heavens!'という語がいまだに人の口をついて出るという意味である。

85頁（26）山上の垂訓――マタイ伝第五章―第七章、ルカ伝第六章二〇―四九。「幸福《さいはひ》なるかな、心《こころ》の貧《まづ》しき者《もの》」以下、自己犠牲と愛の宗教たるイエスの教えの根幹がここに語られている。

86頁（27）オルフェウス（Orpheus）信仰――オルフェウスとはギリシア神話に出てくる伝説的楽人。アポロより七絃琴を与えられ、ミューズからその用法を学び稀代の楽人となる。妻エウリュディケの死を悲しみ冥府へ連れ戻しに行き、明界に出るまで妻の顔を顧ぬという条件で、冥府王ハイデスの許可を得たが、妻を伴なって明界に帰る途中、思わず回顧して永遠に愛人を失った。かれは悲歎のあまり人間の交りをたち、ディオニュソス祭に歓喜するトラキアの女たちを侮蔑したので、彼女たちに体を裂かれ、ミューズによってオリムポス山の麓に葬られた。またOrphic mysteriesという古代ギリシアの神秘教の始祖となった。それについては本文第一七章註6参照。

なおオルフェウス教を信じた人々の中には、アポロ信仰と、今日ではトルコ、ブルガリア、ギリシアに三分された古代トラキアの霊魂再来説とを結びつけ、霊魂がもし清浄に保たれれば、死後にも生きながらえうると考える一群の者が出て来、中心にディオニュソスかオルフェウスを置く半ば個人的な神話を念入りに作りあげた。これら信者のうち、前五世紀頃までには、自らオルフェウス教徒と称するものもあったが、特に非也的な宗団を形成したのは、ギリシアのヘレニスティック時代から前三世紀のローマ時代にかけてのことである。

88頁（28）黙示録第一三章一及び一一参照。

同頁（29）ネロ・レディヴィヴス（Nero redivivus）――「復活せるネロ」の意。本文第三章註1参照。

同頁（30）アンティクライスト（Antichrist）――「クリストに反抗するもの」の意。かならずしも人格的存在のみならず、クリストに対する反対勢力を意味する。

同頁（31）本文第三章註1参照。なお黙示録第一三章四・一二、及び本文第二三章を見られたい。

89頁（32）新しきエルサレム（New Jerusalem）――エルサレムは古代ヘブライ国、ユダヤ国の首都、ヤーヴェの神殿がある。黙示録第二一章二に「新しきエルサレム」の言葉があり、同章一一から次の第二二章終りまで、この理想王国の描写説明が続く。そこには豊かな想像は見られず、サタン亡びしあとに「高き石垣」を築くという大廈高楼式な俗っぽい欲望しか見出だせないのである。が、それにしてもアポカリプスの主題は第二〇章で完結し、この最後の二章だけが取り残された形なのをロレンスは言っているのである。

89頁（33）黙示録第一章より第三章までが、序文として七教会への書簡形式になっているのが、あとから附け加えた感じを与えている。

90頁（34）ランスの寺院（Rheims Cathedral）——ランスはフランス北東の都で十世紀ころには文化の一中心をなしていた。十四世紀以来外敵に乱されること多く、一八七〇—七一年ドイツの支配下に置かれ、また世界大戦のときにはドイツの集中砲撃をうけ、一九一八年まったく独軍の手に落ち、寺院は破壊され、ことに南西部は徹底的に打ち毀された。ロレンスのいう騒ぎとはこのことに関係があるかもしれないが、なお確かなことはわからない。

91頁（35）ヒンヅー人（Hindus）——中央アジアのオクソス河畔に帳幕生活をしていたアリアン族の一分派で、南下してインド原住民たるドラヴィダ族を追い、インダス河畔よりパンジャッブ地方にのび、ガンヂス河中央に居を占める。ブラーマン（僧侶）、クシャトリア（武士）、ベイシャ（商工者）、スードラ（奴隷）の四階を厳に定め、原住民を全部奴隷化した。かれらはインド・アリアン文明の源泉であり、ヴェーダに含まれる深い哲理は高度の宗教を展開せしめ、仏教の母胎となった。

ペルシア人（Persians）——本文第六章註8「キルス」王の章参照。なおかれらはゾロアスター教なる特殊の拝火教を信じていた。

バビロニア人（Babylonians）——エヂプトと共に人類最古の二文明国。その起原は前四〇〇〇年ころまで遡りえよう。当初は伝説的部分多く、かならずしも信ずるに足りないが、前三一〇〇年ころに至ってシュメール人はウル王朝を建て、西南アジアを征服し、後世古典文化の、いな現代西欧文化の基礎を置いたが、シュメール人の国家はウル第三王朝で終りを告げ、西部セム族アムル人の民族大移動で、イシン、ラルサ、バビロニアの三都市が興り、前二十世紀後半ハムラビ王のときバビロン第一王朝が成立し、以後は蛮族侵入のことあり、栄枯盛衰ののちアッシリアのために完全に滅亡した。が、前六二五年ナボポラッサル独立、六一二年にはアッシリアを亡し、新バビロニアを建国したが、まもなく前五三九年には、ペルシア王キルスがバビロンに入城して、永遠に亡びてしまった。いわゆるバビロン＝アッシリア文化といわれ、この二族は文化史上別個に考えることは出来ない。

エヂプト人（Egyptians）――この世界最古の文明国は起原を前五〇〇〇年ころまでに遡りうる。それは国家といっても近代のそれとは異なり、幾多の王朝相つぎ、激しき消長の数千年を閲し、近代の観念からすれば、一国といわんより、さながら一つの世界であった。ナイル河流域に居住し、すでに前二五〇〇年ころには美術工芸等驚異的発展をみた。

クレタ人（Cretans）――クレタ島ではエーゲ海諸島と連絡ある新石器時代の文明がすでに前四〇〇〇年代に発展していた。前三〇〇〇年ころには青銅器時代に入り、前二〇〇〇年代にはエヂプト文明の影響をうけて、非常に高度な独特の文化、いわゆるエーゲ海文明を創造していた。当時のクレタ王ミノスは優勢な海軍をもって地中海東岸を政治的にも文化的にも支配していたが、前一四〇〇年ころからギリシア人の侵入が行われ、クレタの勢力と文化は破壊され、世界史におけるその支配的地位から墜されたのである。その位置からいってもギリシアに近く、のちローマ、アラビア、トルコに領されながらも、たびたびギリシアにつかんとこころみたほど両者には共通なものが多いが、とにかく歴史も古く、ロレンスに言わせれば、そこに古代民族の特質がみられるのである。

ミノア人（Minoans）――クレタ島の伝説的な王ミノス（ゼウスとエウロペの子、前註参照）の功績からでた語で、古代クレタ人を意味する。このミノア文明はミケナイ文明（本文第七章註1参照）と共にプレ・ヘレニック、あるいはエーゲ海文明と総称される。

エトルリア人（Etruscans）――古代に北部イタリーのエトルリア地方を中心に南チロルからカンパニアまで広まった民族。その原住地と移住経路は不明であるが、たぶん小アジア方面から海を超えて前九、八世紀のころ移ってきたものであろう。前六、五世紀がその最盛期で一時はローマ市をも支配した。伝説のローマ王のなかにはエトルリア人もあるくらいであって、ローマの文物風習にも多くの影響を与えている。前四七四年カンパニアのクメ市沖の海戦でシラクサのヒエロンとクメ市民のために敗れて以来、その海上権も衰え、前三八八年（一説には三六九年）ローマに対する要塞ヴェイイも陥ち、エトルリア諸市間の連絡も失われ、前三世紀に入って諸市つぎつぎに陥落し、エトルリアの独立は失われた。エトルリアの宗教、文化をことごとくギリシアの影響となすものもあるが、やはりかれらはギリシアのついに知らなかった古代民族のこころをもっていたとするロレンスの見解も、あながち否定すべきではない。

92頁（36）ホメロス（Homeros）以前――ホメロスはギリシア最古の大詩人でイリアス、オデュセイア二大叙事詩の作者として、前一一八四年から前六八四年までの間に、一般には前十世紀以前に生きていた人とされているが、一七九五年ヴォルフの研究はそれらの説を覆し、ホメロスなる個人はなく、二大叙事詩も始めから現存のまま存在していたのではなく、大小様々の民族詩歌を後年集大成したものたることを証明した。ホメロス以前とは、ギリシアの智慧の始り以前、すなわち古代人の時代を意味する。

同頁（37）タレス（Thales）――前六世紀前半ころのギリシア哲学者、イオニア哲学の祖。ギリシア哲学・科学の父と称せられる。最初に一元論を考えた哲学者で、宇宙万物の根元を水であるとなした。またピラミッドの高さを影から測定し、日蝕を予言したりした。

ピュタゴラス（Pythagoras）――前五八二年ころから前四九三年ころまでの間のギリシアの哲学者・数学者にしてピュタゴラス学派の創始者。死後まもなく伝説化された。その影響力が強かったためであろう。その学派はのちも二百年間位存続した。かれは霊魂の輪廻と数とをもって宇宙一切の存在を説かんとした。本文第一七章註5参照。

同頁（38）アラビア人（Arabs）――アラビアは全セム族の原住地で、アッカド人を始めとしここより外部に移動せる民族多く、サラセン人は西はスペイン東は唐都長安にまで動いた。歴史時代は前九世紀ころから始るが、いくつかの王国の消長あり、その民族、宗教にも統一なくして数世紀を閲した。モハメッド（五七〇—六三二）出てようやくアラビアを統一し、イスラム文化を現出した。ロレンスが自分たちとほとんど同一に見なしているアラビア人とは、このイスラム教徒であって、モハメッドは四十歳にしてアラビア在来の宗教の偶像礼拝に疑惑をもち始め、ユダヤ教、クリスト教の影響のもとに、偶像礼拝の否定と唯一神アラアの崇拝を説き、多神教に反対の宣告をしたが、一時は衆人の迫害をうけ身をもって難を逃れた。そののち布教のため剣をとることの是を認め、「コーランか剣か」の標のもとに世界的布教にのり出し、全く好戦の専制君主として、アラビアの国家的基礎を確立した。しかし、この宗教の源といい、またのちにかれら民族の示した業績といい、すべて西欧文明と共通したものがはなはだ多い。かれらは古代民族の素朴さよりも科学的才能に長じ、医学、数学などに著しい功績を残している。

94頁（39）　本文第六章註23参照。一九二〇年の『原典附アポカリプス、その飜訳と註釈』のこと。

同頁（40）　ヘイスチングス（James Hastings 1852-1922）——スコットランドの神学者。キリスト教関係の辞書、叢書の編纂者として有名。ここにあげた『宗教倫理百科辞典』（全十二巻、一九〇八—二二）のほか『聖書辞典』（全五巻、一八九八—一九〇四）、『キリスト福音書辞典』（全二巻、一九〇六—七）等がある。

ブーセット（Wilhelm Bousset 1865-?）——ドイツの神学者で宗教史学派に属する新約聖

書研究家。主著は『アンティクライスト』（一八九五）、『イエス』（一九〇六）、その他ヨハネ黙示録、第一、第二コリント書、ガラテア書の註釈などがある。

96頁（41）コックニ（Cockney）――ロンドンのボウ・チャーチの鐘の音のきこえる地域内で生れた生粋のロンドン児、乃至はかれらの用いるロンドン弁。

グラスゴウ（Glasgow）訛――スコットランド南西部の大きな港市で、その商工業中心地。ここでは訛の強い地方人を意味している。

百年前云々はフランス大革命後勃興したブルジョワジーを意味し、今日ロシア語を喋っているというのはロシア革命後のプロレタリアートであり、それらとおなじように、将来ロンドンの市民階級やグラスゴウの田舎ものが権力意識にめざめて、いついかなるとき、のしあがってくるかも知れぬというのである。

同頁（42）オクスフォド（Oxford）――イングランド中部の州、またその中心都市の名。ここではその大学（一二四八年創立）卒業者を意味する。

ハーヴァド（Harvard）――非国教派の牧師ジョン・ハーヴァド（一六〇七―三八）がアメリカに移住し、同志と共にマサチュセッツ州のケムブリッヂ（英国の同名の郡とは別）に建てた大学。

両者共に上流階級の子弟の学ぶところとして、日頃かれらの洗煉された教養の蔭にかくれた自意識の脆さとエゴイズムとを毛嫌いしていたロレンスの皮肉な指弾にあったのである。

97頁（1）ミケナイ文明とは、ギリシアのアルゴリス地方の古都ミケナイを中心として発達したもので、前一五〇〇年ころから前一三〇〇年ころまでに、その絶頂に達し、前一一〇〇年頃に終滅した。やはりクレタのミノア文明と共に、のちのギリシア文化の先駆をなしたものである。

7

98頁（2）ラメス（Ramessu）——上古のエジプト王名。およそ前十四世紀後半から前十二世紀前半に至るまで（十九王朝、二十王朝）に、ラメス一世、二世、三世と、十二人王がいた。

アシュルバニパル（Assurbanipal）——本文第六章註14参照。なおかれは古書の蒐集、筆写、飜訳に努力した。現在その都址より出土せるこれらの古書の数は二万を超え、それらは大英博物館に蔵せられている。

ダリウス（Darius）——古代ペルシアのアケメネス王朝の王名。ここではダリウス一世を指しているのであろうが、かれはキルス大王の死後、簒奪者ガウマタを殺して即位し（在位前五二一—四八五）、エラム、バビロン、メヂア、アルメニア等の叛乱を平定した。なおペルセポリスを建設し、ギリシアと戦端を開いたが、彼の軍隊はマラトンで破れ、その後間もなく死んだ。また、王は内政に著しい功績を残した。全国を二十三区に分ち総督を置き、郡県制度を確立し、あるいは軍用道路を開き、あるいは駅伝の制を設け、貨幣を新鋳し、税法、調貢を改正新設し、よく中央集権の実をあげた。前三三〇年アレクサンドロス大王に亡されるまで、アケメネス王朝一五〇年の基を定めたのである。

99頁（3）ヘレニアン（Hellenian, Hellene）——現代のギリシア国民を指すこともあるが、主として昔のギリシア人を意味する。ヘレニック（Hellenic）とはその形容詞であるが、純粋にギリシア精神の華咲いた前四世紀中葉までをヘレニック時代と称し、その後、その文化が頽廃期に向い、アレクサンドロス大王の侵入によって、他国民と民族、言語、文化上の混淆をきたしてからをヘレニスティック時代と呼んで区別している。

100頁（4）ヘラクレイトス（Herakleitos）——前五四四年ころから前四八四年ころまでに生きていたギリシアの哲学者。貴族の家に生れ、民衆を蔑視し、諸先輩哲学者たちを罵り、孤高狷介の生涯をおくった。その学説は簡潔な箴言のうちに語られ、難解のゆえに「暗き人」と呼ばれた。万物の根元を火となし、火は下って水、土となり、水、土はふたたび上って火となり、かくして宇宙は火の永遠なる生成流転の姿なりと観じた。生成と融解との相反する運動そのものが宇宙の実在であって、あらゆる存在、同一性はこの矛盾の統一によって生ずる外見上の仮象にすぎないというのである。（「万物は流転す」、「人はふたたびおなじ流れに入るをえず」）しかし、この流転を支配するものとして、かれは厳密な世界法則（ロゴス）

の存在を確信していた。

エムペドクレス（Empedokles）――前四九三年ころから前四三三年ころのギリシアの哲学者。パルメニデスの万物不変の説とヘラクレイトスの流転説とを調和し、世界は不変なる元素（地、水、空気、火）の結合より種々の変化を呈すると説き、この結合分化の力を愛と憎とに帰した。愛のみの世界は完全なる球であり、それは神である。憎のみの世界は元素の分散であって、この両極端の間に世界の各状態があり、個物の生滅がある。なお人体の各部分は別に存し、それが偶然的結合により始めは畸形を生じ、漸次生存増殖に適する形になったと説いた。また霊魂は元来神と共にあったが、堕落により地上世界の生物中に入り来たって個体の間を輪廻すると考えた。

アナクサゴラス（Anaxagoras）――前五〇〇年ころより前四二八年ころまでのギリシアの哲学者。やはりイオニア派に属する。無神論者として告訴されたことがある。かれの世界観は元子論であるが、その元子（spermata）は今日の化学の元素のごとく、質的に異なる無数不変の根原的物質であり、その結合と分離とによって種々の物質が成り、この分離結合を統一する根元力は精神（nus）であり、神であると考えた。

ソクラテス（Sokrates 470/69-399 B.C.）――ギリシアの哲学者。自然哲学から人間的主観主義的立場への転換をこころみたが、ソフィストと異なり、感覚主義を排して主知主義をとった。「霊魂」を道徳的真理の正しい認識に導くことを目的とし、かれの用いた常套的方法は、相手をまず無知の困惑に陥れて知的反省と覚醒を促す、いわゆる対話法（エイロネーア）で、かれは「汝自身を知れ」の古語を適用するをつねとした。そこから出発して、徳は知に基づき、まず知ることにより人は有徳となるという主知主義的な道徳説が主張されたのである。古来の政治家、あるいは国民的指導者たるソフィストを批判し嘲罵するにおよんで、当時の青年を惑わすものとして死刑に処せられたが、死に臨み従容として霊魂不滅を説いた。その死後、エウクレイデス、プラトンを始めとし、のちのキュニク、キュレネ、メガラ、アカデミー等の学派を生み、ギリシア哲学の主潮を形づくった。

アリストテレス（Aristoteles 384-322 B.C.）——ギリシアの哲学者。プラトンのアカデミーに二十年学んだ。ギリシア哲学の集大成ともいうべく、いわばかれにおいて学は始めて近代的装備を施され、厳密な形式、体系をもつに至ったのである。それは中世の学界を支配し、現代哲学の基礎を形づくった。論理学、形而上学、倫理学、政治学、自然科学、修辞学、詩学、歴史等の広汎にわたり、ほとんど近代学問の曙光をなしたが、その形而上学においてプラトンの二元論を排し、イデアは個物から独立して存するものではなく、個物において実現せられる形相であり、形相がよってもってみずからを実現するところの素材、すなわち実現の可能性は質料であり、形相が質料によって実現するとき現実となる。したがって形相は質料の目的であり同時に原因であると観、純粋なる形相を絶対的存在者、第一運動者、神とした。

ギリシア哲学がタレス、アナクシマンドロス、ヘラクレイトス、パルメニデス、アナクサゴラス、エムペドクレス、デモクリトス等の自然哲学を経て、ソクラテスからプラトン、アリストテレスへと移行して行った時代は、やはり進歩と頽廃とを同時に辿る文化の宿命をさながらに示している。ソクラテスはこの意味で頽廃の淵に臨みつつあやうく身を持した人として、ロレンスの言のごとくまた近代的な合理主義の曙光を最初に感じとったといえる。

101頁（5）スフィンクスの謎――オイディプスはギリシア神話中の英雄で、テーベ王ライオスと王妃イオカステの子供であったが、生れると神託によりこの子は父を殺し母を姦するものであると告げられ、そのまま山に捨てられたが、コリント王に拾われて育ち、ふたたび故郷に帰るなというアポロンの神託によって、かれは故郷と信じていたコリントを去り旅に出る。途上ライオスの一行に会い、争論のあげく父と知らずしてライオスを殺してしまう。一方テーベでは、上半身女人で下半身が獅子という怪物スフィンクス（時ならぬ死の象徴）が近郊の崖上に坐し、通行人に不思議な謎を投げかけて、解読しえぬものを殺していたので、王妃イオカステはその謎を解いたものには王位と己が身を与えるという触れを出した。オイディプスはその謎を解き、スフィンクスは海に身を投げて死んだので、かれは母と知らずして王妃と結婚する。やがてテーベに悪疫流行し、神託に聴くと、先王に対し大罪を犯したもののいまだ追われざるためだと告げられ、ついにそれが己れ自身たることを知って、オイディプスはみずから両眼を剜りぬき、娘に導かれて放浪の旅に出る。

103頁（6）ヘクトル（Hektor）――ギリシア神話中の人物。トロヤ王プリアモスの長男で、トロヤ戦争の際に軍の総帥、かつ第一の猛将としてギリシア軍の諸勇士を懲しめたが、アキレウスの親友パトロクロスを仆すにおよんで、アキレウスの憤怒を買い、トロヤ城の周囲を三度追い廻されて殺された。

メネラウス（Menelaus）――ギリシア神話中のスパルタ王。かれの妻はトロヤ戦争の因をなしたヘレネである。かれは妻をパリスに奪われたが、その背後に神々の手の働いているいることを知り、ユリシーズらの力を借りてトロヤ陥落ののちに妻を取り戻し、スパルタに帰ってふたたび王位につき平和な日を送った。

8―9

この第九章後半から黙示録本文批評が始る。ここに扱われているのは黙示録第四章、第五章である。引用句は原文でも引用符をつけたものとそうでないものとがあるが、そのいずれにも便宜のためふりがなを附しておいた。出所は一々明記する繁を避けたものの、この章のふりがなの箇所はすべて黙示録第四章、第五章にあることをお含みおき願いたい。なお以下第一五章まではこの例に倣った。

106頁（1）黙示録第一二章、なお本文第六章註3参照。

107頁（2）テオス（theos）――ギリシア語にて「神」の意。複数はテオイ（theoi）。

108頁（3）本文第七章註4「ソクラテス」の項参照。

109頁（4）終末論（eschatology）――この思想は、預言から黙示へ、拝一神教から唯一神教への展開と共に生じたものであり、またメシヤ、選民の観念と固く相結ぶものであった。語源「エスハトス」とは単に「終りの事柄」の意であるが、元来旧約の預言にはいわゆる終末観なるものはないといってよい。なぜならその時代の神観はあくまで拝一神観であり、ヤーヴェは他の民族とは無関係で、ユダヤの民だけを支配し、死後は正しきものと正しからざるものとを問わずすべて陰府に移され、そこで死者は現世とほとんど変らぬ生活をするものと考えられていたのであって、ヤーヴェは陰府に関与せず、現世と陰府とは截然と分たれてそのまま未来永劫にこの状態が続くものと信じられていた。世界終末の観念など入るべき余地もなかったのである。しかし前四〇〇年ころようやく唯一神観の形づくられるにおよび、選民の思想と共に現世生活の正邪（ヤーヴェに愛せられるものと憎まれるものと）の自覚が激しくなり、それは同時にユダヤの民族的自覚、国家的自覚を喚び醒し、ユダヤ民族は現世の不公平がこのまま看過されることを承服しえなくなったのである。そこで、現世において選民として正しく身を持しながら不幸に死んでいったものも、この世の終末と同時に神の国に召されて祝福を与えられるという信仰が成り立った。だが、こうした終末観にも変遷があった。選民という国民的自負の観念から生れ出た終末論は、当然メシヤのセカンド・アドヴェント（本文第三章註8参照）を待望するものとして、神の国の地上的出現を願い、メシヤとは異邦人を聖地パレスチナから追放し、現世とは逆に聖徒の世界支配を現出せしめるものの謂いであったが、前二世紀の末から前一〇〇年前後にかけて黙示文学の発達と共に、こうした地上王国への期待は薄らぎ、それは一つにはつぎつぎにユダヤ民族を襲った政治的失望が因をなしたのであるが、やがてかれらのうちの一部の人々はそうした政治的野心をあきらめ、文字どおりの聖徒の甦りと支配とではなく、単に霊的更新を冀求するようになり、新約時代、すなわちイエスの教えの準備をなしたといわれている。たしかにイエスに至っては終末観の純化が見られ、それは徹底的な精神主義の上にうち樹てられたのであるが、ロレンスの指摘をまたなくとも、通説のいうごとくはたして黙示文学が地上権力への夢を超脱しきっていたかどうかは大いに疑問といわねばならない。多くの神学者の説くように、そこにおいては国民的排他心としての権力意識は超越されていたかも知れぬ。しかしこの普遍化と世界化への方向は、なるほど政治的無能力者としてのユダヤ民族を超えて行ったが、なお悪いことには、より深く精神的弱者としての一般人間の意識の底へ、ロレンスの言葉に随えば、生きたコスモスから切断された人間の自我意識へと向ったのであって、その奥底で古代異邦人の力強い権力意識と結びつき、結果はインフェリオリティ・コムプレックスの歪曲された表れとなったのである。至福千年（本文第二章註5参照）の思想といい、その他黙示録中至るところに散見する残忍な復讐意識と俗物的な応報観念といい、すべては右の事実を裏書きするものである。神学者たちが黙示録の終末観をイエスのそれとおなじ純粋な思想と一致せしめようとしたのは、ただそれが新約のうちに含まれているという理由によるものであって、このことは黙示録それ自体の性格の難解と相俟って世人を悩してきたのである。

109頁（5）ブッシマン（Bushman）――南アフリカのカラハリ沙漠附近一帯に漂泊する原始狩猟民族。昔時は北アフリカ東部一帯にひろがっていた形跡がある。かれらは特異な原始宗教を奉じ、雨季になると数家族ずつ合して集団をなし、狩猟と宗儀にふける。

同頁（6）ヘシオドス（Hesiodos）――前八〇〇年ころのギリシア最初の民間詩人でホメロスと対照され、後者が高い調子をもって英雄や戦争を歌ったのに反し、かれは平易な言葉で日常生活を歌い、平民の間に人気があった。その日、その日の吉凶や宗教的格言を扱った『仕事と月日』や、渾沌からのこの世の発生と神々の歴史とを説いた『神統記』等の叙事詩がある。

同頁（7）ジョウエット（Benjamin Jowett 1817-93）――イギリスの神学者、古典文学研究家。古典語学に精通し、プラトン（1871）、ツキュディデス（1881）、アリストテレスの『ポリティカ』等の英訳はもっとも権威あるものとされ、また新約テサロニケ書、ガラテア書、ロマ書の註釈などがある。

同頁（8）トーガー（toga）・クラミス（chlamys）――トーガーとは古代ローマにおいて男子の著用した長い寛衣で、右腕を露出し他は全部を覆う。またクラミスとは古代ギリシアの騎士、兵士等が著た短上衣。

111頁（9）エポス（epos）――英雄的伝説を扱ったギリシア初期の物語詩。それをロレンスは不正確に用い、時間のサイクルを表すものとしている。

同頁（10）ここに黙示録の数字について行われている正統派の解釈をかかげれば、

一――絶対不可分。

二――証または証人に関するもの。

三――三位一体、天を示す。

四――東西南北、地水火風。

七――三と四の和で完全を示す。

十――人間的完全。

十二――三と四の積で、イスラエル十二支族、十二使徒、新しきエルサレムが十二の数よりなり、すべて神の民、神の国に関聯している。

なお七を単位としてこの黙示録が展開されているというのは、最初の七教会がそうであり、また七つの封印、七つのラッパ、七つの幻像、七つの鉢などいずれもそうである。

112頁（11）黙示録第四章四・五・六参照。

113頁（12）クロムウェル（Oliver Cromwell 1599-1658）――イギリスの軍人、政治家。熱烈な清教徒で、一六四二年内乱に乗じ、議会軍に属し精鋭な軍隊を組織し、やがて議会軍の統帥権を握り、王軍を大破して、チャールズ一世は議会軍の手に渡された。クロムウェルは王と議会の調停に力をつくしたが、ふたたび内乱勃発し、王の反覆つねなき不誠実に絶望し、部下将校の行動に促され、一六四九年ついに王を処刑し、ここにクロムウェルの治下の共和制が実現したが、やがて無上の権力を与えられ、独裁政治を始めた。しかし清廉厳粛な清教徒たるかれは純粋なクリスト教精神をもって風教の刷新をはかり、あらゆる娯楽を禁じ、世は一変して清教徒の世界となった。このクロムウェルの流儀というのは、かれの性情あまりに峻厳をきわめ旧約の文字そのままに王党を鏖殺せしことをいう。

113頁（13） 八、九世紀、東方のクリスト教会における宗教的礼拝、儀式において種々の偶像破壊を行った連中。それから更に十六、十七世紀のプロテスタントや、その代表者としてのクロムウェルをも意味している。

114頁（14） イリス（Iris）――ギリシア神話における虹の女神でヘラの侍女。ギリシアの詩人クセノファネスをバーネットが引用しており、それをロレンスが使っている。「人がイリスと呼ぶものは雲の如く、紫に、緋に、また緑にも見えたり」とある。

同頁（15） 黙示録第四章三。

同・117頁（16） 十二宮（astrological signs; signs of zodiac）――占星術はコペルニクスの出現以前古代の民の間に信じられていた信仰である。かれらは人間を小宇宙と考え、これは外界の大宇宙の運行生成と絶対不可分の関係にあり、たえずその影響をうけるものと信じていたのである（本文第一九章註1参照）。バビロニア人の間に起源を有するもので、その十二宮とは春分点を起点として黄道を十二等分し各起点につけた名称。各宮の名称、位置、対応せる星座名は次頁のごとくである。ヒッパルコス（前一九〇―一二五年ころ）の時代には宮の位置とその星座名とは一致していたが、歳差の影響によって春分点が毎年五十秒余黄道上を西向きに移動するために現在ではずれて来て、白羊宮は魚座中にありそこを出ようとしている。クリスト教の芸術、文学においては、魚はクリストの象徴である。

114頁（17）ヨハネ伝第一章一、黙示録第一九章一三。

115頁（18）黙示録第四章五。

116頁（19）黙示録第五章一。

117頁（20）ユダの族《やから》の獅子《しし》（Lion of Judah）――創世記第四九章八―一二にヤコブがその子ユダを祝福して「獅子の子の如し」と言い、ヘブライ十二族中に君臨することを示し、このユダ族の中より救主が生れるという信念が古くから人々を支配していた。旧約イザヤ書第一一章一、新約ヘブル書第七章一四参照。なおこの言葉と共に用いられたイエスの呼称として「ダビデの萌蘖《ひこばえ》」（offspring of David）というのがあるが、メシヤはダビデ（本文第六章註13参照）の子として生れることが預言されてあったのである。黙示録第五章五・六、マタイ伝第一章一、ロマ書第一五章一二、イザヤ書第一章一・一〇参照。

同頁（21）ミトラ神（Mithra）――ペルシアの太陽神、光明と真理の神、豊饒神、軍神。ア

宮　名		黄　径	星　座　名	
Aries	（白羊宮）	0-30°	The Ram	（牡羊座）
Taurus	（金牛宮）	30-60°	The Bull	（牡牛座）
Gemini	（双子宮）	60-90°	The Twins	（双子座）
Caucer	（巨蟹宮）	90-120°	The Crab	（蟹　座）
Leo	（獅子宮）	120-150°	The Lion	（獅子座）
Virgo	（処女宮）	150-180°	The Virgin	（乙女座）
Libra	（天秤宮）	180-210°	The Balance	（天秤座）
Scorpio	（天蠍宮）	210-240°	The Scorpion	（蠍　座）
Sagitlarius	（人馬宮）	240-270°	The Archer	（射手座）
Capricornus	（磨羯宮）	270-300°	The Goat	（山羊座）
Aquarius	（宝瓶宮）	300-330°	The Water-carrier	（水瓶座）
Pisces	（双魚宮）	330-360°	The Fishes	（魚　座）

ーリア、イラン両族分離以前の神らしく、インドのミトラと関係があるようにおもわれる。この信仰は前六七年、小アジアからローマに入った。豊饒の神として牛を聖獣とし、聖牛の供餐をなし、一種の秘密宗儀を形成した。なおこのミトラの宗教はクリスト教の儀式と相通ずるもの多く、降誕祭、洗礼、聖餐等多くのクリスト教的儀式の基をなしたといわれている。

118頁（22）　黙示録第七章一四参照。

同頁（23）　踰越節（Pasch）――パスクはユダヤ教ではPassoverで「すぎこしのいわい」を意味するが、その起源は、一説にイスラエルの民がエヂプト脱出をなしえた記念祭ともいわれ、またその際紅海通過の記念とも、また初生子の犠牲祭だともいわれている。春期これを行い、慣習として贖罪のため犠牲をささげる。クリスト教においては、イエスの死と復活がちょうどこの時期にあたり、かつ踰越節は春分と関係あるので、（クリスマスが冬至と関係あるごとく）この期に復活祭を催す。従ってPaschはEasterをも意味する。Paschal Lambとは(1)踰越節の晩餐にユダヤ人が殺して食する仔羊、(2)クリスト、(3)中世テムプラ騎士団が紋章に用いたもので、聖ジョージの赤十字旗を携えた白羊、この三を意味する。

同頁（24）　マタイ伝第七章二〇。

同頁（25）　黙示録第五章六。

119頁（26）　ヨセフは己れに害をなした兄弟たちの手を逃れてのちエヂプトに行き、そこでその智慧をみとめられパロに国政を委ねらるるに及び、ときに近隣を襲った饑饉に際し兄弟たちがヨセフと知らずしてエヂプトに助けを乞うたが、ヨセフはかれらの罪を憎まず糧食を与えてやった。その後兄弟たちは下僕のごとくかれを拝するに至ったという創世記（第三七章以下終りまで）の記述によるものであるが、その第三七章六・七にかかる前表をなすヨセフの夢物語に「禾束《たば》」云々の句がある。

119頁（27）　黙示録第五章八―一四。

10

この章は黙示録第六章について書かれたもので、ふりがなのある句はすべてそこに出ている。

120頁（1）　黙示録第六章一―八。

122頁（2）　本文第六章註1参照。なお、タイタン族というのはギリシア神話でカオス（渾沌）から生れた天と地との子供で巨人群であり、人間の生れる以前から存在し、ゼウスの父母であるクロノスとレアもこのタイタン族に属していた。のちこれら古神の所領はゼウスたちの手に移った。

同頁（3）「青ざめたる」（pale）と訳された原語には帯黄色（草色に近し）と蒼白なる色との二義がある。

123頁（4） 木星（ジュピタ・ジョーヴ）は陽気、火星（マース）は勇武、土星（サターン）は陰鬱、水星（マーキュリ）は怜悧、敏捷の性質を有し、占星学では万人はこれらの星の支配のもとにうまれ、それぞれの気質をうけるとされた。

124頁（5） マナ（Manna）――イスラエルの民がモーゼに率いられてエヂプトを去り、曠野に飢えたとき神より与えられた食物。出エヂプト記第一六章一五・三一・三五参照。なおこれから天与の食糧を意味し、精神的生命を与える糧を意味するようになった。元来は力、生命力、威信、神聖などを意味する広義な土着語であった。

125頁（6） 黙示録第一九章一一。

同頁（7） 当時ピュタゴラスはその才能の秀でたるをもって、神の子として人々の尊敬をうけ、この神聖視からいろいろな神話的伝説が生じた。「金の股」もその一つであるが、また同時に二箇処に彼が出現したという話も残っている。

同頁（8） 元来、男の力が宿るところと考えられ、男根の婉曲な言い廻しに用いられる。

126頁（9） マタイ伝第二六章二六、マルコ伝第一四章二二、ルカ伝第二二章一九。

同頁（10） 四人の騎士についての正統派の解釈を示すなら、第一の封印から第四の封印までの四人の騎士の光景は地上における神の審判を表し、それぞれのもつ意味はつぎのごときものである。白き馬の白は勝利を表徴するもので、この騎士は征服者、覇者であり、世人には英雄豪傑として仰がれるが、神からみれば審判の一手段である。しかもこの征服者はローマ、あるいは当時東方の強国であったパルティア国を意味するものである、と。赤き馬の赤は血の色であり、戦争により地上の平和は攪乱され人々は互に殺しあい、血は全土を赤色をもって蔽う、そして赤き馬の乗り手は全世界にかかる状態を実現することをゆるされる、と。黒き色は飢饉の惨害の象徴であり、小麦大麦の価を記してあるのはその高価なるを示し、油と葡萄酒を害うなとあるのは、それらが穀物と同様に貴重なものとして神の思いやりを示すものである、またこの騎士の権衡《はかり》を手にしているのは、食物を計るためであり飢饉の状態を表すものである、と。最後に青ざめたる馬は死屍の色から死を意味し、右の災害に加うるに疫病、悪獣の害をもって死に至らしめる役割をもつものである、と。

126頁（11）ティッス（Titus）——ローマ皇帝、在位七九—八一。ユダヤを攻略し、エルサレムを陥れる。ヴェスパシアヌス（Vespasianus）——ローマ皇帝、ティッスの父、在位六九—七九。すでにネロ帝の時代、ユダヤ征討軍司令官に任ぜられ、大功をたてる。いずれも善政を布き、外征に功あった善王であるが、火災、飢饉、疫病になやまされ、その間大いに民衆のために尽した。

128頁（12）「白き衣」はクリストによりて贖われしものの義、または勝利を示す衣である。黙示録第三章四・五・一八、第四章四、第六章一一、第七章九・一三・一四、第一九章八・一四、伝道之書第九章八等にこの語がある。

130頁（13）使徒行伝第二章三参照。——ひともとの焔が各個人の上に岐れとどまって、彼等を浄化するのである。

11

この章は黙示録第七章について論じられたものである。

131頁（1） 神風。シロッコと呼ばれるアフリカより南欧へ吹いてくる熱風。

同頁（2） ユダヤの十二支族——昔時イスラエルの民は十二族に岐れていた。聖書中この十二支族の列挙はしばしば散見しうるが、順序、ときには名称すら一救しない。黙示録第七章五—八ではユダ、ルベン、ガド、アセル、ナフタリ、マナセ、シメオン、レビ、イサカル、ゼブルン、ヨセフ、ベニヤミンである。かれらは出エヂプト後パレスチナを回復し、ヨシュアの統率のもとに、国土開拓、隣邦征服に従事し、のち全土を十二分に分って、おのおの独立してその一部を治めたが、このため団結力を失い国威失墜した。ここにおいて王政となしサウルのもとに一体となったが、ソロモンの死後、ユダ族の支配下にあるを潔しとせぬ北部十族は治下を脱してイスラエル国を、南部二族はユダヤ国を作り、ここに国土は二分された。

同頁（3） 黙示録第七章一〇。

同頁（4） 黙示録第七章一二。

132頁（5） 黙示録第七章一四。

133頁（6） イシス（Isis）――エヂプト神話の第一女神。芸術、農業の創始者でまた豊穣の象徴でもあった。夫オシリスに匹敵する力を得んとして、唾液と土とを混ぜて毒蛇をつくり、夫の足を咬ませてその秘密を知り、夫を制御する力を得た。また殺されたオシリスを生きかえらせたという神話である。

なお伝説によれば、イシスの像の額には、「われは今かくある者、かつてはかくありし者、未来はかくあらむ者なり。何人もわが顔蔽いをあげたる者なし」とあった。そこから、イシスのヴェイルを剝ぎとることは大いなる神秘を摑むことを意味する。

同頁（7） 誰しも偉大なる秘術的な第三の目を持つと信じられている。その位置は額の中央、眉と眉との中間の上であると言われている。

同頁（8） ウライウス（Uræus）――古代エヂプトにおいて神冠、または王冠の正面につけた蛇形徽章。黙示録の「額に印せられたるもの」に照応して例示されたのである。

12

この章では黙示録第八章より第九章一二にわたって批評解説が施される。（第一のラッパより第五のラッパまで）

137頁（1） ガイア＝ウラノス＝クロノス＝ゼウスの系譜（Gaea-Ouranos-Kronos-Zeus）――

ガイアはギリシアの大地の神格化で、太初にカオス（渾沌）から生れ、地下神で預言の力を具えていた。ウラノスはその子にして夫、天空の霊物化で、多くの神々、巨人、怪魔の父であったが、かれはこれらをことごとく暗黒界タルタロスに幽閉した。クロノスはその末弟で、季節としての「時」、あるいは万物を滅す「時」を表す神であり、また農耕の神であった。母ガイアはウラノスと交り、多くの子を生んだが、その子等をウラノスに奪われたことを恨んで、その末子のクロノスに命じ、ウラノスの男根を鎌をもって切取ってしまった。しかしクロノスもまた己が子のために主権を奪われるという母の預言を怖れて、生児をつぎつぎに嚥下してしまったが、末子ゼウスは母レアの手でクレタ島にかくまわれ、成長してオリムポスの神軍を率いて攻めのぼり、父クロノスを亡して腹中の兄姉を助けた。ゼウス（ローマ名ジュピタ）はギリシア十二神中の主神で天空神、雷霆神でもあった。

138頁（2）「二つの禍害」という語は黙示録第九章一二に出ているが、第六、第七のラッパによって惹起される災を意味し、第五のラッパによる第一の禍害のもつ象徴はそれらの序奏、あるいはその背景をなす異教的な解説原理ともいうべきものだという意であろう。

139頁（3）アポルオン（Apollyon）――ヘブル語アバドン（abaddon）は「破壊・破滅」の意であるが、これが、七十人訳では、‘apôleia’と訳され、さらに‘Apolluôn’と人格化して「破壊者」の意味をもたせられたのである。

13

この章では黙示録第九章一三より同章末尾まで、すなわち第六のラッパによって起る第二の禍害について論じてある。

141頁（1）ヒヤシンス（Jacinth）——古代人の宝石、きみがかった紫色。但し黙示録第九章一七では「火と煙と硫黄の色」となっている。

142頁（2）黙示録第一九章二〇——なお第二〇章一〇・一四・一五、第二一章八参照。

同頁（3）シーオウル（Sheol）——ヘブライ人の冥土、陰府、墓所、地獄。ギヘナ（Gehenna）——昔イスラエル人がモロク神にその子を人身御供に捧げた谷、——(Ge) hinnom（エレミア書第七章三一参照）——のちエルサレムの塵埃焼却場となる。地獄、苦しみの場所を意味する。

143頁（4）レヴァイアサン（leviathan）——エノク書では原始的な海龍、もしくは邪悪な怪物、ヨブ記第四一章一以下旧約では鰐となっているが、大きな鯨の意である。

144頁（5）ロレンスの誤解。「法律」第四巻七〇五（森進一氏訳）でプラトンはこう書いている、「まことに隣接している海というものは、その土地にとって、日々の生活には快適なものであっても、実状は、まったく『塩辛く苦い隣人』なのですからね。というのも海は、その土地を、貿易や小売りのあきないで満たし、ひとの心に、不正直で信頼のおけぬ品性を植えつけ、そのため国民は、お互いの間においても他国の人びとに対しても、ひとしく信頼を欠き、友愛を失ったものとなるからです」

同頁（6） 黙示録第九章二〇参照。

14

この章は黙示録第一〇章、第一一章、すなわち第二の禍害の中間休止から、第七のラッパによって惹き起される第三の禍害に至るまでの解釈である。

145頁（1） 人の子（Son of Man）――この語は民数紀略、詩篇、イザヤ書等にすでに見られるが、エゼキエル書からは大文字に用いられ、ダニエル書において始めて「人《ひと》の子《こ》のごとき者《もの》」は「雲《くも》に乗《のり》て来《きた》り」（ダニエル書第七章一三）、聖徒政治を招来せしめるメシヤとして扱われるようになった。イエスは神の子（Son of God）たる自覚、すなわち神とこころの交りあるもの、神の意志をこの世にのぶるものの自覚はあったが、メシヤたる人の子の自覚があったかいなかは疑問である。

同頁（2） 黙示録第一〇章二・三。

146頁（3） 山上の変容（transfiguration on the mount）――マタイ伝第一七章一から一三ま

で、マルコ伝第九章二から一三まで、ルカ伝第九章二八から三六までにあきらかであるが、黙示録第一一章三の「二人《ふたり》の証人《しょうにん》」は右の三書にあるモーゼとエリヤと見るのが正統派の解釈である。なおこの二人を律法と預言者、律法と福音、旧約と新約の二つだとする説もある。なお黙示録同章六の記述はエリヤ、モーゼの故事に照応する。

モーゼ（Moses）――前一四〇〇年、乃至は前一二〇〇年ころに活躍した古代イスラエルの指導者。エジプトに生れ、ゴーシェン地方の同胞を王の圧迫から救わんとし、かれらを導いて紅海を渡り、ミデアンの沙漠を漂浪し、目的地カナンに入らんとして果さず、モアブの地に客死した。以上は出エジプト記によるものであるが、その確実は期しがたい。イスラエル宗教の創始者かいなかは暫く措いて、すくなくともかれはこの宗教に新しい命を鼓吹した偉大な人格であり、その宗儀、律法のうちかれに始ったものもかなりあろう。が、いわゆるモーゼ五書（旧約冒頭の五書）はかれの筆になったものでないことあきらかである。

エリヤ（Elijah）――イスラエルの預言者であるが、前九世紀中期に北イスラエルの王アハブがフェニキアと結び、その五女を娶り、国内にバール教侵入し、国人が信仰上の動揺を来たしたとき、かれはヤーヴェこそイスラエルの真の神たることを説き、国民の宗教的無節操と政治的腐敗を責め、唯一神観の基礎づけをなした。

147頁（4）アドナイ（Adonai）――旧約にてエホバに用いたる語、セム族語で「吾が主」、「上帝」の意、のちギリシアに入ってアドニス崇拝の起源となる。

同頁（5）　黙示録第一一章一二。

同頁（6）「小さき者」（little ones）――詩篇第一三七篇八、マルコ伝第九章四二などに出てくるが、普通はかならずしも双生児ではなく幼子の意味である。聖書中双生児に関する記事は創世記第二五章二四、第三八章二七、ソロモン雅歌第四章二・五等にある。なお、いかなる古代民族の説話にも双生児の出て来ないものはないといってよい。

同・148頁（7）　カストルとポリュデウケス（Kastor and Polydeukes）――ギリシア神話における双生神で、両者を総称してディオスコロイ（Dioskoroi）と言い、それは「ゼウスの息子たち」の意を有する。ゼウスが白鳥に化けてレダに生ませた一つ卵より生れ、カストルは調馬者、ポリュデウケスは拳法家で、戦闘、旅行その他人間生活の諸活動に援助を与える。テュンダレオス（Tyndareos）の息子というのは、これら二人の母レダはスパルタ王テュンダレオスの妃であったからである。

149頁（8）　トリトパトレス（Tritopatores）――ギリシア語で「第三の父」、即ち先祖を意味し、ひいては氏族の神、人類の神を表すが、ここでは特殊な意味でアテナイの風神のことであり、民衆から子授けの神としても崇められていた。

同頁（9）　サモスラキア人（Samothracian）――サモスラキアはエーゲ海北部の島。この住民の崇拝した神カベイロイ（Kabeiroi）は近くの島レムノス、インブロスから小アジアに弘まりマケドニア、ギリシアにまでおよんだ。この宗教は前五世紀ころから注目を惹き、カベイロイは禍害、難船から人々を護るものとして信仰されたが、それがもっとも勢力をもち上流人の間にまで普及されたのはアレクサンドロス大王以後であり、このころに至ってサモスラキア島に巡礼するもの多大の数にのぼった。カベイロイは豊穣の地下神で二柱であり、ギリシアのディオスコロイなどと同一視されるに至ったが、とにかくその宗儀は神の力による魂の浄化であった。

149頁（10）ヘラス（Hellas）——ギリシアの古称。Hellene, Hellenic, etc. の語はこれから出た。

150頁（11）ホムンクリ（homunculi）——（ラテン語 homonculus の複数）homo は man の意にて、これはその指小辞。小人矮人の意。

同頁（12）雷石（thunderstone）——地中より掘出される矢鏃状の石。古代ギリシア、ローマにては雷神ゼウス（ジュピタ）の武器として地上に投ぜられたものと信じられた。

同頁（13）パンサ（Panther）・レパド（Leopard）——共に「豹」を意味する。グリファン（gryphon）は半獅子半鷲の怪物で、古代ペルシア、ギリシアの彫刻などに見られ、隠れたる財宝の保管者といわれる。また普通名詞として「看守人、附添人」などの比喩に用いられる。

151頁（14）ファロス（phallos）——男根（ギリシア語）。

152頁（15）ソドム（Sodom）、エヂプト（Egypt）——黙示録第一一章八。ソドムは道徳的腐敗堕落の支配するところとして旧約創世記第一三章一三、第一八章二〇に、またエヂプトは物質的な富と瀆神の支配するところとしてエゼキエル書第二三章三・八・一九・二七に、それぞれ出所がある。

153頁(16) 黙示録第一一章一〇。

同頁(17) サチュルヌス神(Saturnus)——ローマの農業神で穀物の種蒔、収穫を司る。本来ローマ人がイタリーの古い住民から採用した神で、のちギリシア人によってその大地の神クロノスと同一視された。ゼウスがクロノスの王座を奪ったのでイタリーに行きそこでその地を治めたというのである。サチュルヌス神祭は、十二月中旬収穫季に催され、宴楽を恣にした太平祭であった。

15

ここでは黙示録第一二章について論じている。なお黙示録後半たる第一三章以下、ことに第一七章との比較がこころみられる。

156頁(1) 黙示録第一二章一から九まで。

同頁(2) マグナ・メイタ(Magna Mater)——ラテン語で「大母性」の意。Magna—「大」、Mater—「母」。

158頁（3）ケラビム（Cherubim）――（ヘブライ語 k'rub の複数 k'rubim）九天使の第二位に位して知識を司る。また一般に「天使」の意。

同頁（4）ルシファー（Lucifer）、サタン（Satans）――ルシファーは元来ラテン語にて「光をもちきたらす」の意で、「曙の明星」、「金星」の意があり、また多くは「悪魔」、「サタン」と同義に用いられる。サタンはヘブライ語にて「敵」の意で「悪魔」「魔王」を意味する。この章に出てくる龍は同章九にて悪魔であることが明示されている。

同頁（5）黙示録第一七章三・四・五。娼婦を意味し、いずれは破壊される大バビロン、あるいはローマを指す。これ以下約四頁は黙示録後半についての論評で、「日を著たる女」と「紫色と緋とを著たる女」との比較であり、「七つの鉢」は第一五章に、「憤恚の酒槽」については第一四章一九・二〇に出ている。

160頁（6）エペソのディアナ――エペソについては本文第三章註3参照。なおここにはディアナ（アルテミス）神殿があるが、ロレンスの意とするところは、おなじアルテミスでもローマのディアナへ、そしてまた紀元一世紀ころの小アジア（エペソ）のディアナへと卑小化されて古代の偉大さを失ったという点にあったのであろう。使徒行伝第一九章二四から三五まで。

16

この章では黙示録第一二章に出て来る「龍」の象徴を借りてロレンスの文明論が展開される。

162頁（1）エサウ（Esau）――イスラエルの族長イサクの子。一説によれば、かれはその双生児の弟ヤコブに家督権を売ったといわれ、また弟と家督権を争って敗けたともいわれている。エドム人の祖と伝えられているが、右の伝説もイスラエル、エドム両民族の闘争を表したものであろう。ちなみにエドムは「紅」を意味する。旧約創世記第二五章二五以下参照。

163頁（2）サムソン（Samson）――おそらく紀元前十一世紀頃のイスラエルの士師。ダン族より出たナザレ人で、イスラエルをペリシテ人の圧迫より救わんとした怪力の英雄。旧約士師記第一三章二―第一六章三一参照。おそらく伝説中の人物であろうが、これからカナン征服時代のイスラエルとペリシテとの政治的社会的関係を窺知しうる。

ゴリアテ（Goliath）――ペリシテ人の勇将。イスラエル人パスダミムにてペリシテ人と相対せしとき、ゴリアテが戦を挑んで来たが、その勇猛なるに相手するものなく、ダビデいまだ年少であったが、石を投げてゴリアテの額を撃ち、殺した。旧約サムエル前書第一七章四―四九参照。

163頁（3）リビド（Libido）――オーストリアのフロイト（Sigmund Freud 1856-1939）の精神分析学において、愛と称される言葉のもとに一括しうるあらゆるものと関聯する本能の力、と定義されたが、ユングはこれをさらに拡張してあらゆる本能的欲望の底にひそむ潜勢力となし、エラン・ヴィタールのごときものと同義に用いられる。

エラン・ヴィタール（Elan Vital）――フランスのベルグソン（Henri Bergson 1859-1941）哲学において重要な役割をなすものであり、「生命の飛躍」と訳される。ベルグソンによれば、生物の進化は外界の事情にのみよるのではなく、そういう偶然的発展のほかに内からの創造的発展を行うのであって、その進化は漸進的ではなく飛躍的であるという。このように生命が内部から飛躍的に発展するのをエラン・ヴィタールと呼ぶ。

164頁（4）エヂプト脱出に際しイスラエルの民はその苦艱をかこって神とモーゼを譏った。神は火の蛇を民につかわしこれを咬ましめたので死ぬ者が多かった。かれらは罪を悔いてモーゼに助けを請うた。モーゼは神の言いつけに随って、銅の蛇をつくり杆《さお》の上に載せ蛇に咬まれたものにそれを仰ぎ拝さしめたところ、かれらはたちまち生気を取り戻した、という伝説がある。民数紀略第二一章四―一一参照。

165頁（5）昔時、支那では龍は天子の象徴であり、その衣に龍の姿を描いたが、のちに大官もこれを用いるようになった。

166頁（6）瑜伽《ヨーガ》――印度大乗哲学中もっとも主要なものを龍樹の中観派と弥勒、無著、世親等の瑜伽行派との二つとするが、そのうち瑜伽とは 'yugi' (結ぶ) なる語より出で、結合、抑制の義で、五感の作用を制し散乱を離れ、平静を旨とする修行法である。

同頁 (7) 蛇は智慧と、同時に悪のイメイジ。ヨハネ伝第三章一四に「モーゼ野に蛇を挙げし如く人の子も挙げらるべし」の句がある。なおヨハネ伝第八章二八、第一二章三二参照。

同・167頁 (8) カコダイモン (kakodaimon) ——ギリシア語、'kakos' は「悪」の意、'daimon' は「神」、「神性」の意にしてカコダイモンは「悪鬼」を意味する。

アガトダイモン (agathodaimon) ——ギリシアの豊饒繁栄の神。ギリシア語 'agathos' は「善」の意で、またBonus Eventusとしてローマ人に知られた。ギリシアではこれをディオニュソスと同一視したが、のち転じて「非凡人」、「神格を有するもの」の意に用いられている。

168頁 (9) ラオコーン (Laocoon) ——ギリシア神話に出てくる。トロヤのアポロン神司祭。トロヤ戦争のとき、ギリシア人たちが謀って木馬に戦士を入れ、トロヤ城外に遺棄したのをトロヤ人たちが城内にひき入れんとしたので、これを知って阻止し馬腹に槍を突き入れた。ギリシア方の神々がこの非礼を憤り、二匹の大蛇をつかわしてラオコーンとその子二人を絞殺せしめた。トロヤ人たちはそれをラオコーンのうけた罰と見なし、木馬を町にひき入れたが夜になって中からギリシアの戦士たちが跳り出し、ついにトロヤ方の敗北を招いた。

170頁 (10) アンドロメダ (Andromeda) ——ギリシア神話でエチオピアの王とその妃カシオ

ピアの間の娘。カシオピアが海のニムフたちとその容色を争い自慢したため、その使たる巨大な海蛇のために海岸を荒された。王は神託に随ってかれらの怒を鎮めるために、アンドロメダを鎖で岩角につなぎ、犠牲として海の怪物に供した。英雄ペルセウスはその怪蛇を屠り、アンドロメダを救ってこれと婚する。

173頁（11）レッド・インディアン（Red Indians）――アメリカ・インディアン（American Indians）とも呼ばれる。レッド・インディアンと称するのは、肌が赤いからではなく、顔に赤の顔料を塗るからである。（プエブロ人たちにもこの風習があった。）かれらはもとアジアに住し、ベーリング海峡を超えてアメリカに来たらしく、モンゴリアンと同種と見られる。なお数種に分たれるが、いずれも慓悍な原始民族であり、新大陸発見以前北米の各地方にそれぞれ集団生活をなして、固有の文化を形成していた。

プエブロ人（Pueblos）――ニュー・メキシコは北米合衆国最南端の一州。現在のアリゾナ、ニュー・メキシコ、ネヴァダ、南コロラド、ユタ、西テキサスの一部、北チファファの諸州を一括した地域をアリッド地方と称するが、ここに前十五乃至二十世紀ころ特異な文化が芽ばえた。最初遊牧の長頭族がやってきて、芸術的な籠やサンダルを造って優秀な文化の基礎を置いた。これを製籠時代（Basket-maker）第一期というが、第二期に至って住居も次第に定住となり、農業技術を獲得した。第三期になると製陶の方法を覚え、穴居生活が完成され、第一期に武器としてもっぱら用いてきた投槍に弓矢がとってかわるようになった。

このころから長頭族は衰え頭蓋変形が行われたか、または幅広頭人種が入りこんできたかして、木綿の製法が知られ、住居も地上にうつり、波紋状の壺があらわれてくる。この時代をプエブロ第一期と称する。第二期、第三期に至って地域が拡大され、建築、製陶に豊かな原始芸術味を示しプエブロ文化の最盛期を現出した。第四期歴史時代に入ってこの民族の人口、領地共に縮小し文化も衰頽してしまった。やがて十七世紀にはスペイン人の移民が渡って来て、プエブロ人は見るかげもなくなった。現在はニュー・メキシコ州の一都会としてその名をとどめているが、ロレンスがプエブロ人と呼んでいるのは製籠時代を含めてこの地方に古代文化を形づくった民族を総称しているのである。

176頁（12）　黙示録第一二章五参照。

17

この章から第二一章までは黙示録後半に及ぶ前に「数」の象徴をとりあげて、文化の古代的性格を論じている。なお本文第九章註10を参照されたい。

178頁（1）　本文第六章註17「アナクシマンドロス」の項参照。

179頁（2）　生命の樹・智慧の実——創世記第二章九・一六・一七、第三章参照。

同頁（3）　アナクシメネス（Anaximenes）——前五八五年ころより五二八年ころのギリシア

の哲学者。イオニア学派に属し、アナクシマンドロスの門下と称せられる。空気をもって万物の根基となし、その稀薄化と濃密化とにより火と風とを、ついで雲、水、土、石を生じ万物を生ずると考えた。

179・182頁（4）　ここでは主としてギリシア神話中の神々を指すのであろう。ホメロスの諸作を始め、これらの神々の伝説は大体前六世紀ころまでには完成して民間にも知られていた。なお現在吾々の知っているギリシア神話と称するものは、ローマに入ってオヴィディウス、ヴェルギリウスなどを経て増補されたものである。

179頁（5）　ピュタゴラス学派——ピュタゴラスその人の思想と、その継承者たるこの学派の思想とを分つことは難しい（本文第六章註37参照）。主としてフィロラオスによって伝承された。その宇宙論的方面ではアナクシメネスの影響をうけ、無際限のものなる空気を万物の根原と考えたが、事物発生の過程を説くに分離をもってせず、「制限あるもの」が「無制限なるもの」を限定し形式を賦与すると考え、イオニア学派の元質の観念に対して形式の観念を明かにした。ここにピュタゴラスの独創がある。なおかれはこの考えを推しすすめ、数とは宇宙の常住的性質で、その整然たる関係は時処に制約されず、万物をして秩序正しいコスモスたらしめる形式であるとなした。また宗教的方面ではオルフェウス信仰の影響を存した再生輪廻の説を主張した。なお諸種の禁欲説、原始的タブーの痕跡を示す戒律や、潔身の思想をもっていた。この潔身の観念は浄化の思想となり、学問、ことに数学の研究による精神の浄化を説くに至った。なお後継者によってピュタゴラスの思想は種々発展が行われ、宇宙論においては天体の運行を説いて宇宙は球形であり、中央に火があって、これをめぐって太陽、月、星辰が運行し、地球もその一つであるが、その運行のときつねにおなじ面を火に向けているので、その反対側に棲む人間には火が見えぬとなした。

180頁（6） オルフェウスについては本文第六章註27参照。オルフェウス信仰はこの神話的詩人に与えられた神的啓示に基づくと称する宗教で前六世紀ころよりギリシアに弘まった。ディオニュソスの熱烈野蛮な宗教より転化し、霊魂不滅、輪廻転生の信仰であって、一定の戒律と儀礼とによって霊魂を肉体より浄め、永遠に福なる、神にひとしき、霊魂固有の真生命を恢復せしめるのを目的とする。「生成の輪廻から逃れんとする」というのはこれを意味する。

同・182頁（7） イオニア（Ionia）学派――ギリシア哲学最古の学派。前六〇〇年以降ギリシア植民地イオニア地方に起った最初の自然哲学者の群を総称する。この派は従来の神話的解釈から一種の概念的思索に向い、一原理を万物の根基に置き、自然現象の生起を一元的に解釈せんとしたが、なお神話的な古代精神を残し、この原理を抽象化してみず、あくまで物的に認識していた。この時代はいわば健康な古代の自然観のうちに理智が徐々に忍びこんできた時代である。うちタレス、アナクシマンドロス、アナクシメネスをミレトス学派と呼ぶ（ミレトスはイオニア地方の一市）。

182頁（8）黙示録第二章二八、第二二章一六、マタイ伝第二章二等にあきらかなるごとく、クリスト教では「曙の明星」を特に再臨のクリストの象徴としている。

18

183頁（1）この一節は黙示録第四章六―八とエゼキエル書第一章一五―二三とにおける四つの活物の比較である。

184頁（2）ケラビムは元来アッシリア語。獅子や人間の顔を有し、牡牛、スフィンクス、鷲などの体に大きな翼をもったものとして描かれていた。旧約では第一の天使として創世記第三章二四に出てくる。なおエゼキエル書第一〇章一四、黙示録第四章八参照。

同頁（3）エゼキエル書第一章八―一二。

185頁（4）クセノファネス（Xenophanes）――前五四〇年から五〇〇年ころまで活動したギリシアの哲学者、詩人。当時の多神教的、擬人観的な宗教を攻撃し、万能なる唯一神を説き、この神は同時に世界そのものであり、不変不生不滅であると主張した。

186頁（5）本文第七章註4「エムペドクレス」の項参照。

同頁（6）この四つがそれぞれ火・土・水・大気のいずれを表すかについては諸説区々として一定しないが、バーネットによれば、ゼウスは輝く大空として大気を意味し、ヘラは生命をもたらす豊穣な大地であり、ネスティスは河の名であるから水を意味し、エイドニウスは火山の名で火を表す。

187頁（7） タイタン族の一人であるプロメテウスが神に委任されて人間を造ったが、女はまだ造られていなかったのを、ゼウスが始めて女を造ってプロメテウスと人間とに贈った。こうして人間の住むようになった世界は、その最初の時代を「黄金時代」と呼ばれ、無染と幸福の時代であった。自然は永久に春が支配し、花は種子なくして咲き、樫の木からも蜜が滴り、法律も強制も懲罰もなく、真理と正義が行きわたっていた。やがてゼウス治下の「白銀時代」が来て、ゼウスは長い春を縮めて一年を四季に分ち、寒暑の別が出来、人間は家を造らねばならず、穀物は植えつけを必要とし、労働が始った。つぎの「真鍮時代」、あるいは「青銅時代」は粗野な強いもの勝ちの戦乱時代であったが、いまだ悪のみの世界ではなかった。ついに「鉄時代」がやってきて罪悪は世に充満した。詐欺と奸智と暴力と邪欲の時代である。共有の土地も分割されて私有が始り、人々は土地の表面から生ずるものだけでは満足しないで、その内部を掘り、鉄やいたずらものの黄金をとり出した。それらを武器として戦争が始り息子は相続を欲して父の死を願った。神々は地を見捨てた。ゼウスは怒って人間世界を亡さんとし弟ネプテューン（海神）の援けをえて地上に水を浴せ大地を水と化したが、すべての山々のうちでパルナソス山だけが水面をぬきんでてそびえ、そこに避難したプロメテウスの父正直なデウカリオンの一族のみが残りこれがギリシア民族の父祖となったのである。以上はヘブライ人の大洪水とノアの伝説に共通している。

188頁（8）黙示録第六章一―八。

19

189頁（1）マルヅク神（Marduk）――バビロニアの神。旧約のベルにあたる。朝の光明、夕の太陽から、天地の主、創造神、生死の掌握者、神人間の仲介者となり、また戦闘神としてバビロニアの諸王から崇拝された。太初に邪悪な怪蛇ティアマートを斃してその体を二分し、一から大地を、一から天空を造り、さらにその影を空に置いて銀河とし、そこに十二の星を配して十二宮をさだめた。この神は木星と同一視された。

同頁（2）マグス（Magus）――複数は'Magi'。術、妖術（Magic）の語源（古代ペルシア語）。意味は古代ペルシアの僧族、マギー教僧、魔術士、卜筮師。

191頁（3）新プラトン学派（Neo-Platonists）――ギリシア最後の哲学的学派。第三世紀の初期、プロティノスによって開かれた。プラトンを神聖視し、誤りなき権威として崇拝し、その教に随わんとしたが、事実は折衷的傾向を有し、ストア学派、新ピュタゴラス学派を始め多くの学説が採り入れられている。それは精神主義の徹底であり、一切の存在をこの立場から説明している。宗教的傾向が著しくプロティノスはギリシア哲学の総果を当時の神学的動機によって解釈してギリシア神の観念を哲学的に弁解した。この学派の神秘思想はのちアラビア・ユダヤの哲学を始めヨーロッパ哲学のうちにも永く生きつづけた。

同頁（4）『黄金の驢馬』（The Golden Ass）――ローマのアプレイウス（凡そ一一四年生）の作。かれは二世紀後半（アポカリプスの出たのち百年たらずである）の文学者、哲学者、折衷的プラトン学派。カルタゴで学び、アテネ・ローマに旅した。当時の伝説に基づいて神秘的哲学観を述べた比喩的物語『愛と心』（アモールとサイキ）は有名である。この『黄金の驢馬』は'Metamorphoseon, seu de Asino Aureo'の第二巻で、女魔法使いの召使がまちがって驢馬に姿を変えてしまった一青年が、つぶさに世の辛酸を嘗める奇想諧謔に富む諷刺小説である。のちマキャヴェリ、セルバンテス、ル・サージュ等に材料を提供した。

192頁（5）原文は"time and times, and a half"となっており、「一時《ひととき》、二時《ふたとき》、また半時《はんとき》の間」の意であるが、日本の黙示録に限り「一年、二年、また半年の間」となっている。黙示録第一二章一四。なおダニエル書は第七章二五、第一二章七を見られたい。また黙示録第一一章二・三、第一二章六参照。

同頁（6）月の周期を四つに分ち、第一弦、第二弦、第三弦、第四弦と称された。いまもなおこの呼称は消滅していない。

20

193頁（1）ピュタゴラスの《4＋3＋2＋1》の三角形というのは、∴のごときものである。なおピュタゴラスによれば、一は点、二は線、三は平面、四は立体、この四つの数の合計は完全数十をなし、点・線・平面・立体からなる宇宙万物を表すという。

194頁（2）イシファロス（ithyphalos）――「直立せる男根」の意で、古代ギリシアにおいて酒神ディオニュソス神祭で担ぐ男根をいう。

コーニュコーピア（cornucopia）――無尽宝角、すなわちゼウス神の幼時かれに乳を与えて育てたと物語に伝えられている山羊の角。多産、豊饒の象徴である。

21―22

第二二章ではいよいよ黙示録第一二章からロレンスのいう後半へと考察が進められる。

196頁（1）黙示録第一二章七。

同頁（2）アフロディテ（Aphrodite）――ローマにいってヴィーナスと呼ばれたギリシア十二神の一。この神の原型は東方諸国のアシュタル（Ashtar）であるらしい。愛と美の神で、ときに軍神の性質を帯びた。ここでは、この異教的なアフロディテが倫理的な天使に合理化されたのをいう。

同頁（3）前一〇〇〇年といえば、大体ヘブライ人がモーゼに率いられてエヂプトを脱れ、故地パレスチナを平定したころである。ユダヤ教はこの時代からその萌芽をもち、バビロン俘囚以後発展完成された宗教であるので、こういうことがいえるのである。

197頁（4）黙示録第一二章一六・一七。

同頁（5）黙示録第一三章一・二。なお黙示録第一二章三、第一七章三・九・一二を見られたい。ダニエル書に原型があるというのは、同書第七章七・二〇・二四、および第七章四・五・六を参照されたい。

199頁（6）『黄金の枝』（Golden Bough）――フレイザ（Sir James George Frazer 1854-1941）の作。かれはイギリスの人類学者、民俗学者で、人類学的資料をもととして未開民族の宗教、風習を研究し、その解釈には聯想心理学的、合理主義的見解を援用した。その著『黄金の枝』も古代宗教・慣習を採り、それぞれに合理的解釈を与えたものである。

同頁（7）アンク（ankh）――エヂプト神話に出てくる鍵形十字章で神聖な生命の標識であった。後にクリスト教の十字架になった。

同頁（8）六六六――本文第三章註1参照。

200頁（9）マグスのシモン（Simon Magus）――使徒行伝第八章九以下参照。サマリア地方にてグノーシス（一種の神秘的知識哲学）の教を説き異端の始めをなした。新約では魔術士とされている。

200頁（10）黙示録第一四章一四以下第一八章まで続く。

同頁（11）黙示録第一四章八、第一八章。

同頁（12）黙示録第一九章一一―一三。

同頁（13）黙示録第二一章二。

同頁（14）黙示録第二〇章四。

同頁（15）本文第二章註5参照。外典にはこの思想を見るのであるが、正典では黙示録のみであり、エノク書の聖徒政治四十年をパトモスのヨハネはおもいきって一千年に延ばしている。

201頁（16）テモテ（Timotheos）――使徒パウロの最も忠実なる弟子。前四四七―三五七年。音楽家、詩人。新約の第一テモテ書、第二テモテ書はパウロのテモテに与えた書簡とされているが、そのうちの大部分は疑わしい。テモテ書のうちに復讐的言辞が見えるというのは第二テモテ書第四章七・八・一四などを指したものであろう。十七世紀の詩人ドライデンの『アレグザンダの饗宴』の中に「復讐を、復讐を、とテモテは叫びぬ」の一句がある〔パウロの弟子テモテと、紀元前五―四世紀のミレトスの音楽家ティモテオスを、訳者が混同したか――ちくま学芸文庫編集部〕。

202頁（17） 黙示録第六章一一、第一九章一四。

同頁（18） ロレンスは変らざる恋愛、衰えざる情熱、死なき生、萎まざる花、これら一切の永生を憎んだ。かれはメタモルフォーゼを愛するプロテウスであった。萎まぬ花云々はかれの詩集によく歌われている。生あるものは変質し滅亡する。造花は生なきゆえに永遠だ、というのである。

203頁（19） 黙示録第一八章二。

23

この章は本文全体に対する結論であり、同時にロレンスの思想の縮図であった。ということはロレンスの場合、かれ自身の生活のモチーフそのものだったということである。ここでは黙示録を離れ、近代精神の悲劇的宿命が語られて居り、その性急な喘ぐがごとき文章のリズムは近代終焉の輓歌となった。

205頁（1） マタイ伝第二五章二九。

同頁（2） マタイ伝第二二章二一、マルコ伝第一二章一七、ルカ伝第二〇章二五。

同頁（3） ドミティアヌス（Domitianus 51-96）――ヴェスパシアヌス帝の子で兄ティッス帝のあと、八一年に皇帝になり、専制政治確立に努め、多くの人を殺戮し、クリスト教徒を迫害した。帝の惨虐はなはだしくなるや、后ドミティア等謀って刺客をして帝を殺さしめた。伝説によれば、帝の迫害が激しくなったころ、ヨハネはパトモスに流刑されており、黙示録に記されているような種々の黙示を受けたという。

209頁（4）　教門政治（hierarchy）――また「教職制度」の意。ギリシア語'hierarkhia'は「聖者の支配」を意味する。「聖者」とは「教会で神聖視されるもの」の義で、ローマ・カトリック教会で教職は一般社会国家の上に位し、使徒より伝えられた特権に基づいてこれを統轄し指導すべきであるとの要求から設けられた特殊の教会的制度である。監督、長老、執事、副執事を大教職と呼び、その下に多くの小教職がある。また監督の上に大監督、その上に法王があって法王庁において教会を一切統治する。カルディナル会議その他の組織あり、神父はこの制度のもっとも下に位し、直接民衆に接して説教する。かかる制度は紀元八―十一世紀ころに成立し十二、三世紀ころに最高潮に達したが、中世末よりこれを否認せんとするもの出で、ついにプロテスタントたちにより覆された。

211頁（5）　マタイ伝第二二章三九。

同頁（6）　カリタス（caritas）――ラテン語。経済的、道徳的、身体的窮状にある隣人が正式の保護者より顧みられぬとき、これに助力と保護を授けることである。個人的協力としては慈善の形をとり計画的に組織された保護としては福利施設をいうが、一般には特にクリスト教的カリタスを意味する。

212頁（7）ニルヴァナ（Nirvana）――サンスクリット語で「消滅」の意、仏教の「涅槃《ねはん》」をいう。ニルヴァナの内容はその体現者でなければ関知しえぬが、煩悩の束縛を解脱してふたたび迷いの生（輪廻）に入るべき業因を造らぬのをいう。教祖仏陀が最初に体験した事実で、のち種々の哲学的解釈を与えられ、各派それぞれ特有の涅槃観を有するに至った。

同頁（8）使徒書とは新約聖書中その大部分をなす使徒の書簡で、その内容は、当時の民族、教会の環境に即して、クリスト教の真意を伝え、教徒を激励したものである。

後書

福田恆存

白水社版「現代人は愛しうるか」前書

ぼくがロレンスの『アポカリプス論』を訳したのは昭和十六年ころである。白水社から刊行される予定で校了にまでなっていたが、それからすぐに太平洋戦争がはじまり、当時の出版界の事情でついに出版されずにおわった。紙型は焼けてしまったが、さいわい校了のゲラ刷りが残っていたので、ここにあらためて出版することができたわけである。

このさい全体を訳しなおそうとおもって、草野貞之氏の諒解を得、手もとに数ケ月おいておいたのであるが、なかなかその暇が得られず、本文も註も十年前のゲラ刷りにしたがわざるをえなかった。いま訳しなおせば、文体などだいぶちがってくることはあろうが、十年前の訳稿もいま読んでみてかならずしも不満足なものではない。あえてそのままにしておくしだいである。

序文は戦後『展望』に書いたアポカリプス論を利用した。これはその後、『近代の宿命』『西欧作家論』のなかに収められたものであり、さらにここに利用するのは少々気がひけるが、『展望』に書いた「アポカリプス論」がもともと十年前の訳稿の序文にちょっと手を加えたものであるので、いわば、これでやっともとのさやにおさまったということができる。ただ一部分、昔の序文にあって「アポカリプス論」に省いたところを、ふたたび本書の序文中に挿入した。

ついでに序文についていえば、ぼくの用いた原書はアルバトロス版で、オールディントンがロレンス夫人フリーダにあてた手紙を序文としている。十年前に訳したときも、ぼくはこれを省き、訳者序文をもってそれに代えた。一般日本の読者にとってその方が便利だとおもったからである。

なお題名の「アポカリプス論」も、日本の読者にはなじみのないことばなので、出版社と相談のうえ改めた。商策のためロレンスの本意にそむいたわけではない。気短な読者は、あるいは途中でこの本を投げだしてしまうかもしれぬが、そういうひとたちも最後の章だけは読んでもらいたい――訳書の題名がでたらめでないことを諒解してくれるであろう。

しかし、ぼくは難解な書物を読む習慣を失いつつある現代の青年に、ぜひともこの書の再読三読をすすめたい。これはロレンスが死の直前に書いたもので、かれの思想のもっとも凝縮された表現である。のみならず、人間を造りかえる力をもった書物というものは、そうめったにあるものではないが、この『アポカリプス論』はそういうまれな書物のひとつである。すくなくとも、ぼくはこの一書によって、世界を、歴史を、人間を見る見かたを変えさせられた。自信をもって青年にこの訳書をすすめるゆえんである。

(昭和二十六年八月二十五日)

筑摩書房版「現代人は愛しうるか」前書

白水社版は初版数千を刷っただけで絶版になった。それから十四年になるが、その間、毎年秋になると訳者の私の処へ未知の読者から必ず何通かの註文書が届く。手持ちの残品があったら頒けてくれというのである。季節がいつも同じ頃なので、最初のうちは不思議な事もあればあるものだと思っていたが、その謎は直ぐ解けた。大学の卒業論文に使いたいのだが、原書も訳書も入手出来ないと正直に言って来た学生がいたからである。原書まで入手困難とは思えぬが、とにかく需要がある以上、せめて私の訳書だけは改めて上梓したいと思い、心当りを当ってみたが、今時この様な反時代的な、しかも古今東西を通じて、売れない本の番附では恐らく横綱格の書物を出してくれる奇篤な出版社は見附からず、私はついに諦めてしまった。

ところが、諦めると想いは叶うものらしく、その奇篤な出版社が現れた、筑摩書房が何処からかこの書物の存在を嗅ぎ知り、その稀少価値を買ってくれたのであろうか、是非とも筑摩叢書の一巻として出版したいと言い出してくれたのである。私はその好意に深く感謝する。

白水社版の序文に書いた様に、私はこの書によって眼を開かれ、本質的な物の考え方を教わり、それからやっと一人歩きが出来る様になったのである。そして、この書の表口から旅立ちした私は、その後四半世紀を経た今、その裏口に辿り著こうとしている様な気がする。私にとってはそういう懐しい本である。ここに一言読者に注意を促しておきたい、ロレンスが反逆したのはプロテスタンティズムでありピューリタニズムであって、クリスト教そのものではない。劇薬を用いるにはそれだけの心構えが必要である。今度再刊するに当り、誤訳その他を全面的に訂正する機会を与えられた。その点、重ねて筑摩書房編集部に御礼を申述べると同時に、私の血肉とも言うべきこの書を二たび在庫目録から追放しない様にお願いする。

（昭和四十年八月末日）

中公文庫版「現代人は愛しうるか」後書

この本を最初に訳したのは昭和十六年のことで、アルバトロス版によった。その年の十二月八日に太平洋戦争が始った。その為、訳しはしたものの、そのまま本にはならなかった。本になったのは戦後のことである。原書の題名は聖書の『黙示録』であるが、それではわかりにくかろうと思い、『現代人は愛しうるか』とした。初めは白水社から、次いで筑摩書房から出版され、筑摩版は何度か版を重ねた。旧筑摩書房が倒産したのに際し、当然、この本の話どころではなくなった。そこへ中央公論社が是非それを文庫にして出したいと言うので、新筑摩書房にその由を伝えたところ、いずれいつかは出すと言って、直ぐには許してくれそうにもなかった。その「いつか」はいつかと訊ねたところ、それはわからないと言う。それではこちらが困ると、無理に頼みこんで、やっと許可が出た。私は改めて誤訳の有無を野中久武氏に見てもらい、それに自分で手を入れた原稿を中央公論社に渡した。それは確か一昨年のことである。

それがきょうまで掛ったのには訳がある。ロレンスはニースの近くのヴァンスで、一九三〇年三月二日に四十五歳で死んだ。その『黙示録論』は死の病床で書きつづけられ、一九二九年から三〇年のクリスマス休暇に、最初の原稿をもとにしてタイプし、それに著者自身が手を入れたものがオースティンのテクサス大学に保管された。いずれにせよ、原稿、タイプ共に間違いがあり、また両者は必ずしも一致しない。その両者に綿密な原本考証の手を入れたのがマラ・カルニンズである。それが出版されることがわかったのが、筑摩書房の了承を得たあと間もない頃であった。私はカルニンズ版を直ぐ註文したが、それがなかなか出ない。

やっと私の手に入ったのが去年の三、四月頃で、進行中のケンブリッヂ版ロレンス全集の一巻である。さて、これがアルバトロス版とどう違うかということになると、その両者の照合は誤訳の発見どころの話ではない、大変面倒な仕事である。私は再び野中氏に頼んでみた。氏は快く引受けてくれた。が、驚いたことに、氏は夏休みを完全に潰し、その間、中間報告めいたものまで頂戴した。これはとんでもないことを頼んだものだと、私は身の縮む思いをした。それがどんなものかはとてもここには書き尽せない、カルニンズ版に綿密丁寧に線を引き、註に至るまで氏自身の考えを書き添えてある。「ここに併せて御礼を申述べる」といった決り文句では片附けられないのである。この本が出来たら、お目にかかって御礼を言う事にする。そんな訳で、その野中氏の印のついたところを手直しし、その原稿を中央公論社に渡したのは昨年の秋頃であった。したがって前に読んだことのある人も、是非この本を買い、引用などもこれによっていただきたい。

なお、私に思想というものがあるならば、それはこの本によって形造られたと言ってよかろう。いい時にいい本を読んだものだ、この本ばかりではない、私はつねに都合のいい時に都合のいい本を読んでばかりいる、つくづく読書の幸運児だと思う。

（昭和五十七年三月八日）

解説　最後のロレンス、最初の福田恆存

高橋英夫

何かある主題、ある人物を扱った評論の書物の解説はなかなかむずかしいのが通例である。その主題、その人物を中心にして解説を加え、論評してゆくのか、それともその主題や人物を論じている著者を中心にして解説していったらいいのか、これがまず大きな問題となる。もとより単純に、機械的にどちらか一方だけを語るようなことはあり得ず、論じられた主題や人物を語りながら、自ずと論じている著者にも解説の筆が及ぶのが普通だが、力点の置きどころのむずかしさは最後まで残り続けるだろう。

しかもロレンス著・福田恆存訳『黙示録論――現代人は愛しうるか』の場合、ポイントは、(A)論じられている「黙示録」、(B)論じているロレンス、(C)それを訳出した福田恆存と三分化されている。人によって立場、文学観は異なるので、(A)と(B)だけでよいという考えもあるだろうが、私はどうであったかというと、(C)への関心が最初にあり、そこから(B)

へ遡ろうという思いが生じたのだった。(C)と(B)はいかにかかわり合っていたのだろうか、であろう。偏った関心というべきかもしれないが、少しずつでもより広い視点へ通ずる道を感知してみたい、この気持をこめながら問題を考えてゆこう。

『黙示録論』はロレンスの最後の著作である。井上義夫氏のロレンス評伝三部作のⅢ『地霊の旅』(小沢書店、一九九四年)に付された年譜によると、これは一九二九年十一月五日ごろ書き始められ、一九三〇年一月九日以前に「執筆・改稿終了」したものだから、わずか二ヵ月で完成している。しかも今日一般に読まれているのは改稿の方で、初稿とは叙述内容がかなり違っているらしい。それをも含めてたいへんな筆の勢いであったが、ロレンスは書き了えた二ヵ月後、三月二日に死んだ。出版は没後一年たった一九三一年である。文字通り「最後のロレンス」だった。

一方、訳者福田恆存からは「最初の福田恆存」といったイメージが見えてくる。福田恆存にはロレンス論が二つあるが、その一つは「近代の克服」と題して戦後「展望」の昭和二十二年四月号に掲載されたもので、これがこの文庫版の巻頭に「ロレンスの黙示録論について」の題で載っているものに他ならない(尤も、僅かな字句の変更は行われている。元来この文章は、戦時中昭和十六年に彼が『アポカリプス論』を訳した時に序文として書かれたものだったが、当時この訳書は出版不許可となったために序文も未発表のままだったところ、戦後になって「展望」に発表の機を得たものだった）。

ところで、福田恆存の二つ目のロレンス論はいかなるものかというと、それは「ロレンスの思想」と題して「人間」の昭和二十五年九月号に出た。これは折からの伊藤整訳『チャタレイ夫人の恋人』発禁の法的措置に対して、戯文調で当局と世間への風刺・批判を述べた文章だったが、その中に次のような一節が見出される。

「ロレンスは十五年前からぼくの教祖だった。『アポカリプス論』（黙示録論）はぼくの聖書だった。」

十五年前というと、昭和十年。新潮社刊『福田恆存評論集』第七巻の年譜をみると、昭和十年分の記述はなくて空白だが、昭和八年には「東京帝国大学文学部英文科に入学。すでに私の関心は戯曲から批評に移っていたが（後略）」とあり、昭和十一年には「大学を卒業。卒業論文は『D・H・ロレンスの倫理観』」となっている。はっきり何年と確定できないにせよ、以上を併せ考え、福田恆存は昭和十年には『黙示録論』をすでに読んでいた筈だと推測される。「最初の福田恆存」というのは、そういった意味合いからで、一九三一年刊の原書を遅くとも一九三五年までに読んでいたこともそこから見えてくる。

だからそれは文学史上の古典を読むのとは違っていた。それは同時代的読書、受容の行為に他ならなかった。では年譜で、「批評」に関心が移っていったと述べられていた若き福田恆存にとって、「同時代」とは何だったのか。彼の批評精神の前で渦巻いていたのはいかなる世界の、いかなる問題であったのか。

複雑なことだから簡単にはいえないが、あえて要約すればそれは「近代とは?」「神とは?」「思想とは?」「人間とは?」などと表現できるような、互いに切り離しがたく根が絡みあっている大問題群である。またそこからの派生形として、「歴史とは?」「西欧対日本とは?」といった懐疑も生じていただろう。当時これらの問題にとらえられていた若い知識人、学生がしばしば話題にした人物の代表がボードレール、ニーチェ、トルストイ、ドストエフスキー……などであった。

彼らは近代の思想的指標人物ということになる。ところで若い知識人たちは直接彼らに取組みもしたが、世代の点でも意識形態でもより自分たちに近いところに位置し、それら指標的人物と格闘したり、懐疑の森に分け入ったりしていた新しい思索者たちにも、当然のこと熱い関心を示したのだった。

そこにたとえばシェストフがいた。ニーチェ、ドストエフスキーを通じ、近代合理主義崩壊以後の虚無を凝視し、実存主義哲学の先駆となったシェストフは、日本では昭和九年に河上徹太郎・阿部六郎によって『悲劇の哲学』が訳されて大きな話題となった。福田恆存がシェストフを自身の問題意識において読んだ痕跡は、「ふたゝびロレンスについて」の方々から読みとることができる。

「シエストフばかりではない。トルストイにせよドストエフスキーにせよ、チエーホフにせよ、十九世紀末の作家たちはみんなこの誠実といふ亡霊にいためつけられてゐるぢやないか。〔……〕シエストフがこの三人のスラヴの作家をニーチエとともにアンチ・クライストと見なしたのは正しい。かれらはクリスト教に——といつて悪ければ西欧プロテスタンティズムに——誠実を強要され、それに屈服しつゝ、しかも反逆したひとたちだつた。」

このように福田恆存はシェストフから共感と示唆をつよく受けていた。が同時にシェストフ批判の思いもつよかった。この批判の後楯ないし根拠をなしていたのが、当時彼が血肉化しつつあったロレンスであっただろう、と見ることができる。たとえばその作家たちの「誠実」の問題を、福田恆存は次のように分析してゆく。

ドストエフスキー、トルストイの作品中の人物に託してそれをいうと、ソーニャの善良さ対ラスコリニコフの誠実、カチューシャの純情対ネフリュードフの誠実、といった構図が取出せるわけだが、この「誠実」ははたして本物だろうか。その「誠実」に感動すればそれでいいのだろうか。むしろ本質的に重要なのは、スラヴ（ソーニャ、カチューシャ）対西欧（ラスコリニコフ、ネフリュードフ）の、いかにしても解決できない対比、対立そのものではないか。福田恆存は以上のような分析と論法を呈示しつつ、「シェストフの主題はそこにあつた。一目でそれを見ぬいたのがロレンスさ。ぼくはきみにロレンスのことを話すつもりで書きはじめて、いままで一言もかれについて触れなかつた。触れる必要がなかつたからだ」と舞台裏を、もしくは己れの真意をぶちまけている。近代の大問題群をロレンスの思考とまなざしでもって見透していた若き福田恆存の野心と壮図は、以上のような展望と把握から感じとれるように私は思う。

しかしロレンスによってすれば、きわめて解決のむずかしい問題群であっても、快刀乱麻を断つがごとくあざやかに分析し、整理し、未来へむけての新たな展望を切り開くことができるのだろうか。いかにもロレンスの比類ない言語力、物事にたいする根底からの思考・懐疑力、はげしく燃える焔のようなエゴと生命の力は圧倒的なものではある。だが同時にそこにはさまざまな矛盾や二律背反や、猛烈なまでのスピード感があって、そこから見えてくるのは解決ではなくて、むしろ解決がはてもなく近づきながら限りなく遠ざかってゆきもするような絶対的矛盾の提示なのではなかろうか。若き日の福田恆存がロレンスを「教祖」のように感じ、「聖書」として読んだというとき、いま私が記したようなことを心に思っていたかどうかは分らない。けれどもこの文庫の巻頭に置かれた福田恆存の「ロレンスの黙示録論について」に耳を傾けさえすれば、「黙示文学」というものは蹉跌と救済、絶望と信仰の両極性の場に生じたものであったことが、よく理解できよう。またロレンスの内的世界が愛と憎悪の両極性、反合理・反近代の「悲調」と異教的古代への憧憬的な傾斜の両極性のあいだで、危うくも均衡を恢復しうるのか否かという緊張をあらわしていたことも明快に読みとることができる、という気がする。

さて、鋭敏な洞察力と熱烈な野心をもった批評家が思う存分に持てる力を発揮しうるような対象は何かといえば、そうした顕著な両極性、極端な矛盾や背理、簡単には収拾のつきそうにない混乱や崩壊などの状況であろう。では思索者、批評家としての側面において、ロレンスが人生ほとんど最後の時点に立って「黙示録」を取上げたのはなぜだろうか。「黙示録」の中で、彼の精神を最も強く、持続的に――少年のころからずっと――刺戟しつづけてきた種々の特性や要素、簡単にいえば、存在の矛盾や両極性がくりかえしその中で炸裂していたからであったと思われる。

ここからは、ロレンス自身の言葉を少し辿っていってみよう。『黙示録論』の冒頭で、ロレンスは幼少のころから聖書にいかに接してきたかをふりかえって書いている。それは「毎日のように私の無防備な意識のうえに灌《そそ》がれつづけ」たが、その結果「すっかり体内に滲透し」てしまい、その反動としてついに「嫌悪と反撥と、あまつさえ忿懣の情」をいだくようになり、「私の本能が聖書に憤りを覚える」にいたった、というプロセスであったという。それは多くのキリスト教国の子供のうけた教育と別のものではなかった。ではその中でなぜロレンス（だけ）がロレンスになっていったのか、が問題になる。

人間は肉体と精神から成っている。本能と意識、環境と教育から成っている。この意味でロレンスには環境と教育の結果として、キリスト教が彼の意識と精神に入りこみ、身についてしまっていた。その身についたもの、というよりすでに己れの本質の一部分にさえなったものをかくも激しく嫌悪し、批判しなければならなかったのがロレンスである。その中でも特に「黙示録」。

「おそらく、聖書中もっとも嫌忌すべき篇はなにかといえば、一応、それこそ黙示録であると断じてさしつかえあるまい。」

ここまで私が辿ってきたロレンスの思考径路からするならば、「聖書中もっとも嫌忌すべき篇」とは、すなわち最もロレンス的な部分であり、それこそ本質的にロレンスであるものに他ならぬ、と考えられるのだが、はたしてそう考えてこれは当っているだろうか。論理的には当っていたとしても、そのように言ってしまったのでは、ロレンスを誣《し》いる結果になってしまうのだろうか。私には何か懐疑と畏れがある。けれどもまた、全体像と本質を把握することが容易でなく、私ひとりのこととして言うなら、ほとんど絶望的にそれが困難とも思われる、測り知れない人間ロレンスの内部は、そのように推測される秘境を隠していたものかもしれない、と思わざるをえない。

もちろん『黙示録論』から、その著者ロレンスの「人間」だけを感じとるのではよくないだろう。ロレンスは、結果的に彼の人生総決算のときに当って、「黙示録」の本質は何かと渾身の力で「思索」しているからである。それによって多くの新しい光が当てられ、明らかになっているという一面もある。この意味でもロレンスの論理と逆説の膂力《りょりょく》には驚かされてしまう。その複雑多様な論述のこまかな襞をひとつひとつ辿っていってふりかえったとき、少くとも私にとり印象的に心に残るのは「強いイエス」と「弱者パトモスのヨハネ」という対比の強調である。またそれと並行するようにして出てくる「個としての人間」と「集団としての人間」の対比である。この見解が歴史的なものか、すなわち事実に即したものかどうかはよく分らない部分がある。一番確かなのは、異様なまでの精神的昂ぶりの中にいたロレンスにはそう見えたという、そのことであろう。

ここからはふたたび福田恆存の「ロレンスの黙示録論について」に戻って考えてゆきたい。すると福田恆存はロレンスの論理に添って読み進めていって、イエスの中に人間のもつ二つの面を認めたことがわかる。

「人間のうちには孤独と諦念と冥想と自意識とにふける純粋に個人的な面と、他人を支配し、その存在を左右し、あるいは英雄をみとめてこれに讃仰をささげ臣従せんとする集団的側面と、この二つがある。ところが、イエスは――いや、イエスのみならず、多くの聖人賢者たちは、つねに個人であった。純粋なる個人にとどまっていた。」

これは人間論として論じられている。つねに人間には二つの側面、二つの立場があるのだ。このことは拒否できない。そして人間はそのうちのいずれかの側面に立つことによって、はじめて人間として存在する。二つのものの協調、諧和、統一を希求・実践したとしても、出発点としての、起源としての二側面は否定できない。ここでロレンスをほぼ中央に位置づけてみると、遡ればイエス対パトモスのヨハネの対比が存在していたし、ロレンスから時を流れくだってくれば、さまざまなロレンスたちが近代の思想的舞台にめまぐるしく登場してくるのが眼に映る。私は、「さまざまなロレンスたち」の代表的な一人として若き日の福田恆存を思いえがいたのだった。そうであった以上、この舞台上では、時として矛盾と背理が極端に達していたとしてもおかしくはない。

「じじつ、異教の壮大を歌い近代の卑小を嫌忌するかれの声のうちにいつのまにか近代の歎きがかよい、クリスト教の愛の思想が忍びこんでくる。かれが『チャタレイ夫人の恋人』の終末において到達した救いは、もはや激しい情熱ではなく、『あたたかい心』『やさしい心』であったのを想い起すがよい。」

とはいえそれが愛の全肯定でないことも明らかである。

「ロレンスがぼくたちに提出した問いはこうである――現代人ははたして他者を愛しうるか、個人と個人とはいかにして結びつきえようか。かれの答えはもちろん否定的である。個人はついに愛することができぬ。」

こうして隣人愛はついに我意の露呈に達し、「我意はゆがんだ権力欲へと噴出口を求める」。この道には希望はなく行き止りである。「愛」をいうのであれば、その前提は「自律性」の獲得であるべきだ。自律性をうちに求めるのは失敗だ。それを求めるべき場所は「個人の外部に——宇宙の有機性そのもののうちに」である。愛は迂路をこそ必要とする。

福田恆存はその論の後半で、早口に右のような論を展開してゆく。短い引用だけでは、論の脈絡がはっきり把握しきれなくなる個所もたぶんあるだろう。しかしこうした難解感は、ロレンス「黙示録論」本文の執拗なまでの論証、強調、反復、進行を根気よく、密度をもって辿っていったときにも、同様に、読者の意欲を重く圧えつけてくる感じとなって出現していたかもしれないのだ。

福田恆存の論の結語はこうである。これはもう一度嚙みしめておくのに値する文章であろう。

「ロレンスの脳裡にあった理想的人間像はいまやあきらかである。人間は太陽系の一部であり、カオスから飛び散って出現したものとして太陽や地球の一部であり、胴体は大地とおなじ断片であり、血は海水と交流する。はたしてこのような考えかたは神がかりであろうか。が、ぼくはロレンスの結論にいかなる批判も与えようとはおもわぬ。それは『黙示録論』の読者の責任であろう。」

ロレンスは近代人であった。そして近代人福田恆存のみたロレンスは、近代の見たロレンスの一典型であった。しかし時代は遷り、変ったといわざるをえない。近代ではなく、現代はロレンスをいかに見てゆくか、ロレンス『黙示録論』をいかに読んでゆくか。現代が自ら検討しなければならない諸問題の中には、そのことも含まれている。

本書は『現代人は愛しうるか』のタイトルで一九五一年、白水社より刊行された。同タイトルで、一九六五年十一月筑摩書房より筑摩叢書の一冊として、一九八二年六月中央公論社より中公文庫の一冊として刊行された後、一九九二年十二月、文藝春秋刊『福田恆存飜訳全集』第三巻に『黙示録論』のタイトルで収録された。なお「附録　ヨハネ黙示録」は日本聖書協会『旧新約聖書』（小形引照つき文語聖書）によった。

悪魔と裏切者
山崎正一
串田孫一
ルソーとヒュームのどうしようもないケンカの記録。いったいこの人たちはなぜ……。二人の大思想家の常軌を逸した言動を読む。（重田園江）

われわれの戦争責任について
カール・ヤスパース
橋本文夫訳
時の政権に抗いながら侵略国の国民となってしまった人間は、いったいにどう戦争の罪と向き合えばよいのか。戦争責任論不朽の名著。（加藤典洋）

空飛ぶ円盤
C・G・ユング
松代洋一訳
UFO現象を象徴比較や夢解釈を駆使して読み解き、近代合理主義が切り捨てた心的全体性を回復しようとする試み。生前に刊行された最後の著書。

哲学入門
バートランド・ラッセル
髙村夏輝訳
誰にも疑えない確かな知識など、この世にあるのだろうか。近代哲学が問い続けてきた諸問題を、これ以上なく明確に説く哲学入門書の最高傑作。

論理的原子論の哲学
バートランド・ラッセル
髙村夏輝訳
世界は原子的事実で構成され論理的分析で解明しうる――急速な科学進歩の中で展開する分析哲学。現代哲学史上あまりに名高い講演録、本邦初訳。

現代哲学
バートランド・ラッセル
髙村夏輝訳
世界の究極的あり方とは？　そこで人間はどう描けるのか？　現代哲学の始祖が、哲学と最新科学の知見を総動員。統一的な世界像を提示する。本邦初訳。

存在の大いなる連鎖
アーサー・O・ラヴジョイ
内藤健二訳
西洋人が無意識裡に抱き続けてきた「存在の大いなる連鎖」という観念。その痕跡をあらゆる学問分野に探り「観念史」研究を確立した名著。（高山宏）

自発的隷従論
エティエンヌ・ド・ラ・ボエシ
山上浩嗣訳
西谷修監修
圧制は、支配される側の自発的な隷従によって永続する――支配・被支配構造の本質を喝破した古典的名著。20世紀の代表的な関連論考を併録。（西谷修）

レヴィナス・コレクション
エマニュエル・レヴィナス
合田正人編訳
人間存在と暴力について、独創的な倫理にもとづく存在論哲学を展開し、現代思想に大きな影響を与えているレヴィナス思想の歩みを集大成。

ちくま学芸文庫

黙示《もくし》録論《ろくろん》

二〇〇四年十二月 十 日 第一刷発行
二〇一五年十二月二十五日 第六刷発行

著 者 D・H・ロレンス
訳 者 福田恆存（ふくだ・つねあり）

発行者 山野浩一
発行所 株式会社 筑摩書房
東京都台東区蔵前二―五―三 〒一一一―八七五五
振替〇〇一六〇―八―四一二三
装幀者 安野光雅
印刷所 株式会社精興社
製本所 株式会社積信堂

ISBN978-4-480-08887-1 C0198